U0928723

散文是会生长的

sanwenshihuishengzhangde

李林栋 著

中国社会出版社
国家一级出版社 全国百佳图书出版单位

图书在版编目（CIP）数据

散文是会生长的 / 李林栋著. -- 北京 ：中国社会出版社，2013.5
ISBN 978-7-5087-4416-2

Ⅰ. ①散… Ⅱ. ①李… Ⅲ. ①散文集－中国－当代②随笔－作品集－中国－当代 Ⅳ. ①I267

中国版本图书馆CIP数据核字(2013)第073891号

书　　名：散文是会生长的
著　　者：李林栋
执行主编：王海娜
责任编辑：侯　钰

出版发行：中国社会出版社　邮政编码：100032
通联方式：北京市西城区二龙路甲33号
编 辑 部：（010）66080360
邮 购 部：（010）66081078
销 售 部：（010）66080300　（010）66085300　传真：（010）66051713
（010）66083600　（010）66080880　传真：（010）66080880

网　　址：www.shcbs.com.cn
经　　销：各地新华书店

印刷装订：北京潮河印刷有限公司
开　　本：165mm × 230mm　1/16
印　　张：15
字　　数：200千字
版　　次：2013年6月第1版
印　　次：2013年6月第1次印刷
定　　价：29.80元

序

散文是会生长的

散文是能者最多的一种写作体裁。可以说，谁都会写散文；又可以说，能写好散文的人不多。我自认为就是“谁”与“不多”之间的那个人。我不敢说是“那种人”，因为我就是我，我不能代表别人。实际上，散文之惑，常存一心，谁又能没有“独此一家”的体会呢？

我最大的体会就是散文是会生长的，像人一样。如果作个比喻，本书中的每一个字都是一片叶子——当然有好看的也有不好看的，或不那么好看的——那么，目录页上从前往后的时间之干自然就是散文生长的记录了。我是这么想的，这本书也是这么编的。这是不能不首先有所告白的。

的确如此，散文是会生长的。在“青记录”中，青涩之痕虽无形却显见，但它不仅是我用“文笔”观察世界特别是大自然之始，更是一个中学生在“文革”中审美取向的“另类”记录，因此，我并不“为少作悔”或愧。至于“热回首”，自然重在一个“热”字了。那是一个热血青年离开《西双版纳，我的乳娘》之后，在北京，用一篇又一篇更成型也更刻意的散文向那片遥远的热土致敬。至于是热土孕育热血，抑或是热血孕育热土，这并不重要，重要的是青春无敌，谁能没有一个“热”字可资纪念？“采缤纷”中，不仅有种种京都情缘，更有些闲情偶遇或偶寄，当然，也开始有了些民事或文事思缕，因为我毕竟已经受邀为《中国新闻出版报》专门写一篇《我记忆中的记者节》了。至此，散文这棵大树在我心中更加开疆拓土，原来世上散文不仅有作家一脉，还有记者一脉。实际上，世上三百六十行，人人可以写散文。什么叫散文？最宽泛说，凡不受格律拘束之文，即是散文。具体说，现代散文是指与诗歌、小说、戏剧并称的一种文学体裁。其主要特点是：通过对某些片段的生活事件的描述，表达作者的思想感情并揭示其社会意义；篇幅一般不长，形式自由，不一定具有完整的故事；语言不受韵律的拘束；可以抒情，可以叙事，也可以发表议论，甚或三者兼有。散文本身按其内容和形式的不同，又可分为杂文、小品、随笔、回忆录等。

至此，散文是会生长的，其“学”也“无涯”自是“学无涯”的题中之义了。既曰“学”，则不仅有“说”之心得，亦有“读”之叹赏；至若“无涯”，则不仅有关于少年鲁迅的“演讲”，而且有《〈九三年〉绝对是雨果写的》恁般武断——若谓不信，可以“探幽烛微”那其中的艺术语言是否能有第二位任何人可为？

“走四方”算是心门大开又机缘巧合的近年旅痕。真像韩磊所唱的那样：“走四方，路迢迢，水长长，迷迷茫茫，一村又一庄……”，只不过这里的“一村又一庄”似可改为“一篇又一章”；“迷迷茫茫”倒是真的，因为我写的每一篇散文发表后，几乎总是有一种遗珠之“茫”挥之不去。这也许就是“谁”与“不多”之间的那个人的一种毛病吧。

但愿在“散文是会生长”中，我这个毛病和其他一些毛病都能够日渐消弭。为此，我曾《带女儿去“寻根”》，那是对蓬勃之青春的“爱无休”；我也曾到《诗开始的地方》去“浪淘沙”，那是对少年之“母校”的返璞归真。我相信，散文是会生长的，就像人总是在成长一样。我还相信，散文不仅会生长于未来，也会像人一样成长于过去——

只要我们善于从过去的“毛病”中吸取教训——

不是“我们”，而是我：期待着您的指教。谢谢您阅读此书！

目录
Contents

第一辑　青记录

第二辑　热回首

第三辑 采缤纷

第四辑　学无涯

第五辑　走四方

第六辑　爱无休

第七辑　浪淘沙

第一辑　青记录

渤海的印象

——从北京到大连的旅行手记

一路上，暮色临窗……

去渤海，天津是必由之路。

一路上，暮色临窗。小小的窗口竟成了一幅无限伸展的画卷：时而是排排的绿树，时而是丛丛的庄稼，时而是点点的灯火……猛的还会有一条盘折的小路迅速地伸到你眼前，一下子把你的思路引向远方……

夜色降临时，车如在洞中行。车厢里的笑语喧哗显得格外悦耳了。但我还是全神贯注在黑洞洞的窗外——其实我是在聆听车轮的隆隆响，那真是最振奋人心的前进交响曲！

我曾经长久地、长久地伏在窗口，凝视着似乎不变的铁轨……

海河醒来了

晨风吹去了夜色，海河醒来了。

静静的河面上漂浮着几朵晨云，朦朦胧胧的，好像还眷恋着昨夜的梦境。然而，工厂的汽笛响了，渔夫的网已经飞扬开去，练功的老人们已经摆开架势……海河，终于亮了！

太阳照耀着海河。阳光里，拢在河边的船只起航了。船工的身影摇曳在金色的河面上，宛若一面明镜上浮动着几片软绸。木桨起处，掀起一片珍珠。往远看，横跨海河的大桥悬在空中。有汽车在空中行，披着金色的晨衣……

太阳更亮了。天空非常晴朗，大地一片光明。我伫立在港务局的高桥上，感到一种从来没有过的豪迈。

初临海上

11点30分，我们的千顿巨轮驶离了“大连码头”。到塘沽还有5小时航程。因为未出海，“巨轮”不能行驶得太快。缓进中，看海河两岸厂房毗连，新楼成片。不少青少年在河里游泳，纷纷尾随我们的轮船。再往前行，双桨独舟的渔夫，光腚嬉游的小鬼，背衬着青绿的海河风光，一切都显得十分安逸而和谐。海河的水真干净，比长江强多了，比嘉陵江更强。

4点30分，船近塘沽。水早阔了，两岸尽是库房，其中还有储油的特大圆罐。此外还有盐场。有意思的是，岸边小树林里有一个很大的圆形游泳池，很清的一池水，满地的人，他们在游泳。而小树林里，还有一群奶牛和我们一起向他们张望……

船在塘沽停留片刻，又上来一些乘客，就出海了。近处的水和海河的水相差不多，远处都是黄澄澄一片——我差点儿以为自己看到了黄河！再往前行，水较浑，掀滚着浊浪。不远处的海面上好像有一条“线”，“线”那边的水更黄一些，有点点白帆，可能是渔场吧。

前面地平线上出现了几个白点，渐渐大了，原来是几艘货船。还有一只挺大的“大沽灯船”，有人说那上面白天没人，晚上有人来点上灯火，指引夜航的船进出港口。我想：干这工作真像写一首诗。

港口离我们愈来愈远了，只有一个大致的轮廓还在视野之内，好像是一幅写意水墨画。海水也愈来愈清了，由浅黄而浅绿，再而深绿。海阔天高，一望无垠。船在前进着，我们年轻的心在自由地飞翔！

我们在船舷忽上忽下，时前时后，指点着、谈论着、猜想着……我们忘记了疲劳，兴奋到了极点，不知不觉的，夜幕已经降临在海上。

我们又来到船尾，聚在一起仰观云天，只见星汉灿烂，银河系从来也没有那样醒目；回首是北斗七星，有一个口正向着一颗亮星，那就是正北方了……

船尾处渐渐空荡荡了。整船的人都已酣睡。但我们要不是为了明天早上看日出，还不会走进闷热的船舱。

海上见闻录

蒙眬中伙伴们来唤我。那时整3点，他们说甲板上凉快极了。于是，我们抱了席子和毛巾被走了出来，当时轮船正加速前进，颠簸得厉害。我的头有些晕，到了甲板上，便一个人头枕大海，盖着带星星的被子，又睡着了。

只听一声唤：天亮了！

啊，东方呈现了一片迷蒙的亮光，海平线上却是一条浓重的灰带，那是阴晦的云！此云上方，是一抹黄澄澄的朝霞，映照在清晨的海上，泛着一片柔和的光。我心想：真不幸，可能看不到日出了。可是，那一抹黄澄澄的朝霞越来越亮，渐而变成玫瑰红色了。甲板上的人们都兴奋了，以为这是伟大的海上日出的前奏。谁知海平线上那一圈灰暗的云死皮赖脸地不肯退去；玫瑰红霞奋斗了半天，终于没有能够战胜“死皮赖脸”，“伟大的前奏”终于消隐了，而日出，也终于没有出来。人们不得不扫兴而归，我们也只好又睡。

睁眼一看，已经早上八点钟了——轮船正向太阳前进：天连海，海连天，一片金黄！不知太阳究竟是什么时候出来的……

几只海鸥在船尾飞翔，古铜色的翅膀闪着银光。只见它们那白白的身子，飞得特稳，好像一架架滑翔机。它们时高时低地飞掠在绿色的海上，有时候也落在大海上歇歇脚或捕些游鱼，然后又飞翔起来，唱着悠然的歌。

看到陆地了！隐隐约约的，像水墨画上的淡然一笔……

船正绕过辽东半岛的西南端。从远处看，旅顺口好像一个口袋嘴儿，外狭内宽，口里无论有多少舰船，口外却什么也看不见。这就是“天下第一军港”！大连在望……

在大连看潮涨潮落

这里离海很近。上午，友人带我们到海滨的“星海公园”游览。这是大连首屈一指的游览胜地，但园内却没有什么惹眼的处所，只是滨海。可以在公园里的彩色亭台中，在美丽石子镶嵌成的精致小路上，在高高的岩石上……看到一望无际的大海和正在海滨上嬉游的人们。公园里还有一个“探海洞”，宛若《西游记》里的什么妖穴，周围怪石嶙峋，下洞去一直可以看到海——即所谓“探海”。但如今，这里已用水泥封死了，怕出事故。

上午10点涨潮，大海显得十分丰满。这时候游泳的人最多。从海边的鹅卵石向水迈去，走两步便要向前扑游，因为那时水已经很深了。离岸150米左右布列着五六个大浮桶，人们可以游到那里去休息。波浪起伏之中，就在近岸的海上，时而有一两只舢板，极荡漾地划着，有人上上下下——小舢板成了活陆地！

下午三四点钟退潮。每天两涨两落，涨落时间隔一天相差一小时左右，半个月一周期。

退潮时，我第一次下了海。水真咸——透心咸！不过真有意思！一排一排的波浪从远处汹涌而来，首当其冲的人们高兴地受到“打击”，甚至被击仰还大笑。若顺浪而游，快极了，这是初学者大显身手的好时机。而涨潮时，一般都是游得很棒的人们下水。海边是鹅卵石，往上走十几步便是柔软的细沙，脚踩在上面又温暖又舒服。

坐在海滩上望海，几千米开外，大概是海带养殖场。有人游到那里捡拾一些飘零的海带回来，然后就在岸边晾将开去。在海面上还有一些长竹筒子及相连的大空玻璃球，据说都是海带养殖场的什物，经常飘散上来，被人们弄上岸，成了点缀沙滩的空“鱼缸”。

不知不觉之中，身上的海水已被日光晒干了，只留下一些盐的微粒，海风一吹，也不觉得很黏。

海滩即景

假日，海滩上的人格外多。站在高处往海滩上一望，好像一道人堤，坚实地把海岸封锁起来。只见海涛汹涌，人群沸腾，交织成一幅无比壮观的动画。瑰丽的颜色，使这大自然的动画片绝无仅有。

站在海滨再往远看，天连水水连天一片茫茫。往近瞧，有几个孤岛浮在深绿色的海面上，在阳光的照耀下，小岛上的青苔分明可见。再往近瞧，就是点点的“弄潮儿”了，禁不住想起了潘阆的名句：“弄潮儿向涛头立，手把红旗旗不湿。”

是的，眼前尽管没有“红旗”，但当排排海浪冲来的时候，小孩子们前仰后合，大人们也要踉跄几步，人们都却还是一次又一次地迎着海浪前进，一次又一次地接受大自然的洗礼。这，也许就是生活吧！

有人刚从海里走上来，带着醒鼻的海腥。他们在洁净的鹅卵石上仰面朝天，尽情地让温柔的阳光抚摸着自己年轻的身体……

有人阳伞独擎，墨镜一戴，望着海，看着人……

有人全家到这里来了，带着干粮，带着水；游完吃，吃完游。女家长镇守衣物，并欣赏着老男小儿戏逐海水……

有人在鹅卵石上惨淡“经营”着刚从海里捞上来的绿色植物……

有人站在岩石上，任海浪冲来退去地打湿裤脚，尽情地遥视远方，仿佛深深地陶醉在海天的浩渺之中了……

一切都无比和谐，只有“弄潮儿”们还在弄潮。

老虎滩游记

去“老虎滩”时，正赶上“退潮”。

两座山封锁了海空。去时一进山口之内，一点儿水也没有，只见几只船“陆地抛锚”。可回来的时候，这里已经涨满了水。友人云：这一涨一落，如果利用了，就是“潮汐发电站”。

我们顺着又阴又险的山崖底向前走进了山口。高高的山崖挡不住的一片阳光，飘洒在几步外湛蓝的海波上。空气中有海腥味儿，新鲜极了。有几个老人孩子在潮头的岩石中间采拾着什么。不远处的海面上，十几只渔船在收割海带，有的正曳船而去，有的已满载而归。

进山口后顺一条大道再翻过去，就是一个小渔村了。清洁的村间小路，岩石垒成的房子，以及天蓝色的房木门槛，一切都泛着“富”意。听说这里的生活水平不低。

村里有不少妇女在整治海带，有的晒干，有的弄盐，有的包装。这儿的海带大部分出口。

到了！啊，好清的一大湾水！

在齐腰的海水中，在水平的礁石上，在高高的岩崖，在滚滚的浪峰，我们多角度地审视着“老虎滩”的水——

甘泉哪得清如许？玉露也须让寸分！水底的鹅卵石分明可见。正是：

前后海连天，
上下一片蓝。
抬头戏水鸟，
低首见鹅卵。

游游，晒晒；下水，上岸。反复几次，身心舒畅极了。皮肤渐渐变得黑红黑红了，且泛着一层亮光。忽然想到了“健美”二字。

上午11点钟，我们走上归途。因已涨潮，来时道路尽没水中，只得走大路了。远多了，但更加领略了辽南海畔的山村风光，亦很惬意。

归途曾照相。两个石立的方柱子为门，进去便是“老虎滩公园”了。这里是人工天地，有北京那样的红亭子，有水泥石阶，还有一块巨石，上书“老虎滩”，字体很苍劲，分明是留影妙地！背后是湛蓝的海湾和怪异的石山，以及山侧的一片楼房——可能是疗养院。

到崖边往下一看，原来下面还有许多礁石呢，并且有石阶可下。顺石阶一下到底，意外地又发现一个“老虎洞”！米许的两个石壁间，夹着一块天生虎头状的岩石，有阳光自上泻下。钻进洞，留影。

这里的礁石真多，间杂着清亮的海水，仿佛是鱼缸景物。石尖石侧，背衬着一望无际的海洋，照了不少相。有的傲立，有的遥望，有的静坐，有的傻笑。

老虎滩，你真是一个好地方！

“旅大”简史

归来晚，没饭了。又到沸腾的海滨，吃的阳光和海水。不解饱，但忘饿。再归吃晚饭。

夜幕降临了。清新的海风扑面，我们又来到海滩散步。繁星满天，大海茫茫，晚潮正急。一盏瓦斯灯在不远的海面上诱鱼，一闪一闪的。有人在轻轻地唱着什么歌。150米外的浮桶上，有人在嬉笑，那是迟归的弄潮儿。再远些，那几个岛屿如今黑黝黝的，宛若几只黑色的军舰，在守卫着祖国的天空和海洋。

有个“老大连”向我们走来，领着一个孩子。他向我们讲起了“旅大”的历史：1894年中日“甲午战争”以后，日本占领了旅大（当时这里仅有几个村庄），帝俄出面调停，让清政府赔款，日本归还了旅大。谁想没过几年，旅大却落到了帝俄手里。日本当然不干，于是“日俄战争”便在中国的土地上打了起来。日占天时地利，而帝俄要从波罗的海和海参崴调兵，打不胜打，结果在《旅顺口》（描写这次战争的一本小说）大败。1905年，日本取代帝俄占领旅大，一占就是40多年。一直到第二次世界大战以后，日本战败，旅大又由苏联接管，至1955年才归还中国。从此以后，渤海湾的这颗明珠，才真正地发出了自己的光辉。

当我们满意地走上归途时，星星更亮了，海面上也显得更宁静。

我们的轮船驶离码头

离别海滨，离别友人，离别了我们没有问其姓名的“老大连”。

9点整，我们的轮船驶离了码头。海水越来越清，越来越淡，时而呈鱼鳞状，时而呈苇席状。船的两翼，浪峰柔和又圆滑，毫无声息。风平浪静，有海鸥在蓝天碧海间平掠。

傍晚，西方一抹残霞蜿蜒开去若“火焰山”。平静的海面上，一道金光浮动，渐渐消隐。天黑了。

在渤海看日出

一觉醒来，差10分4点。我走到船舷伫立，眼前一串灯火，猜想是塘沽到了。向东看，天际是一片橘黄色的早霞。真好：东方看日出，西南望陆地！

船在前进。西南地平线上的灯火渐渐分明，原来是一大片巨轮正泊在那里等候进港。船上稀稀疏疏的灯火好像是一座水上村庄。泊船大多是日本的，什么“丸”什么“丸”。有的船型很大，吃水很深，想是万吨巨轮了。有一只船的船头，亮光一闪一闪的，好像是在发信号与岸上联络。其他的船好像都在沉睡，一任船上的灯火闪烁。

我终于看到了大海上的日出！

天地越来越亮了。东方地平线上的早霞渐渐泛出了红光，而后又亮了起来，但又仅到此而止了。天，说阴不阴，说晴不晴。唯见轮船烟囱排出的浓烟，宛若千军万马，杀向天空。太阳还是没有出来，海上是蒙蒙的亮光，静悄悄的。我不禁失望了：久已盼望的海上日出，这一次又像来时一样，看不到了……忽然，有人用手一指，我回头一看，啊，光明的太阳出来了！橘黄的霞变成了艳红的光；天涯海际，一道直线上，忽然冒出了一点儿圆头，然后往上冒，冒，冒！圆圆的，金黄金红的太阳从海里跳出来了！最后时分，仿佛有个底座托着太阳，眼一花，底座不见了，只见一个无比光明的金色太阳往上升啊升！天亮了，海亮了，我的心也亮了。

伟大而壮丽的海上日出啊，仅因为看到了你，我也不虚此行！你将跳跃在碧绿的渤海上，永远留在我心灵的底片，永远描画在我从北京到大连的旅行手记里……

第二辑　热回首

西双版纳，我的乳娘

一

我能离开您吗？您的名字永远写在我心中的履历表上了。

二

您是我离开母亲之后的乳娘，然而我那时却以为自己长得比红旗都高了。

三

我像一个红色的教徒朝您顶礼，您却张开了自己绿色的手臂。

四

您给我一把锄头，让我去听大地的回音。

五

您伸出自己的毛细血管任我们砍伐，生命的枯枝才给我们以温暖。

六

您还给我们一面镜子，那是“忠”字台下一个小小的湖。

七

我们到处去买芭蕉吃，您告诉我们每一块原始的土地上都有。

八

我们曾在沉静的山谷里把您吵醒，您却笑出了几只漂亮至极的小鸟。

九

您第一次落泪，是在一个连煤油也没有的夜晚，点燃的蜡烛告诉我们的。

十

当我们跪在床上“晚汇报”的时候，您却让梁上的老鼠们自由活动。

十一

山谷里的雾可是您的纱巾？我终于想到了，您还是一位女性。

十二

您带我到缅寺去，那里的语录牌不由得使我迷惘。

十三

上工前的“天天读”，都是在您还没有睁开眼睛的时候。我也开始感到睡眠不足。

十四

新开过的地又荒芜了。您说这是当时全国土地的缩影。

十五

您用亚热带的暖风掀动着我的书页，我们曾一起到马克思那里去求索。

十六

您也曾带我去看月光下傣族儿童的舞蹈，却跟北京城里汉族红卫兵曾经跳过的一样。

十七

您沿着公路让两旁的沙质树给我酸而又甜的鸡嗉果吃。

十八

大地已经给我回音了，她说她喜爱我身上日益变黑的皮肤。您又用沉思的目光看着我年轻的心。

十九

您问我以前谈没谈过恋爱？我告诉您：我是如此殷切地思念北京……

二十

您替我感到欣慰，探亲时竟塞给我满满一提兜芬芳的菠萝和可口的菠萝蜜。

二十一

我带给您什么呢？北京最好的礼物是“温都尔汗”。

二十二

又见到您了，椰子树高指蓝天，好像您在振臂欢呼。

二十三

您的椰子树劲挺着，又启示我在热风中独立思考。

二十四

“评法批儒”是马克思所不懂的语言，我在您的各民族儿女中找翻译，却怎么也找不到。

二十五

您怕我砍柴时迷了路，总让您的山影、树影和其它影子陪伴着我。

二十六

您又用山野间时而能闻到的狐狸味儿增强着我的嗅觉。

二十七

我也曾到河里去寻找最坚硬的鹅卵石，您却让流水发出了音乐一般的声音。

二十八

我见过您山谷里的“峨眉宝光”。她虽然可望而不可即，你向她招手，她也向你招手。

二十九

夜晚，我在篝火边写日记的时候，您把我小屋里的灯吹熄了。

三十

您看着我消瘦的面庞，开始让一杆猎枪带给我各种野味。

三十一

鲜嫩的鸡枞，是头几场雨后，您在生地上总要摆给我们的筵席。

三十二

我很纳闷儿，如此富饶的您，风雨中怎么还飘摇着流泪的小屋呢?

您让弯曲的公路向我作解释。

三十三

您很难堪，那是在澜沧江边的一个小食馆里，您端给我一盘很看不出是鱼的鱼，还有一大碗姜块多似海带的海带汤。

三十四

听说傣族的泼水节很热闹，但您带我去看时，我们却没有找到五彩缤纷的路……

三十五

我感到很乏味儿。您让我坐在老鹰遗下的羽毛上歇息，还让强劲的松涛为我悦耳。

三十六

终于，我离开您了。因为您毕竟是我的乳娘，而不是我的母亲。可我至今还在自己的履历表中把您填为直系亲属。

三十七

惜别时，您让雨后的双虹，给我在那小小湖里的面容增添了罕见的神采。

我至今还感受到您的宽容。

三十八

连绵不断的崇山峻岭是您宽广的脉络，各民族儿女是您身上一个又一个睿智的细胞。

地理位置就是您那颗永远温暖、美丽的心。

三十九

您讲给我的许多故事，将永远在我的血液里流传。

湖的启蒙

湖的概念很像是一个“魔圆”，既可指大如全国闻名的青海湖、洞庭湖等，又可谓小若我记忆中那个“大大的池”——

那是遥远的湖，我心中的湖。

在翻过一座茶山就是中缅边界的一处凹地，不知从什么地方日夜不停地流入一股活水。有人说其源在美丽的缅甸，又有人说它是来自巍巍茶山里的一条无名小河。呵，遥远的湖，我只记得你在我当时的心中盘旋良久以后，又悄悄地、悄悄地流向了缓坡下面的一片西双版纳绿色的丛林……

就在你闪着蓝宝石一样幽光的朦胧湖面，我曾经度过多少难以忘怀的青春岁月！每一次梦魂牵绕于你的环湖小路，一位“湖畔诗人”的当时名句，便会轻扣我静夜中的心扉：

撑筏浓雾里，
水与天一色。
茫茫人不见，
唯际烟水流。

呵，独筏漫撑，那是湖面上多么惬意的难忘时刻！然而最难忘的，还是我们“北京1号”的诞生三部曲——

第一曲是“湖边蒙昧曲”。人们常说“不识庐山真面目，只缘身在此山中”，我们刚一来到这祖国最遥远的西南边疆时，却是“不知此湖有妙用，只因长在北京城”。很长一段时间，近在咫尺的这个可爱的湖，对于我们一大群年轻生命的价值，竟完全是实用！我们曾在大雾迷蒙的清晨，踏着湿漉漉的满地青草，一次又一次地到这里匆匆地洗脸、漱口；我们也曾在一个又一个的星期天，头顶着亚热带的正午阳光，蹲在湖边的浅水中默默地洗衣、刷鞋；我们的食堂后坡，依傍着静悄悄的水面，不知有多少次晚饭以后，我们曾踱下坡去涮碗、洗筷。当时的这个湖，无异于我们日常生活中的一个去污大盆！然而，此“盆”再大，它又怎能洗却我们一大群鲜活生命在那种闭塞环境中的种种渴念？那是任何一个青春的灵魂都会躁动着的健与美的渴念啊！

于是，第二支“进湖前奏曲”，便在我们中一个叫胡克的伙伴收到一封家信以后，热情地鸣奏起来。胡克的父亲是一位国家级教练。他那封可纪念的来信总结起来其实就是这样非常简单的一句话：“生命在于运动。”但这是多么开心的一句话呀！它像一把理想世界的金钥匙，不仅开启了我们闭塞之心的蒙昧之门，而且打开了我们通向湖中的“历史必由之路”。

有其父必有其子，胡克自然是我们当中最先进湖的闯将。那是暴雨如泼、闷坐茅屋不劳动的一个非常阴暗的下午，电闪挟着雷鸣，茫茫的湖面上激荡起一片令人望而生畏的森森寒气。忽然，胡克像一支发疯的箭冲出了屋，奔下了坡，扑入了水！只见他上身虽然赤裸，下身却还穿着那条劳动布长裤，并且脚上还分明穿着他那双矮腰的黄军鞋。这是怎么回事？大家纷纷探出洞开的窗，或是到低矮的屋檐下，不解地向雨湖中的他张望。

后来胡克在病中这样向我们述说：“不知怎么回事，当时眼前的湖对憋闷的我有一种极大的吸引力，甚至使我忘记了还在下雨，还在打闪，还在响雷……”

胡克讷讷地说着，说得我们都黯然而神伤。这不是革命意志的锻炼，而是对湖上“风情”的一种病态渴念；这不是生命的科学，而是一种对“科学”的蒙昧。但毕竟，“生命”还是“在于运动”。

就在胡克收到其父来信以后的第一个假日，我们终于提着各自的砍刀去伐竹了。当地的竹林并不是可以随意乱砍的，我们必须砍到野竹子，才能扎一个挺上湖去的竹筏子。所以，我们只能向没有路径的地方乱走。渐渐地，我们进入了一个没有人迹的山谷。密林蔽日，山谷中阴凉阴凉的，有青色的藤子攀缘在大树上，有野蘑菇夹生在枝木间，有潺潺的溪水曲曲地流，有各种各样叫不上名字的奇花异草。恍惚中，我们仿佛已经来到了地球以外的国度，脑海中还时而有小学地理书上原始森林的画图浮现。我们沉醉在绿色的山谷之中，忘记了不知什么时候就可能有毒蛇或其他什么野兽出现。有时路滑，我们在“绿色的地毯”上不由自主地跳舞；有时小憩，我们在山鹰们歇过脚的地方清数着它们遗下的羽毛。我们也曾在稀奇古怪的一棵未名树下，小心翼翼地用树枝捅一个黑黑的窝——原来是足有百万居民的一个小小蚂蚁国！

呵，只有那一天，只有为扎竹筏去砍野竹的那一天，我们才第一次认识了真正的西双版纳。当我们扛着十根青绿色的毛竹回到湖边的时候，可爱的湖面上有万千金星在粼粼闪动。我们兴奋得没顾上吃晚饭——或者是因为在山谷密林中已吃饱了各种野果子的缘故，便大家一齐动手，先把八根最粗最长的毛竹砍好了洞，然后用三根削好的硬木棍横穿起来，再用捆行李的北京绳子把各处精细地捆牢，这样，一个粗糙的竹筏就算在漫天云锦的辉映下正式诞生了！照篝火旁早已商定的名字，我们都管它叫“北京1号”；按星光下我们曾统计过两次的选票，“北京1号”的第一任船长是胡克！

不过，“进湖前奏曲”还不是“湖上英雄曲”。永远令人难以忘怀的是，就在那一天我们把刚扎好的小小竹筏推向水中以后，“北京1号”的船长桂冠，转瞬间就飞到了它当然的主人头上！彼情彼景，真好像是一幅生动无比的南疆诗画……

伊树全第一个上筏下水。他高举红旗，却忘了带划水的竿子，乱得用旗杆划了起来，惹得大家捧腹大笑。戴志强取而代之。他较树全好些，只是身子僵直，动也不敢动。大家还是猛笑。我们的船长胡克，第三个接过了竿子，勇敢地起航了。他把一根长竹竿平举，两头各划左右方，很带劲儿！没想到，他刚划出几下，便重心不稳，一下子栽入了水中！

真遗憾，竹筏诞生了，我们之中却还没有出现一个名副其实的船长！大家正在失望地看胡克狼狈地把“北京1号”推回岸边时，只觉得身旁有长竿一撑，一个轻巧的身影便准确地落在了尚未靠岸的竹筏当中了！只见他手持刚才岸上还剩有的那根长竿，轻巧地左一点、右一点，粗笨的竹筏便如离弦之箭，直向湖心驶去。大家屏息注目，背衬着远处沉实的茶山，方圆数百平方米的幽静湖面上，仿佛是一个小巧的精灵在自由地翱翔！刚才还是那样粗笨的竹筏，在他脚下竟然成了一条神奇的绿毯！他手中把握的那根长竿，也仿佛变成了童话中的仙杖，所点之处，竟然激不起一点儿白色的浪花！正在大家神凝而心动的时候，湖中的那个小巧精灵已经调转竹筏了。不知是谁，最先发出了一声惊喜的大叫：“看，原来是‘芭蕉’！”接着是一片欢乐的大哗：“没错！”“果然是他！”“就是他！”

说起来可耻，刚来此地时，我们最贪吃在北京颇为罕见的肥硕大芭蕉。于是乎，第一个身背竹筐到我们这湖边来卖芭蕉的僾尼汉子便大倒其霉了：他那满满一筐大芭蕉没收回几角钱去，几乎全让我们蜂拥而上从他身后扔到湖边的草丛里去了；待他一走，我们又纷纷地扑入草丛，争先恐后地去吞吃那“别有一番滋味在舌头”的美食……

眼前，越划越近的他，还是像不幸的那天一样，始终在向我们开朗地微笑着。他身材短小，头上是一裹小巾，乱七八糟的线珠下垂着，几个古老的钱币在苍茫的暮色中闪着金属的光泽。但他微黑的笑脸，像密林中一大盘讨人喜爱的野菌子，甘美而丰满。他的黑衫黑裤上，显然没有一点儿被水打湿的痕迹。我们所有的人都对他的绝技佩服得五体投地，情不自禁地热烈鼓掌，欢迎这位湖上英雄的凯旋。我们的胡克还激动地跑上前去，一个劲儿地向他伸大拇指："你的，船长，我们的船长！"也有几个身上带着钱的伙伴，纷纷冲了上去："给，给，上次的芭蕉钱！"

这个僾尼汉子笑得更可爱了，两只细眯的眼睛，像白天山谷里流淌的小溪，闪闪发亮。但他没有多说什么，只是用手一指我们的身后："给，吃，吃！"

啊，又是满满一筐大芭蕉！

那是一次多么令人难忘的芭蕉夜会呀！扑到草丛里吞，哪有品味在这月光下的湖边更美好？更何况我们的"北京1号"竟荣幸地聘到了一位僾 船长！他不仅会撑筏，会种诱人的大芭蕉，而且会用身上带的石镰很快地给我们燃起一堆极旺的篝火！甚至当建群把白天捕到的一条银环蛇架到火中时，他还能极快地学会了和我们一起围着火堆狂唱"金蛇狂舞"！

啊，多么奇妙的、不可思议的僾尼人！多么可敬可爱的、后来曾教练我们挺进湖中的"北京1号"的英雄船长！我们怎能够忘记你！怎能够忘记因你的功绩而变得与我们更加亲近的那个遥远而可爱的湖！

那永远是我心中的湖。就在那闪着蓝宝石一样幽光的朦胧湖面，不仅回旋着我们"北京1号"的诞生三部曲，而且就在那永远美丽的湖心，至今还映照着一个祖国亚热带的精灵，常常使我梦魂牵绕，常常使我闻鸡而起舞……

弩的情思

在我的记忆深处，有一个温暖的光点。那是一个被岁月越擦越亮的靶心。但它不是北京射击场里的标准靶心，甚至也不是城乡民兵们射击训练时那种司空见惯的靶心，它仅仅是我曾经用一支毛笔点在一张废报纸上的非常不正规的靶心。就在这样一个记忆犹新的墨点周围，我当时还呈放射状地画了一个比一个大的五个实在不圆的圆圈。而后，这个“靶”被贴在了一个装茶叶的空纸箱上。至今它还总像一只闪闪发亮的眼睛在凝视着我，仿佛是意味深长地沉思过去，又好像是满怀希冀地注目未来。

我禁不住又要想起那遥远遥远的西双版纳密林，禁不住又要想起那遥远密林中一张又一张神奇的弩来——

弩啊，可爱的弩，我怎能忘记第一次见到你时内心的激颤：

拖拉机在群山密林中的一线公路上奔驰。突然，迎接我们到边疆去的一个佤族青年猛地站了起来，车斗上的其他人还没有看清他的手的动作，一支细长的竹矢早已飞了出去。紧接着是一阵汉语欢呼：打中了！

蓝天，疾驶的车，飞快的瞄准和射击，应声而落入密林的飞鸟……这是一幅令汉家青年们为之而倾倒的西双版纳动画！爆起的惊叹声、叫绝声，使刚才还不引人注目的那位佤族青年一下子成了动画片中的传奇式英雄！有的人望着他那如非洲人一般黝黑的面孔微笑了。我则抚摸着他手中的那种神奇武器爱不释手。

弩啊，神奇的弩，你操在佤族、僾尼族、拉牯族、布朗族、傣族等兄弟民族的“汉子”手中，你是那块富有传奇色彩丰饶土地的古老馈赠。你那用厚皮细竹一破而开弯成的弓身，尽管往往还残留着用炭火煨烤过的烧痕，却透着一种人类发端于劳动的伟大智慧；你那用一股或多股牛筋拧结而成的弓弦，不仅结实无比，而且极有弹性；你那用栗木或檀木制造的弩身上，除了一线笔直的凹槽，还有一个巧妙的扳机；最富有魅力的是你那尖利的竹矢，竟毫无例外地在尾部扎着一根鸡毛或鸟毛，离弦时好像一支美丽的花，别在腰间或插在圆竹筒时，又如偎依着人身的一个漂亮的伴侣。弩啊，你是那祥神奇而可爱，我怎能忘记你曾忠实地伴我走过的无数条密林中的小路?

踏着一条蜿蜒山路，我曾走进一片嫩绿的豌豆地。接待我的是一位僾尼族兄弟，年纪约有三十岁。他矮矮的个子，瘸一足，走路一歪一扭的，但身体却非常健康。在那极少人来的大山里，他照看着漫山遍野的豌豆。我第一次到那里砍柴遇到他时，禁不住惊诧于他的身残而能干了。当时正是太阳下山的时候，我坐在翻山的路口休息，俯视着眼前的嫩绿世界，他发现了我，热情地走了过来。他呀，实在不能算是僾尼人中的美男子：黑黑的瘦脸，突出的嘴唇，袒露的胸脯，一双沾满泥土的大脚，一身黑布短裤褂。他来到我的面前，微笑地说了些什么，然后指指我放在柴上的弩。我明白了，他是要看看我的弩，便拿给了他。他接过弩转身就走，还扭着头一个劲儿地冲我招手。我只得跟着他在没有路的荆棘丛中左拐右拐，终于，他停在一棵大红毛树和一棵柴胡椒树之间不动了。我见他凝神静息，并慢慢地举起了弩。还没等我顺着他的视线望去，只听“飕”的一声，竹矢飞了出去，一只棕灰色的飞鼠应声而落！我急忙跳过去，没错！小鼻子小眼，短腿间连着两叶能飞的膜，肚子是白色的。这种飞鼠比家鼠要大两三倍，常从一棵树飞到另一棵树上，飞动时在空中呈一个白色的小平面。尽管它飞得较快，但因为目标较大，所以不能说很难打。但最难的是要知道它家住何方，常飞何树。而这，分明就是眼前这位并不很“美”的僾尼族兄弟的“业务专长”了。我不由得对他肃然起敬。他也很高兴，一边把弩还给我，一边唱起僾尼族的山歌。待我要把手中的飞鼠还给他时，他已经一歪一扭地走去了十几步，并一弯腰，随手扔回来足有帽子那么大的一个鲜嫩鸡枞……

多么真实而有趣的回忆！弩啊，亲爱的弩，凭借你，我结识了多少陌生而心地美好的少数民族兄弟！

你不仅给了我生活的新奇感，而且给了我生命的充实感。因为你的出现，我的眼界变得开阔了；因为你的存在，我感到自己增添了青春的活力；因为你成了我要好的朋友，我在异族人民中间从来没有感到自己是一个外乡人。你对待我是那样亲，你给予我的是那样多，我应该怎样来回报你的深厚情谊呢？

我想起了北京城里曾经有过的那种射击比赛。于是，一个非常不正规的靶就颇有吸引力地出现在大家面前了。那一天，在那个各民族聚集的小学校里，在那个半山坡的小小操场上，我成了射弩比赛的当然组织者和裁判员。可西双版纳的天气真怪，方才还是繁星点点的清晨，不一会儿皎洁的月亮便迷蒙了；天空渐渐出现了迷雾，很快几步以外就看不见人了。我有些担忧。忽然从雾里走出了拉祜族汉子扎姆，他很有把握地对我说："没关系，肯定会晴的！"果然，边疆的天气好像是一位神奇的魔术师：朦胧中，只是近山渺渺，高树飘飘，再低头往下看时，又分明可见山谷里的菜田亮了，绿了，清清楚楚了。当一片金色的阳光洒满我所"设计"的那个原始靶场的时候，所有参加比赛的射手们都准时来到了。他们从常年不熄的炭火边而来，他们从叮咚作响的牛帮行列而来，他们来自山上裸露的坡地，他们来自丛林中流淌的小溪……来的还有好些嘴叼竹管小烟袋的婆娘，还有一大群光屁股的小娃！

原始的靶场顿时成了英雄人物脱颖而出的战场。射在圆圈外的，一个没有！射过一轮，三弩都命中靶心的，竟然有30名选手，过半！只好20步距离变为30步开外，再决雌雄！

场上的气氛达到了白热化。几个民族的妇女各用本民族的语言叫喊着

“加油”，高高矮矮的光屁股小娃靶前靶后地捡拾着射落的弩矢。终于只剩下5名最佳射手了，怎么办?

我决定采用足球加时赛后仍为平局的那种“罚点球”办法，让他们轮番射，不断地有人被淘汰。谁知几轮过后，这个办法只淘汰了一名！不行，必须变30步开外为35步距离！

真可谓“棋逢对手，将遇良才”，最后剩下的佤族射手鲍二和拉祜族射手扎体，皆是三发命中靶心。我这个“裁判”正在难判的时候，只见他们二位已经握手言欢了。其他的人也都一下子围了上去，发自内心地呼叫着、跳跃着。我发现，我多粗心啊！我竟然没有为这次比赛的优胜者准备一点点菲薄的奖品……

弩啊，遥远的弩！我至今还记得那一次射弩比赛之后的不眠之夜：

一灯如豆。我斜倚在自己的竹床上，禁不住地望着低矮茅屋的一角而心潮起伏。那里，好像有一颗祖国的绿宝石在闪闪发光。我定睛细看，却原来不仅有一个怪味可口的大牛肚子果（学名“菠萝蜜”），而且有几个金黄色的椭圆形芒果，还有公路旁的沙质树上能够采摘到的那种酸甜可口的鸡嗉果，还有碗口粗的紫皮长干蔗、熟透了的橙红色大菠萝……

这些，都是射弩比赛的参加者对我这个粗心的组织者兼裁判员的自发奖励！这是一种多么感人肺腑的奇特奖励啊！我还没有向他们袒露自己的愧疚之心，他们却已经不约而同地把自己的感激之情急切地捧进了我的小小茅屋……

忽然，我发现门边的小凳上不知什么时候又出现了一把弩。我急忙下地一看，只见两头削得尖尖的弩弓上曾经抹过的鸡血因时间久已经变成了暗红色，而弩身上的那个笔直的凹槽里，为能粘住一点上好的弩矢，还抹着一层淡淡的蜂蜜。这分明是并列第一名中的扎体之弩！弩矢上还串着一张小娃的算数纸，上面歪歪扭扭地写着几个汉字：辛苦了，送你弩……

啊，这把比金子还珍贵的弩，长存在我绵延不断的情思之中。它是传递民族友爱的多情之弩，它是透露着一种古老文明的华夏之弩……

寻藤纪事

是梦，还是真？悠长的记忆像一条闪闪发光的绳子——不，那是拔河之绳，那是我肩负着曼青寨全体同胞的殷殷目光，到西双版纳原始森林里去寻藤……

那时，我在祖国西南边陲的这个山寨已经生活了一年。“日出而作，日落而息”的生活固然有其值得歌咏的古朴一面，但每当夜阑人静之时，学生岁月中那一个又一个的运动女神，便会来轻叩我辗转反侧的青春之心。不知有多少个不眠之夜，沉重的篮球在黑暗中落地无声；墨绿色的乒乓球像神奇的魔毯一样，飘然而至，却又调皮地一下飞去了……

我终于想到了“拔河”。那是一天下工回来，我看到阿歇老爹屋檐下捆桩子的一根粗藤而忽发奇想。那不是普通常见的白藤或紫藤，而是一种直径足有二三厘米的……“那是鸡血藤。”阿歇老爹看我冲着粗藤发愣，便热情相告。“这藤子结实吗？”“结实，这是林子里的常年老藤，用刀都难以砍断哪！”“那，两个人能拉断吗？”“不要说两个人，就是两头牛也拉不断呀！”阿歇老爹说完，呵呵笑了。

我决定去砍藤。当寨子里的哈尼族同胞知道我是为了组织大家“拔河”只身闯老林时，纷纷跑出来要伴我前往。可当时正是大忙季节，我只好谢绝了父老兄弟们的深厚情意，一个人出发了。

我在崎岖的小路上默然而前行。早晨的露水好大呀！我折了路边的一根树枝，把左右的茅草不时地打开，否则裤腿就要湿透了。走出一片茅草地，我抬头看了看天，天有些阴。但东方的旭日呈玫瑰红色，在一片灰蒙蒙的远天中已经露出了一个弧形，眼前的道路开始浮现了亮色。忽然有一只小鸟近在咫尺地飞掠而过，落在了前面不远的一棵玉兰树上。我使劲儿嗅了嗅扑面而来的一阵馨香，定睛一看，原来已开始在玉兰树上唱歌的小鸟是一只“阿头帕”！这种鸟黑头、红屁股，最爱叫，曼青寨附近也时有所见。阿歇老爹的孙子小阿东曾经用“竹弓”捕到过一只，反复地教我说过“阿头帕”。阿东才8岁，从来不知道什么叫“拔河”，但他捕鸟的手段却是高超的。他所用的“竹弓”，并不是汉人观念中的“绷弓子”，而是绷紧绳儿的一根细竹竿。不知他怎样设下机关，鸟一啄竹竿上的虫便被套住了脑袋，甭想跑。他才捉住过一次“阿头帕”，多次捉到的是漂亮的“芒夜”。最令人回味不已的是，他经常捉，也经常放……

我从“阿头帕”的身边悄悄走过，没有打断它婉转动听的歌声。我仿佛看到善良的小阿东正在什么地方冲我满意地微笑，我也情不自禁地笑了。这些山寨里的孩子多么可爱呵，他们教了我“阿头帕”，我也应该教他们“拔河”……

又往前走，祖国的边陲竟然馈赠我一幅无比奇特的壮丽画卷：早已升起的太阳，把它磅礴的光辉投照在一个云雾笼罩的山谷里。眼下的山谷中有一个白色的虹圈虚无缥缈。而在这个虹圈的正中间，分明可见一个圆圆的光点——

啊，“峨眉宝光”！这不是《十万个为什么》中讲过的那种世所罕见的奇景吗？！

我急忙挥舞自己的手臂，果然，山谷的虹圈中也有一只手臂在向我起劲儿挥舞！

我忘情地喊了起来，山谷里隐隐传来了回声。我又想起了“拔河”，试着向美丽的虹圈大声一喊。“拔河”的回声，立刻在西双版纳的崇山峻岭间弥散开来……

这真是一个好兆头！我对自己益发艰难的前路充满了信心。又翻过了一座静静发亮的绿色大山，有一条河横在眼前，好在不远处有一座古老的竹桥，正在静静地迎候我的光临。我坐在河边的一块岩石上小憩，碎石般的骤雨突然倾泻而下！我急忙躲到一丛密的野芭蕉叶下，用手拉严了头上的绿“伞”。这时苏东坡的名句悠然浮上耳际：“莫听穿林打叶声，何妨吟啸且徐行。”对，走！尽管苏公际遇的小雨不是我遭逢的眼前大雨，我还是毅然决然地钻出了“大芭蕉伞”，高唱着《运动员进行曲》，向大河上的竹桥奔去……

到了，到了。树更高了，林更密了，一切显得更加幽暗了。空气中已经可以嗅到一种积存已久的潮乎乎的热气。我急忙掏出身上带的一块红布来，迅疾地用孟连刀砍下身旁的一根长树枝，并且把红布系在了长树枝的一端。这是因为阿歇老爹曾经告诉我，进入老林子以后，最可能遇到的就是大青猴。这种大青猴凶得很，有时候能跑出林子来，把正在采鸡枞的小娃娃“抢”走。若遇到它们时，只要用系红布的长树枝一瞄，它们以为是枪，就会立刻逃跑……

密林蔽天，我渐渐适应了眼前的幽暗。我睁大自己的眼睛，四处寻找着可以“拔河”的鸡血藤。但是，富有的森林宝库慷慨地开启了它所有的门扉，我感到眼花缭乱，兴奋得驻足未前。忽然传来一声凄厉的猿啼，我急忙举“枪”，却又不知道瞄向何方。出于自卫的本能，我警惕地四周巡视——啊，鸡血藤！我发现左面各自戴着帽子的一片蘑菇地里有一棵“独木成林”的大榕树，在它的主干上分明地缠绕着一圈又一圈的紫红色大粗藤！我奔过去抡起早已磨得锋利无比的孟连刀，一连砍了七八下！然后一看，在藤皮与藤心之间的部位，流出了许多暗红色的黏汁。没错，正是阿歇老爹所说的那种鸡血藤！我再一看手中的宝刀，刀刃上竟然也沾满了暗红色的“眼泪”。

正在这时，只听“嗖”的一声，我发现顺藤爬至眼前的一条毒蛇的三角脑袋已经开花！啊，好险！我一下惊出了一身冷汗。这是一条眼镜蛇，头扁，眼大，被弩箭射中的面孔还显得凶恶至极！惊魂稍定，我这才明白刚才那危险的一瞬究竟发生了什么事情，一股感激的热流涌遍全身。我回首找人，悄然不见其踪。千钧一发之际，向我的性命之敌放射了这准确的一箭，难道是传说中的森林之神？

忽然，我看到射中蛇头的弩箭尾部捆扎着一羽漂亮的山鸡毛，啊，莫非是……

当我肩缠着足有二三十米长的鸡血藤回到曼青寨的时候，满天的繁星已经珍珠般地洒在了古老山寨的上空。一直挂念着我的哈尼族同胞们，有的高举着火把，有的弹起了三弦，有的吹起了巴乌……热烈的欢迎中又响起了一种庄重低沉的调子，我听出这是哈尼族的“哈巴惹”，不由得惊喜万分！要知道，这种哈尼族的酒歌，只在最隆重的场合，他们才会唱啊！

我当时最急切的心情，还是要找到阿歇老爹。但大家都说，不知道他一天到哪儿去了。正说着，阿歇老爹却从寨子里颔首微笑地踱了出来。只见他下身还是那条自家染织的藏青色小土布裤，上身却换了一件对襟的黑布衣服，沿襟新镶的两行大银片，在火光的闪动中熠熠发亮。我正要借那支救命之弩奉上自己的感激之情，阿歇老爹却向聚拢来的人们有力地把手一扬：“来，我们拔河……”

于是，就在那永远闪光的西双版纳土地上，就在那并非节日的节日之夜，一场真正的拔河运动，拉开了历史性的序幕……

这一切的一切，都是我所亲身经历的一个真梦呵！

木射奇观

如烟似梦，渺然而不可追觅。又如珍藏在记忆深处的一张清晰底片，时时切盼着我在静夜笔端进行真实的显现——

呵，密林中的木射，我怎能忘记你萌发于那一片闪光草地的最初情景？

那是繁茂的西双版纳密林中少有的一片开阔地，方圆足有半个绿茵场那么大。然而彼时此刻，金黄的足球在天上，草地上只拂动着几星几点不知名的野花。我只好翻了个身，仰面朝向蓝天。绿色的眠床是柔软的；当空的太阳尽管一再地闪着诱惑的光，我却愈看它愈不像是一个能踢的足球。

也许是敏感到我的心里有点不对劲儿吧，当时正倚靠在我身上的大卫拐过一只手来，正好遮住了我的视线。我一看，原来是一张卷“大炮”的小纸，再一看，小纸上面密密麻麻的，还有字呢！我急忙推开大卫，翻身坐起，仿佛“他乡遇故知”似的细看起来。

（木射）一称“十五柱球戏”。我国古代民间球类游戏。始于唐代。

陆秉著有《木射图》一书。其法在场一端竖立15个木笋，在每一木笋上用红、黑颜色各写一个字，红色的为“仁义礼智信温良恭俭让”10个字，黑色的为“傲慢佞贪滥”5个字，红黑相间，作为目标，用木球从场的另一端地上滚去，命中红笋者为赢，中黑笋者为输。木笋象征……

“还有呢？”我一把抓住了大卫的胳膊。他莫名其妙，只是向我喷了一口烟圈儿。云烟在眼前缭绕，我怀疑那其中有所“象征”，但一下子又兴奋起来：木射的要旨，不是全在我的手中吗？幸甚！足矣！

可爱的大卫并不是个缺少运动细胞的人。其实他也并不是一个洋人后裔。在祖国的最西南边陲，曾经有一些少数民族村寨深受基督教的影响。这也许就是“大卫”名字的历史由来吧！要没有这种独特的背景，恐怕拉祜族大卫不会把《辞海》当作卷烟纸献给上帝，“木射”的小船也绝不会驶到我当时的神经中枢。

说干就干——这是我和大卫筹划木射运动的“战斗口号”。别看他朴实得像地上的石头一样，行动起来却别有一番好身手。他迅疾地从左近大树下取来一把砍刀，然后便左挥右砍起来。

大卫一边干一边吩咐我：“赶快回去拿锄头！”我欣然从命，跑回了住地。

呵，那是怎样的一个住地哟！一条清洌的溪水上面，放倒了几棵大红毛树，就是一座平坦的桥。桥的另一端就是我和大卫暂时客居的伐木工人宿舍。要不是等在那里收购木料，我可能永远也不会光顾世界上如此别致的房屋：墙壁全部是用松木板围成的；屋顶的松木椽子上是松木压条，藤子捆在压条上，有的压着一些干稻草，更多的还是压着一些松木板。这真是木墙木瓦——木屋了。屋里面还是松木：松木墙的漏洞处，斜插着几丛青绿的松毛；裸露的松木椽子上倒挂着一根带钩的松枝，衣服就钩挂在上面；屋角处的松木桩子上，平搭着松木板，这就是松木床了；还有显眼的松木椅——一块大松木砍成120度角，坐上去蛮舒服！屋子里还有松木桌、松木凳、松木脸盆、松木筷子和松木拖鞋等。一句话，这里简直是一个极其富有的松木家族！

能在这样的家族里和全体劳动成员开展木射运动，这是多么令人兴奋的一件事啊！然而当我兴犹未尽地跑回大卫身旁的时候，他已经坐在树下等我多时了。我不得不表示歉意，他却一边接过锄头，一边又吩咐我赶快去通知各处的伐木者收工后来参加“木射”。

我旋而又去，只顾得到处寻觅伐木丁丁的声音，只顾得向每一位颇有兴趣的伐木者讲述着木射比赛的大致方法，全然忘却了大卫一人怎能飞快地造出一方木射场来?

啊，我简直不敢相信自己的眼睛！银辉初洒的处女地上，闪着多么美的亮色！白天的半个绿茵场，已经幻化出一方黝黑的笑脸。在“笑脸”的顶端，一字排列着十五支插地而立的木笋。只见大卫的手中有火星一闪，一支米许的木笋忽然耀目地燃亮起来！啊，松明子！好聪明的大卫！我正要把带去的晚饭送上前去，他却又专注地引燃了下一支。在夜色中，飘动的火焰下面，隐约可辨每一支插入沃土的松明子身上，都有一个绿色或白色的字。我不由得遐思远去，敢问古之能者，自从“木射”问世以来，有过这般通明的“木笋”吗？且看我们拉祜族大卫兄弟的杰作吧：一闪又一闪，一只又一只，一共有15只金爪的一条火龙飘拂在神州大地的一隅密林，最古老的神话为之逊色，最瑰丽的梦境难堪其美！

大卫终于发现了我，但还没有发现我手中的饭盒和牛干巴，他第三次吩咐我赶快到大树下把木球拿来。这次我可不想“遵命”了，非让他先把晚饭吃了不可。他却一屁股坐在了坦荡的木射场上，问我身上带着烟没有。

啊，大卫，我怎能忘记你嚼一口干巴、抽一口烟的样子？恍惚中我觉得你坐地成仙了。特别是当我从大树下又取来木球的时候（哪里是“木球”，原来是藤球），我真是对你佩服得五体投地！开天辟地谁无斧？以藤代木妙难言！藤球不但比木球好制，而且更富弹性，更具有那一片神奇土地的特色……

来了，各民族的伐木工人都来了。自从盘古开天地，这是他们有史以来第一次参加“木射”啊！

开始时是乱射一气，人人挥臂，个个瞄准，木射场一下子成了自由运动场。后来大卫提议：轮流射，谁射中白笋罚谁跳舞。大家一致拥护。佤族鲍二第一个跳将出来，弯腰甩臂，凭着一只砍惯了大树的手，5个藤球个个不沾地地一一向绿笋飞去。众人一片喝彩！鲍二也高兴得很，一个劲儿地搓着大手又站到队尾去了。第二个上场的是布朗族哈西，他个子瘦小，两只内陷的眼睛却炯炯有神。只见他面向绿笋，对得笔直，然后左手一扬，藤球便缓慢地向目标击中。他也是五投五中！更不可思议的是，按照顺序接连上场的哈尼族卡多、彝族阿摩，还有汉族李应昌等，竟都是稳操胜券，没有一个射到白笋的！难道他们都是“仁义礼智信温良恭俭让”？我正想问问大卫，是不是他把距离划得太近了的时候，恰恰轮到他出场了。他早已穿起了原来一直扔在大树下面的那件无领大襟衫，下身是一条裤管宽大的黑长裤，头上裹着一条黑色包巾。只见他把头微微一侧，右臂持球猛然一掷——啊，白笋！大家都愣住了，我也莫名其妙。大卫倒也是五射五中，不过都是白笋！还没等大家由不解转而嚷“罚”，一脸微笑的大卫已经双脚一踏，跳起了芦笙舞！我恍然大悟，真是一个道地的拉祜族，最快乐的时候不跳舞不行。其实，又何止拉祜族是这样呢？只不过大卫在那木射的一群里用心最久，用力最多，快乐也最深罢了！

那一晚的木射运动，最后也就变成了载歌载舞的狂欢之夜……

夜深沉，梦难寻。古朴而又智能的各民族兄弟啊，我是多么地想念你们！

炸鱼进行曲

闲园垂钓，可谓一乐。然而你可曾到崇山峻岭中的一条无名大河去炸过鱼？那可真是各种“涉鱼运动”中最别致的一首进行曲……

我曾经是西双版纳的儿子。从我到达那片奇异土地的第一天起，就听不少兄弟民族的伙伴讲过炸鱼的事。但我起初总是有些不解，只听说过打鱼、捞鱼、吃鱼，还有钓鱼，怎么还有炸鱼呢？

有几个拉祜族伙伴看我总是有些稀罕的样子，有一次便热情相邀。他们不知从哪里搞来几只雷管和十几筒炸药，我便跟在他们后头去翻山越岭了。

很不幸，那一次一无所获。不过，这第一次的炸鱼，不仅消融了我无知的不解，而且激起了我非要满载而归的强烈兴趣。

我决心要弄到一点儿雷管和炸药。附近有一个小小的采石场，每天都要响几次放炮的声音。看管采石场的是当地的一个汉族老爹。我决定用自己最珍贵的东西去换。当他看我郑重其事地要送他一个北京带去的弹簧拉力器的时候，连胡子都笑得撅上了天：“你这是干什么呀？瞧——”说着，他把右胳膊一弯，肌肉隆起，如一小片崇山峻岭。我禁不住伸出了舌头。他爽朗地笑起来，一边笑还一边快活地说：“我这老肌肉呀，就是野河里的小白鱼变的！”我当然不信，但接过他笑眯眯地递过来的一包炸药和雷管时，便顾不得再讨教，转身就跑。“留点儿神，可别炸了自己！”可爱的老人家不放心地在后面直喊。

我兴奋地跑回住地，约了几个在家的伙伴就走。当时已经上午10点多钟了。亚热带的骄阳像一个大火盆，把翻山的小路烤得直发烫。我们只好一边急行军，一边高唱“是那山谷的风”来进行精神乘凉。其实也没有太大必要，就拿我来说吧，当时总觉得清凉清凉的大河之水就在眼前奔涌欢腾了。“小木偶”徐叶明的想象力甚至比我还丰富，他一边走一边直吧唧嘴，连说：“啊，真香，真香。”只有拉祜族伙伴扎列和雅波的比较实际，他们不知什么时候从路边的野芭蕉上劈了两个大叶当了遮阳的伞！

到了，又来到上次曾经光临的大河旁边。它静静地躺在人迹罕至的密林山谷之中，仰望着蓝天，仰望着白云。四围的崇山峻岭是它高大的屏障，偶尔掠过的飞鸟，也许就是它生动的呼吸。我站立在似曾相识的大河旁边，禁不住想起了上次炸鱼的悲惨：五六个小伙子，跑了两三个小时的路，待把炸药扔到塘子里，瓮声瓮气——一无所获！

这次呢？只见炸鱼能手扎列冲我一招手，我急忙跟了上去。雅波的和“小木偶”早已跑在了前面，正在身临一个死湾而合扎药筒。扎列急忙说：“这个塘子没鱼！”我也恍惚觉得这个地方曾经来过。那二位则不解地看着扎列，连声问：“你怎么知道？”“真的？”扎列歉然一笑，径自对我说：“都怪我，上次没看准，在这儿浪费了5筒炸药。”接着，他又对雅波的和“小木偶”说：“这次咱们一定要找死湾大点儿的、水面平静点儿的塘子放。”吃一堑长一智，我急忙赞同；雅波的和“小木偶”将信将疑；扎列则早已走到最前面去了。

扎列这次的眼力果然不错。我们选定的第一个塘子，是在离一座高高吊浮着的傻尼竹桥不远的地方。雅波的把一个竹筒内塞满的炸药引燃了导火索，然后往塘子里一扔，几秒钟后便听到水底虽闷却响一炸，很快便有被炸翻的鱼从塘底浮出水面。扎列一个猛子扎了下去，我们则急忙退到离塘子不远的水之下游，横成一排，严阵以待。只见并不很深的清亮亮的水中，霎时间奔流过来一条又一条闪着银光的小白鱼！此时的我们呀，都恨爹妈少给了一双手，怎么抓也抓不过来！一着急，到手的鱼儿还会滑脱呢！只是来时灼人的太阳早已隐去了，无名大河里的水愈觉寒冷起来，“小木偶”虽然在水中站的时间尚不很久，却已经有些打哆嗦了。我让他赶快到岸上去休息一下，他却忘情地一个劲儿对我大喊：“快抓，快抓，快抓呀！”我急忙又抓，可还是遗憾地看到我们抓不过来的一条又一条小白鱼顺着湍急的河水浮涌而去。忽然，我不遗憾了，原来身后不远的水中，不知什么时候出现了一排陌生的僾尼兄弟！他们也像我们一样，正站在水里，弓着身子在抓呢！

仅这一炮，就收获了七八斤。那一排陌生的僾尼兄弟，也和我们的人数一样，他们抓获的也有二三斤之多。别看他们是山野之人，却很客气，非要把那些鱼“完璧归赵”，我们怎么能要呢？结果是：他们接受了我们炸的鱼，我们接受了改日到他们居住的半坡寨去做客的邀请。这次炸鱼的第一炮，没想到盛开了一朵含苞欲放的民族友谊之花！

和这些可爱的兄弟分手以后，我们逆流而上又炸的第二炮，更运气了，收获足有10斤左右！本来还有放第三炮的炸药和雷管，不过我们怕贪多而拿不动，便决定踏上归途了。列位读者，你们一定可以想象，当炸鱼者身背近20斤的战利品回家，那是一种什么样的心情！

来时的蜿蜒小路，好像变得笔直了。每一座山都起伏着我们快乐的歌声，每一片西双版纳密林都消融着我们沉重的足迹。当星星像珍珠一样缀满夜空的时候，我们已经把捕获的小白鱼分到了住地所有伙伴的小小茅屋里……

当然，最多的一份是给采石场所有工人师傅的。那位可爱的汉族老爹大度地接受了，还笑眯眯地把我早已忘却的那个弹簧拉力器还给了我，他并且拍着我的肩膀说：“别以为西双版纳没有显身手的好地方，野河里能唱出最好听的调调哩！”

是的，这是一支又好听又难忘的进行曲：炸鱼进行曲！

奖章上的木戛河

女儿虽小，却颇有游水的兴致。你看，本来到这“北京少儿活动中心”是来参加消夏晚会的，她却跨进一个用粗帆布围成的小水池里不出来了。周围是月色溶溶，游人历历；有架空的游览车辘辘地响，也有各种最新式游艺机前的人头攒动。我想拉女儿出水，却被她母亲拦住了：“谁让你刚带她从北戴河回来呢！”是呵，前两天刚从渤海之滨回来，现在女儿又泡在小水池里不出来了，这本非我意，却又不能不承认是顺理成章的事。“爸爸，你看我游得多棒，你该给我做一个大奖章了！”女儿的稚语从水花里笑出，我猛然记起自己曾经许过的愿，不由得接口而答：“好，好，做一个大奖章，上面还有北戴河。”“不，你给我画木戛河！”女儿的反应是那般迅决，又是如此地出乎我的意料，一下子疏通了我记忆障碍的遥远河水。倚池伫立，我仿佛又回到了自己的青春岁月，又回到了自己第一次“到中流击水”之前的尴尬时刻……

眼前是一条远在天边的河。它深藏在绵延的崇山峻岭之中，以致在祖国的地图上根本找不到它的名字。但是，无论白天还是黑夜，它的礁石处分明激起波浪的飞沫——白色的、浑黄色的，平铺向密密的山谷。

同在边疆生活的北京老乡都已跃入水中了，我还愁立在河边的一块岩石上。

这是一条绿色夹荫的河。高大的桥洞之上，间或驶过几辆带拖斗的车子。汽车的轰鸣声淹没在大河的流水声中，耳边只是哗哗的巨响。怎么办?争先恐后的伙伴们已经逆流而上了，却又谁知道我原本是个“旱鸭子”！

忽然，一只温暖的大手蓦地落在了我的左肩：“这河不欺生，别怕。紧紧跟着我，保你没啥事！”还没等我答应，身后的布饶便一下子把我拉入水中。

微凉的木戛河水软溜溜地从腿间滑过，双脚踩在清晰可见的鹅卵石上，怪舒服的。但毕竟是初次下水，我的神经还是有些紧张，全身像灌了铅一样，沉重得很。紧傍在我身边的布饶扶持着我，像护卫着一尊铅铸的塑像。我感到很不好意思。布饶冲我一笑，又扬起砍刀一指：“你瞧！”我的视线从可怖的水面掠上河岸的青山，只见一群僾尼人正在蓝天下耕种着什么。布饶虽是佤族，却也通晓僾尼语。他扬脖一吼，大山上的僾尼人便倚锄挥手，引吭高歌起来。我知道他们开始“对歌”了，便倾耳细听起来。布饶在唱：“荞麦开花红灼灼，好似红霞落满坡。”一个尖声的僾尼女子在答：“连情是杯苦乐酒，苦荞甜荞齐收获。”……

不知不觉，我这尊“塑像”竟然前行几米远了。当我骤然发现这一点，高兴得差点儿跳起来。尽管河水的“魔力”束缚了我，但我已然不觉柔水之可怕：逢岩石就跃，遇浅水就蹚。当然，凡是深不可测的地方，布饶还是想方设法地给我“护驾”，或长竿联手，或结伴浮游……

木戛河水像母亲一般温柔。亚热带的阳光朗照着，平静的水面上金子般亮。在大河的转弯处，也会有旋涡在急骤地转，宛如母亲因孩子临危而焦动、警示的一只爱眼。每逢此处，兄长般的布饶便拉我远远地避过。有时候，他还要随水抢摘顺流而下的一两朵野花，向母亲的“爱眼”亲热地掷去。置身在温情的母亲怀中，又有笃厚的兄长牵领，我这个“旱鸭子”渐渐地敢于在水中扑动“翅膀”了。因为逆水，或许是因为我毕竟还是一只“丑小鸭”罢，我常常扑而不前。尽管如此，布饶还总是夸我“有进步，有进步”。如果我不再扑游，而任水漂浮，他就宽慰我说：“别着急，慢慢来。”他还一遍又一遍地给我做非常漂亮的示范动作，伸臂，收腿……我很感激他。佤族人的肤色多是黝黑的，布饶也不例外，像白色的浪花缠裹着一条黑色的鱼。

河两岸，都是人迹罕至的青山密林。我们之所以逆流而上，是为了觅得沿岸的野生芭蕉。俗话说：靠山吃山，靠水吃水。我们当时是既靠山又靠水，所以连我们养的猪都占了双份的便宜：野芭蕉秆碎之，拌以苞谷或荞麦，是它们的上好饲料；砍好的野芭蕉可以顺水而下，木戛河是不要钱又省力的天然运输线！

野芭蕉竞生的宝地渐至眼前。先行的伙伴们都已三三两两地挥刀上岸了，热心的布饶还是一丝不苟地教我游泳。终于，我也能向前“扑游”十几米了，只是还绝对不能说“丑小鸭”已经变成了“白天鹅”。但是，布饶却很满意，冲我微笑，其笑容真比“黑天鹅”还要悦目、怡人！

天色不知道什么时候阴暗下来，山谷里的风幽幽的。先上岸的布饶原地狂跳起来，我也学其榜样。不一会儿，赤身上的水珠儿不但风干，而且心头感觉到了微热。我们踏着满地的青草，走到一棵浓密的树下歇息。越过对岸的原始密林，有团团裹裹的烟雾，背衬着灰蒙蒙的远天，缥缈地把一座又一座的大山联系起来。云彩中又透出了一线亮光，隐约可见有一座远山的大坡上于是阳光普照了。亮中有暗，暗中有亮，眼前真是一个生动的美妙世界！

我正眯着眼，陶醉在美的发现之中，布饶问：“呛水了吗？”我以一笑答之。他一边用砍刀撑地站了起来，一边温厚地说：“你再歇歇，我去砍芭蕉。”

这怎么行？我急忙跃起，与他相继钻进了翠绿的芭蕉丛。呵，手起刀落，我们的锋刃削叶如泥。原始的河岸上，霎时裸露出两颗亭亭玉立的大芭蕉杆，恰似两株鲜嫩的巨笋拔地而生。只是在我们的脚下，狼藉了一片又一片的清凉蕉叶，有的叶片上还滚动着晶莹的水珠儿。时候已经不早了，我们也顾不得许多，便守定一棵大芭蕉秆，猛砍根部。很快地，它们便倒了一根又一根，我俩合力一蹬，砍倒的芭蕉秆便顺从地滚下坡去，落入了急流而下的木戛河。

芭蕉在前，如两只失却了命运之舵的浅绿小船，任由奔流的河水冲激向前。坡度不大的时候，水速不疾，我们徐徐地跟在“浅绿小船”的后面，各自张开自己的思想之帆，谈论着眼前的一切和未来的生活。布饶说他是木戛河的儿子，我正想细听端详，他却一个猛子扑到“小船”的前面去了。只见他双臂一夹，把两棵大芭蕉秆紧紧地控制在臂弯，然后喝令我“赶快上岸”，并大声喊道：“前面危险！”我一看，原来不远处就是那两三米高的小飞瀑了，果然危险——眼下的水势已然迅疾起来！我庆幸布饶的先见之明，更感动于他的先人后己……只见布饶双脚一蹬，黑身子与双臂的绿芭蕉持平，像一架起飞的“三叉戟”，飘然向前，转瞬便没落水端了。我急忙抽身上岸，向前跑去。跳过几块高大的岩石之后，我惊喜地发现：黑色的布饶早已夹着两只“浅绿小船”，正在静静地候我并肩而前行。

再往前，没有危险的流瀑了，躲在云层里袖手旁观的太阳又露出了笑脸，清亮的河水里渐渐有了暖意。除了遭遇到突出水面的礁石或随波逐流的朽木，我们的两只“浅绿小船”稳稳地向前行驶。我和布饶紧紧地尾随其后，能走则走，须游即游。太惬意了，我忽然觉得眼前的芭蕉秆像两行流动的诗，便禁不住地有所吟哦。布饶起先不知道我在吟哦什么，后来听清了“木戛河是我的妈妈，我是木戛河的娃娃”两句，他忽然转过头来，盯着我的眼睛问：“你真是这样想的吗？”“当然是。”“啊，那你就是我的弟弟了，我的北京弟弟！”说着，他不顾人行水中，也不顾芭蕉远去，兴奋地扑过来，紧紧地拉住了我的双手……

“爸爸，什么时候给我做大奖章呀？”5岁的女儿不知什么时候被她妈妈拉上“岸”来，小手凉凉的，不伸胳膊穿衣服，却一个劲儿地拉着我的手又问。恍惚之中，我又想起了北戴河，难道我在北戴河给她讲过木戛河？但这种推究实在没有必要，要是没有“旱鸭子”的木戛河初泳，哪里会有“水爸爸”护卫小女遨游于渤海的波峰浪谷之上？

啊，生命在于运动，没想到在我们的家庭生活里，也潜移默化地形成了运动的纽带，它联结着一个起步太晚的父亲的过去，也联结着一个起步颇早的女儿的现在。我心爱的母亲般的木戛河，你的确应该描画在我女儿必将获得的“游泳”奖章上，并且我要在这枚奖章的背后，永远刻上一个可亲可敬的名字：布饶。

飞在相册里的鹰

在我所居住的大院一隅，静得连掉在地上一根针都听得到。每当我一个人在屋子里独处的时候，从幽幽的书柜玻璃后面，便会飘出一种悠渺而令人迷醉的音响。我知道，那是远在祖国西南一隅的西双版纳又来轻叩我记忆的心扉了。

每当这时候，我总要把书柜玻璃拉开，从最高一格取下第三本相册，然后把它翻开在写字台上。这时，群山环抱中的一个小小运动会，又在我的眷恋中进行力和美的显现了……

呵，我的惠民山！灰里透亮的远山如兽脊般横亘在一层又一层的密林之上，微风吹来，错落有致的青青波浪掀滚着，衬托出我们那个小小的运动场。高音喇叭正播放着《运动员进行曲》，整个密林王国都在这动人心魄的乐曲声中跃跃欲试。

你看，我们的运动会开始剪彩了。但在密林之中，山野之人何“彩”之有？还是土生土长的扎多有办法，他从山上下来时特意备了一扇丈多长的大芭蕉叶，此时一伸，敬候我们组委会主任开剪。但事前的运动会计划中并没有如此庄重的一项，仓促之中，竟连剪子也找不到。不知是谁，大喝一声“拿砍刀”，我们的主任这才手起刀落，“剪彩”成功。众人欢笑，扎多还拿着半截的大芭蕉扇旋舞起来。他可真是个聪明、快乐的拉祜族好小伙儿！

扎多，我又看到了你在运动会上的英姿！你正在腾空跃起，右臂平屈，左臂张扬。我又看到了你那宽大衣襟的黑衫，又看到了你那不长不短的黑裤，你真像一只凌空欲飞的黑鹰！

我急切地翻看着心爱的相册，可爱的扎多，我又找到了一张运动会之前的你我合影。竹林摇曳，金沙耀眼。记得那是一个“共产主义星期六”，并非共青团员的你，听说团工委要组织共青团员到4公里以外的勐满坝子去拉沙，你便早早地徒步赶去了。当我们乘坐拖拉机到达那里的时候，你不仅已经觅好了一处最细软的沙地，而且平整好了拖拉机进出的一条必由之路。当时我们纷纷夸赞你，你却连连说：“我报名参加了跳远比赛，应该参加拉沙子的劳动呀！”

扎多，你看这一张，鲁老民在使劲地上下挥舞着小旗，胥涛在大声而节奏分明地喊着“一、二，一、二……”双方的人都在拼死力地拉，周围是各自的“啦啦队”。有谁知道，众人手里那根拔河绳，并非是惠民山仓库所有，而是你这个“组委会”之外的自告奋勇者，在一个伸手不见五指的夜晚，摸黑赶了10多里山路，到一个兄弟单位连夜借来的呀！

扎多，你的可敬之处，不仅在于你是那次山野运动会的自觉组织者和辛苦工作者，而且越往后翻看“照片上的运动会”，我就越是能清晰地记起，你是运动员、组织者、观众、教练和裁判“五位一体”的突出代表。

天有不测风云。亚热带的雨更是说来就来，既不响雷，也不打闪，麻秆粗的骤雨从天而降，一下子击跑了篮球场四周的几乎所有观众。但运动会的竞赛项目之一——篮球比赛，正在激烈进行，双方队员们不得不冒雨奋战。留在场边未走的几个观众都是有名的球迷，只有你——扎多，我知道你连“三步上篮”都没玩过几次，这时候你却特意从“乒乓球室”赶来了，你在雨中伫立，而且不管哪一方冒雨把球投进了对方的篮筐，你都要拍起湿漉漉的手掌。扎多，你可能没听到，立刻就有宣传员把你的“雨中掌声”写成了稿件，并且立刻就被广播室以“最佳观众”为题播出了。

亚热带的雨，来得快，去得也快。雨霁不久，扎多，你又和阳光一起走进了我眼前的相册。这是那次运动会最别致、最富有西双版纳特色的射弩比赛。初上弩场的汉家知识青年，自然也想夺魁，却又没有十分把握。好扎多，这时候的你，又自告奋勇地大显身手了。你重教练更甚于自己参加比赛。我已经记不清你那次射弩到底获得第几名了，但我肯定终身也不会忘记，就在那轮番角逐的紧张比赛中，你曾把自己柔而遒劲的祖传之弩任我练试，你曾手把手地教我拉弓、上羽，肩并肩地教我瞄准、扳机……

扎多，你的照片真多，这也许是那次运动会的"摄影记者"王源波异常偏爱你的缘故吧。大约是一年以前，我和他曾经在北京的王府井巧遇过一次，他现在是真正的摄影记者啦。提起那一次运动会的"处女作"，他说最得意的就是给你抢拍的那张"裁判"像——

就是这张，扎多。你面对着跳高选手起跑的方向，笑得是那么"认真"。你正站在横杆的立柱一侧，左手托记录夹子于胸前，右手之笔自然地面对着翻开的成绩单。你是那样虔诚，那样专注。你的目光里，透出一种发自内心的期待。

记得那次运动会进行的最后一个项目是4×100米接力。很可惜，我的相册翻完了，却没有当时这个项目的任何一张照片，但有一个镜头却一直深藏在我的脑海里。紧张的接力赛开始了，这是那次运动会的压轴赛，也是颇能影响各队最后名次的决胜赛。不幸的是……扎多，你还记得吗？当你跑到最后一棒时，你们队还在领先。可是，当你奋力向前冲刺时，路旁的草丛里忽然窜出一头黄牛，你避闪不及地撞在了黄牛的腰部，一下子扑倒在地上！卫生员跑上去正要给你擦拭磕流的鼻血，你却挣扎着爬了起来，又踉踉跄跄地向前"跑"去。可敬的扎多，短跑比赛是分秒必争的，你跑的第四棒已经是倒数第一了，但你还偏要踉跄着去争最后一名，这是多么令人难忘的一个镜头啊！

扎多，你的确是西双版纳的运动会之鹰，至今你还在我心爱的相册里展翅飞翔。每当看到你，我就好像看到了一道黑色的闪电，是那样迅忽，又是那样恒久……

远山之恋

我的爱情是属于西双版纳的。我爱晓雾乍开，那里的竹林摇曳；我也爱月色溶溶，那里的树影婆娑；我爱鹰隼盘旋于坝子中央，四周是一片甘蔗的海洋；我也爱鹭鸶扑翅在稻田一隅，向着静悄悄的溪水嘤嘤歌唱。我爱那里的一切：如洗的蓝天、拂面的暖风、飞翠的小鸟、湿润的草地……但屈指算来，我离开那里已经整整13年了，美丽的西双版纳最使我缠绵不已、至今还历历在目的，却是那里的青山座座，绿岭逶迤。

西双版纳也有山？是的。“西双版纳”的傣语意思是“十二个坝子”，但到过那里的人们都知道，所谓坝子，不过是“山国里的平原”。所以人们常说：没有山就没有西双版纳。我也可以这样说：假若没有山，我对西双版纳的怀恋绝不会这样深、这样久……

那都是些无名的山，普通的山。她们之所以曾经占据过并将继续充盈着我的爱恋之心，并不是因为那里有什么古老的名胜、魅人的传说，也不是因为那里有什么诱人的宝藏、稀世的物产，而仅仅是因为：我曾经在那里努力攀登过，不断攀登过——不仅用我的双脚，而且用我的血肉之躯，用我的整个青春之心……

我记得，住地附近的某座青山第一次呼唤我，是因为在她的山脚处发现了盖瓦房必须要用的花岗石。尽管我们当时从举世闻名的北京长安大道而来，尽管在我们年轻的历史上谁也没有过“向青山要石”的战斗体验，我们还是无所畏惧，甚至异常兴奋地奔到了“花岗石”的面前。啊，眼前的无名青山，当然高不过“喜马拉雅”，却也比记忆中的“景山”可观得很。即使是一个山之小脚，我们要攀上去打炮眼儿、炸石头，又谈何容易。峭壁、峭壁，除了峭壁，就没有“石头”了。怎么办？没想到西双版纳之山的第一次挑战就是这样严峻。但我们当时风华正茂，不约而同地都想到了登山运动员的卓绝形象。于是有的伙伴“甘当人梯”，有的伙伴则联结了“安全带”，大家并公推个子最高的我率先登而攀。我的脚踩在伙伴的肩上，不断地用手里的钢钎子“开路”。有时候，我的手指也能幸运地扒到岩石缝隙，身体却一直只能够像壁虎一样紧紧地贴在岩石上。那滋味儿很不好受，但我咬紧了牙关，一点一点地登，一次又一次地攀。就在我的全身心都有点儿支持不住的时候，“花岗石”的最高处，竟然已经踩在了我的脚下。但这时忽然传来了女生们爆起的惊叫“血！血！”我回头往下一看，果然有几滴鲜红的血正顺着明洁的花岗石往下流淌。我再看自己始有痛感的左掌，已经如一小朵红云般可爱了——

我亲爱的远山，那也是你曾经送给我的第一朵鲜花……

炸石归来，我便害起了“相思病”。绝壁向上的滋味儿，真如初恋的情意一般，令人身心舒畅，夜不成寐。

我自豪。但身处崇山峻岭之中，很快地我便感到，仅仅攀登过一个“山脚”，又有什么可自豪的呢？

我记得，西双版纳广阔的山野又一次写给我情书，是因为能干的老工人已经在离住地较远的一个地方备好了木料。那是我们盖猪圈必须要用的两棵桂花树。当我们翻山越岭来到桂花树面前的时候，禁不住惊叹起来，这是怎样的两棵大料啊！一筒须8个人挑，另一筒须12个人挑！我是作为十二分之一负重而行的——哪里是什么“行”，分明又是一次永远难忘的攀登！各就各位以后，首先要把大料从山坡之下拿到山坡之上。而这个坡，虽然不是炸石那次的绝壁，却也陡得十分厉害。更可以的是，这个坡上长满了并不很高的茅草，我在后面挑，前面的人已经把茅草踩得倒伏了，我的塑料鞋底踩在倒伏的茅草上，一会儿必滑一跤。好在我毕竟是十二分之一，无碍“登坡队”的大事。但老要等别人候我滑倒了爬起来，实在不是一件轻松的事。我益发感到肩上大料的沉重。这时候，只听带队的老工人哼起了深沉有力的登山调子，大家的节奏感立时加强了，我的脚步似乎也变得轻松起来，竟然再没有滑倒一次地随众人把大料挑到了山梁子上。这时我第一次置身大山之梁，发现满地都是小小的竹粒果！趁别人小憩，我吃得不亦乐乎，爬坡之苦顿时全消。但山梁之乐未久，我们又要在崇山峻岭的羊肠小路上艰难行进了。上面之坡欲仰，下面之坡若倒。小路负重行，逢上处是难登其上，须下时，肩上的大料向前冲得厉害，不仅下脚要稳，而且整颗心都要往上较劲儿。山野间，也不乏溪流淙淙，但大料在肩，谁个又有诗情画意？必须空出一人，先过溪流，然后伸手使劲儿把大家纷纷拉过。非如此，只能望水兴叹，脚下硬是迈不开步。就这样，上坡又下坡，小路复小溪，我们终于把大料挑回了“大本营”。尽管我穿着鞋的脚已经磨出了泡，尽管我戴着“垫肩”的肩已经磨出了血，我仍感觉到欣慰，甚至感到激动。因为在西双版纳群山的考验面前，我终于显示了我的热情、我的力量、我的忠贞——

我亲爱的远山，它们是来自于对你愈益真切的情啊……

有人说，初恋是狂热的，而成熟的情感往往是深沉的。而我那时候非常年轻，我不知道应该怎样向自己的所爱表达自己深沉的狂热。我只清晰地记得，扛大料回来以后的第二天，我便经过一番努力，参加了“砍柴小组”。是的，我就是要不断地上山砍柴，以不断地亲近我的所爱！伙伴们都笑我跌进了“山的情网”，却又有谁知道我自有一颗“攀登”之心呢？

每一次上山砍柴，都是我思想里的喜庆日子。刀开出的路，崎岖攀登！凡有干树，齐腰而断之！轰天的巨响，好像山谷中石塌崖裂；密密的树丛，霎时间就空出了一大片。骤然间下起了大雨！只能躲到芦苇丛中，把头上的叶子拉严。但不管用啊，还是浑身湿透了。索性钻出来，坐在大树干上，雨中望祖国南疆。群山在大雨中显得更加清新可爱了。雨后接着干：巨大的树杈，高站其上，猛拉大锯！断木声沙沙。滚下山的干木势不可当！下山的路上，随手可摘吃又鲜又红的鸡嗉果——因为雨季到来了，树根之处多的是！

有时候，我们也曾一早爬起就去砍柴。每人手提一把砍刀，攀援在湿漉漉的山坡小道上，看清泉冲响，看路旁翠谷，看高山浓雾，看露水滴雨……我们也曾到很远的山上去砍柴，崇山峻岭，荆棘小路。我们路过的一个僾尼山寨被惊动了，一座又一座茅草屋里探出了汉子婆娘的头，有惊奇的目光，也有原始的张望，但更多的是淳朴而自然的微笑……我们也曾因砍柴借宿在傍山的道班。那是离我们住地最近的87公里道班，一排木板房沿山而建，俯居公路。我曾在一个格外沉黑的道班之夜，一个人望着坡下的公路浮想联翩。我看到一条隐显星光的带子，拐向了山后，拐向了我遥远而又遥远的故乡……

我的远山，我无名的、亲爱的群山，你们就是我的第二故乡！因为有了你们的簇拥，西双版纳才被称为祖国的绿宝石；因为有了你们坚强有力的臂膀拥抱过我的青春，我的心至今还是绿色的。我爱你们，因为你们曾经用崎岖的小路考验过我的意志；我爱你们，因为你们曾经用自己青翠的美色陶冶过我的灵魂，温暖过一颗年轻的心。我将永远地深爱你们，我的远山！因为你们引我攀登过，教我攀登过，任我攀登过。我要在生活的大山上继续攀登，一直到达生命的终点！这就是我对你们的旦旦誓言，我的遥远而又亲近的群山啊，你们听到了吗？

听我讲澜沧江

澜沧江像一架遥远而又亲近的琴，日夜不停地在我心中流淌着奇妙的音韵。亲爱的朋友，在你即将离开祖国去参加重要比赛的时刻，请让我拨动自己的记忆之弦，为你弹唱一曲傣家人之歌……

那时祖国的北方还是瑞雪纷飞的季节，我们一踏上西双版纳发烫的土地，立刻便置身在悦眼怡人的一片青翠之中，亚热带的阳光热情地脱却了我们严实的棉衣。我忽然发现和我同行的大伟变得是那样健美。他的个子比我略高，将近一米八二，此时穿着他那著名的叔叔赠给他的运动衣，俨然一个运动员的样子。更赫然醒目的，是他那桃红色的运动衣上还有人所熟悉的“中国”两个大字。我禁不住皱了皱眉。大伟是敏感的，立刻一本正经地无问自答：“当今世界上风行的三大爱好，一是旅游，二是体育锻炼，三是穿运动服装。”我也就不能不有所反应了：“我荣幸地陪着您来旅游，却遗憾地不能具有第三种时髦。”“岂止第三种，第二种的准备我也有。”说着，他很快地把上下衣服全脱去了，只穿着一个带黄道的红色游泳裤衩奔向前去。

我这才发现，慕名已久的澜沧江近在咫尺。有几个农哉（傣语，男孩子）正在岸边的浅水中嬉水取乐。我分明地看到，当颀长的大伟从他们身边跃入湍急的江水之中时，他们不约而同地安静下来，仿佛在奇怪天然世界中哪里闯来这么一个愣头青。我急忙走到他们之中表示惊扰的歉意。他们的目光却一下子集注到我怀抱中大伟那件鲜艳的运动衣上。其中最大胆的一个“农哉”竟然一下子跑上前来，从我手中拽出那件衣服，好奇地抖开一看——

“中国！中国！……”他们一下子兴奋地欢呼起来。这爆起的欢呼声，不仅颇具节奏感，而且声音清亮，稚拙中透着一种浓烈的情感。我能估计到可能发生了一种什么样的误解，便急忙向他们摇手。这些轻信的孩子们却视而不见，一个劲儿地在岸边的青草坪上雀跃着、欢呼着。

“中国！中国！……”这国际比赛中经常可以听到的华夏之声，现在竟然执拗地响在澜沧江畔，我不禁感到一阵心热，便急忙取出挎包里的照相机……

“等一等！”只见一个胖乎乎的“农哉”严肃地向我招手示意。我看着他急急忙忙向水中跑去，不由得笑出了声。原来他浑身上下糊满了澜沧江的泥巴，只露着两只细而长的眼睛。这孩子的名堂可真多，他刚在江水中把自己洗干净，却又发现了岸边漂浮着许多云母，顺手捞了两把抹在了自己的脸蛋上。这还不算，上岸以后，他又从同伴手里要过大伟那件运动衣，一下子穿在了自己的小身子上。我从观察镜里看着他和伙伴们站成一排的那个可笑又可爱的样子，心里真觉得不虚此行。待我正要按下快门，湿淋淋的大伟又出现在观察镜里。于是乎，“农哉”们刚站好的位置又发生了动乱，他们纷纷要大伟站在自己身边。我只好静待大伟如何处置自己。他还真有办法，左右手抱起俩，身侧各挨一个，身前则站着那个“中国”农哉——

“咔嚓”，我按动了快门，却不知道将来洗出的照片是否具有真实性。大伟却俨然一个真正的运动员，正弯着腰亲那个脸蛋上有云母的小“农哉”，然后问：“我脸上闪光不闪光？”孩子们一致回答：“中国——闪光！中国——闪光！”

我真是对大伟哭笑不得，只好拉着他离别“农哉”们而去。他却频频回首，还让我无论如何也要回头一瞥……

啊，在高处看澜沧江，真是美不胜收：有一座秀丽雄伟的大桥横跨在宽阔而水流湍急的澜沧江之上。桥上是点点行人、嗒嗒的摩托声；桥下是如离弦之箭的小船、竹筏和独木舟。独木舟上的渔者悠悠地抽着烟。

我想起了女中音罗天婵那纯净而美丽的歌声，情不自禁地哼唱起《澜沧江之歌》：

晨雾茫茫，
漫在竹楼旁边；
白云朵朵，
落在高山顶上……

“冒充歌唱家，是不是？”大伟借机报复，我不能不给他一拳。“澜沧江是美啊，我们沿江走到橄榄坝去，怎么样？”对于他这借题发挥的大胆联想，我深表赞同。于是我们便于第二天清晨向橄榄坝“旅游”而去。

说起橄榄坝，那真是一个奇妙的所在。世人皆知“没到西双版纳就等于没到云南”，其实，“没到橄榄坝又怎么能算到了西双版纳呢？”如果说，美丽的西双版纳是祖国的一颗绿宝石，那么，橄榄坝就闪着这颗绿宝石最晶莹的光辉。听傣家人说，那里有一百多个寨子，风光煞是迷人，还有许多没有文字记载的歌舞……

眼前，温暖的澜沧江像是橄榄坝伸出的热情手臂，正在欢迎我们跋涉而去。

大伟又想游泳了。我这个“旱鸭子”只好又成了给他抱衣服的“临时工”。不过这次从景洪到目的地有七八十里路呢，不能耽误。于是，他游我走——他沿着曲折的江岸顺水而游，我则逢岩石就上，遇浅水就走。偶尔发现了到江边喝水的猴子或在沙洲上戏耍的水鸟，我们便不约而同地各择其所，小憩片刻。

我们还看到有一只窄窄的两头尖柚木小船在江面上疾然驶过，几个彪悍的傣族小伙儿在船上长竿猛撑，姿态神勇。我们正浮想联翩地目送他们远去，他们却调转船头，逆水向我们所在的江岸划来了。丽日晴空。两岸是静悄悄的青山密林，密林中有原始的乱枝，青山上有远古的炊烟。我们不知道将要发生什么事，只能看着两头尖小船愈划愈近。原来船上还有一个老伯涛（傣语：老大爷）呢，他最先站起来，示意我们上船。大伟要上，我踌躇。傣族小伙子们都在向着我们微笑。我不“怕”人了，却还怕水。有一个傣族小伙子眼尖，发现我扔在岩石上的大伟那件运动衣露着个“国”字，便试探地问：“运动员？”我急忙摇手。大伟还不错，也跟着我一起摇手。他们都笑了。最后那个老伯涛用不太标准的汉语对大伟说：“前面，有溜子，不能游！”大伟当然和我一样不知道什么叫“溜子”，但他却一个劲儿地点头，显然他对前面可能有危险是心领神会的。一个傣族兄弟又从船上扔过来一把酸角——那是西双版纳特有的一种豆角状果食，酸甜可口。我急忙道谢，大伟却无声地鞠了日本式的一躬。船上的傣族同胞笑得更开朗了。那个老伯涛，笑得坐在了船上，直说：“我们都是中国人！”见他们调转船头就要离去，我正不知如何表示心中的谢意才好，只见大伟迅疾地拾起岩石上他那件运动衣，一边往船上扔，一边大声说：“送给你们！”那个起先发问的小伙子正好接住，他兴奋地说“谢谢”，然后把那桃红色的运动衣往身上一比画，响亮地大声说：“我是——‘中国’运动员！”更爽朗的笑声飘荡在澜沧江上。我望着那个“中国”小伙子的矫健身影倒泊在粼粼的江水里，望着可爱的傣族同胞们渐渐远去，竟觉得身旁的大伟也变得愈来愈可爱了。谁想到他又猛跟我抢酸角吃。

我们终于弃水并肩而行了。当时缘江公路正有一段塌方，我们没走多久，就恰恰走进了修路大军的傣族同胞中间。他们惊喜地列成两排，夹道欢迎我们这些来自远方的“不速之客”。尽管我当时赤裸着上身，大伟甚至只穿着一条游泳裤衩，我们的样子一定十分不雅，但他们都直视着我们的眼睛，仿佛有一种深厚的情谊在无声地撞击着火花。因为语言不很相通，我们只能报之以受宠若惊的微笑。这个夹道欢迎的队伍是那样长，我们又置身在一道“彩堤”之中了。两旁都是身着鲜艳服装的傣族妇女，苗条的筒裙、抱身儿的胸衣、硕大的包头巾，赤橙黄绿青蓝紫，真是什么颜色都有。我看到只穿着游泳裤的大伟脸上有些泛红，我自己也真恨不得有个地缝儿钻进去才好。傣族妇女们却纷纷放下手中的铁锨，有的拿来毛巾，有的端来开水，还有的捧来酸角、果根、竹粒果等等，当然，更多的妇女同胞们还是在一个劲儿地鼓掌。就在一片热情的掌声中，我忽然听到有几句傣味儿的汉语赞叹：

“运动员！”

“北京的运动员！”

啊？我们当时已经没有了赫然醒目的那件“中国”运动衣，怎么还会被傣族同胞误认为“运动员”呢？是不是因为南疆人短小精悍，北方人身高马大？抑或是大伟的体魄太健美了。我忽然发现，因为亚热带温暖阳光的厚爱，因为澜沧江水的万千柔情，大伟全身的皮肤已经镀上了一种纯净的古铜色。健美的体魄，再加上这游泳好手所特有的肤色，可爱的大伟，怎么能不被眼前的傣族同胞们错爱呢？只不过我自己是个谜。

亲爱的朋友，这个谜我当时并没有费力去猜。因为那时候，完全顾不得自我捉摸了，愈往前走，我们便愈沉醉在橄榄坝那独特的美色之中了——

啊，椰子树高指蓝天，又像是傣家人挥舞着热情的手臂，在欢呼“中国”，在欢迎“北京运动员”……

记忆之弦在鸣响。亲爱的朋友，不要只听我讲澜沧江，你看，象脚鼓敲起来了，孔雀舞跳起来了，热情的傣族同胞都在注视着你。请吧，请在你现在的位置上，独唱一曲真正的运动员之歌。

米干店情思

四面环山的一爿小店，像镶嵌在赭红色土地上的一颗珍珠，至今还在我绵延不断的情思之中熠熠闪光……

山重水又复，我的遥远遥远的米干店哟，如今你一定旧貌换新颜了。

然而我还是喜爱你那低矮的茅屋，喜爱你那小小茅屋里永远热气腾腾的氛围。就在那米干犹香的氛围之中，我又看到了茅屋一角那油乎乎、湿漉漉的土基灶台。“啊，两口大锅的水都烧开了，老板娘，你上哪儿去了！”

“我么，你看，没人来帮我劈柴，我都得自己干。”老板娘抱着一捆刚劈好的松木柴正走进来，我听出她的话外之音是在责怪我几天没来光顾米干店了。

是呵，老板娘的那爿米干店真难划得清和每一位顾客的关系。就拿我们几个北京伙伴来说，许新源是开拖拉机的，于是就顺道给老板娘捎点柴禾；徐叶明是司务长，每次到县上买菜，都要问问老板娘带什么佐料；而马玉良是个木工，米干店的桌椅板凳一活动了就找他。岂止这几个，当时身处彼地的北京知识青年，哪个不以老板娘的米干店为自己的第二食堂！

云南生产建设兵团某部的伙食真是一言难尽，只有记忆中的米干店，进去就香！看，老板娘开始用小石磨磨滇米了，我不由得又上去帮她转起来。磨盘悠悠情悠悠。老板娘在磨眼儿里倒水了，只见乳汁一样的米浆潺潺而下。我急忙又帮着澄滤，老板娘则腾出手来，又把浆舀上一个又一个的大铝盘。上锅一蒸，片刻之后，铝盘上呈现溢满周圆而又平展展的米粉了。其色白而透明；要吃呢，还得掀开，一刀一刀切成面条状，分盛到一个个小碗里，再放上甜酱油、醋、蒜泥、韭菜以及辣椒油、芝麻油等调料——当然不一定什么都放，实际上是老板娘有什么就放什么。但不管放什么都好吃：酸辣适口，爽滑至极。不光我们爱吃，大凡到县上赶街时路过该地的佤尼人，没有一个不驻足品尝的。

呵，情悠悠，梦未休。远在祖国西南边陲的小小米干店呀，虽然马玉良当时真想为你制作一些桌椅板凳，但可惜的是，米干店太窄小，英雄无用武之地。不过这样也好，和老佤尼们挤在一起吃米干的滋味儿，更有一番情趣在心头！首先是筷子乐！佤尼人多有用手抓吃的习惯，用起筷子来，不是拿反，就是夹不上来，每逢有此难者，我们便放碗相教。好在吃饭小技，并不难学。聪明的佤尼人一教就会，我们则教会之后再吃自己的米干，更觉温热适口。其次是买东西方便。佤尼人多居山上，常猎野味，爱种芭蕉，我们则坐吃米干店中，二者可以兼得。野味种种，无论是珍奇的旱獭皮，还是可口的麂子肉，或者是仅有一尺长的小棕熊，我们常常可以“不猎而获”；至于那熟透了的、鲜黄鲜黄的大芭蕉，佤尼人常常不要钱地任我们吃，他们笑称这是学“用筷子”的“学费”。

后来我们才知道，原来老板娘也是个佤尼族人。那是有一天我在米干店对面她家里看到一张照片才发现的。那是一张已经被岁月漂得有些发黄的旧照片，照片上的少女头戴一裹小帽，有成串的银饰下垂；双耳挂着两个大银环，面色温顺而略带喜色；垂辫于肩，胸配银饰，裙子系得很高，紧接上衣；脚上穿着一双绣花尖头鞋。“啊，老板娘年轻时好漂亮！”我不禁脱口而出。“旁边那个，就是我爱人。”她故意把“爱人”说得具有“北京味儿”，我这才注意到，原来照片上的佤尼少女身边，还有一位戎装的解放军！呵，怪不得老板娘汉化得如此彻底，原来……“刚结婚不久，他就打土匪牺牲了。”还没等我发尽感慨，她就径直说道，眼神中略带几分哀伤。我正要安慰她几句，但很快地，她又一下子恢复了常态，非拉我回米干店“再吃一碗米干去”。

呵，米干再好吃，也是人做的；米干店再小，也永远在我的记忆中闪闪发亮——那是老板娘的亲情之光，那是僾尼人的友爱之光，那是镶嵌在遥远土地上的一颗夜明珠啊！

我为此常作赭红色的梦，常常又置身在四面环山的一爿小店里……

悠悠草房情

岁月悠悠，居也悠悠。在岁月之居里，我曾作东道主飨客，吃的是华屋之梦；我也曾大梦初觉，身处京都而欣然；但更多的时候，我却是静卧己榻，一任那遥远遥远的草房情倏然而至，渐热渐暖地弥漫我的身心……

呵，一个小小的湖，像一只深藏在崇山峻岭中的眸子温柔地向我们飘来。而湖边，就是我们的新居了。茅草顶，泥巴墙，一走进屋内，到处都湿漉漉的，新篾笆床底下还长着青青的小草呢。把我们从北京接到这祖国南疆来的领导怕我们印象不佳，连连解释道："这房子是为你们的到来刚盖好的，住一阵就不会这么湿了。以后咱们还要盖瓦房哩！"大家对他的解释都没在意，因为我们长这么大，还都没有住过这样的草房子哩。

住这样的房子真是生平一大乐事。看书倦了，翻身而起，往床底一瞧，绿色盈眼，不亦乐乎？一钻被窝，宛如钻进潮湿的雾中，脑子格外清醒，不亦乐乎？正"清醒"时，房顶的茅草中"嘎吱"掉土了，这没什么；忽然，房顶上又发出了"丝丝"的声音——哎呀，不好，有蛇！大家纷起，电光四射——不是蛇，是一只老鼠！它真狂，竟敢在光电的夹击下，就在我们的头顶明目张胆地乱窜。最后，也许是它向我们"示威"够了，一下子窜向了别的屋，翻起的声音立刻又在别的屋子响起——

不亦乐乎？

更令人难以忘怀的是，就在那"不亦乐乎"的茅草屋外面，就在那夜色温柔的一水湖畔，我们曾举行过一个又一个的即兴晚会。记得其中一个是“木瓜晚会”。事前毫无准备，也没有哪一个可以算作导演，但每人一句脱口而出，一首“木瓜诗”便永载我们的青春史册了：

架起一堆篝火，高高地烧起
我们活捉到的毒蛇。
再把摘来的生香蕉全扔到里面，
朋友们：
让我们高唱一曲《国际歌》！

这里还有一个木瓜，
快把屋里的人们全叫到月光下，
让我们共同面向北京城——
请毛主席他老人家也来尝尝吧！

这首诗现在看来当然是比较幼稚的，但记忆中那种充满了动感的热烈场面至今还令我感到热血沸腾。记得那一晚我们兴奋过度，晚会散时已是次日凌晨了。天上繁星历历，这预示着一个十分罕见的晴天。大家正为此而高兴时，又见月亮渐渐迷蒙了，头上的天空渐渐弥漫了茫茫的大雾，两米以外就看不见人了。大家一边用手电筒乱射迷雾，一边纷纷嚷道：“大自然，魔术师！大自然，魔术师！……”

的确，身居那临时性的居所茅草房中，我们常有被大自然这个魔术师捉弄的痛感。且不说当地半年湿半年干的气候，雨季时的潮湿难耐，就是旱季到来时，偏处西双版纳一隅的那里也并非总是晴空丽日，而是经常热风肆虐，红尘漫天。每逢此时，我们四处漏风的茅草房便成了难以设防的红尘之舟了。于是，“不亦乐乎”遁去，“徒呼奈何”激励我们自力更生盖瓦房。

我们在北京时都曾居住瓦房或预制件楼房，但真要自己动手去盖栋瓦房，却对谁来说，都是生平第一遭。好在我们都是“知识青年”而并非无知识青年，我们不会就学，在学中干，在干中学，于是，一栋新瓦房很快就盖起来了。

然而，我最难忘的，还是在盖新瓦房过程中，在“最后的茅草房”中所度过的每一个白天，每一个夜晚。有诗为证：

草房里的火光，
闪烁在祖国的最西南边疆。
冬天的夜晚冷吗?
不，我们的心里暖洋洋。

暖洋洋，草房里的火光。
一天的疲劳被你驱走；
你跳动着，
多么像我们即将完工的新瓦房……

下石脚的时候，
暖洋洋的火光：
我们这些人里哪个干过呀?
第二层面石愈打愈把汗水淌。

砌出线砖，
真是愈砌愈“出线”。
但是，暖洋洋的火光，
这又怎么能够把我们阻挡?

砌砖柱，还不是一样！
告诉你，暖洋洋的火光：
有的人返工了七八次，
却始终也没有气馁、“缴枪”！

如今，已经开始砌土基墙。
但是，暖洋洋的火光：
滚一身泥巴的日子短，
滚一生泥巴的道路长……

我们还要上屋架、钉椽子、
安玻璃、粉墙；
我们还要更炽热地燃烧自己，
像你一样把天下的草房照亮。

这首《草房里的火光》，就抒写在我曾居住过的那栋遥远茅草房的最后时刻。认真回想起来，我当时在那潮湿而又温暖的茅草房中所写的“诗”还真不少，记得还有一首：

方志敏同志的赤贫，
总在我的脑海里闪光。
踏着革命先烈们的脚印，
我怎能不把这低矮的茅屋歌唱？

早晨，突破乌云，
茅屋里最先射进阳光，

我总感到青春的热情
如澎湃的海洋。

夜晚，寒风阵阵，
茅屋里潮湿阴凉，
我却感到浑身的血管
充满了力量。

茅屋啊，茅屋，
哪里有你天地宽广？
四野的鲜花怒放，
我要日夜把你歌唱。

先烈们的热血不会白流。
新一代的战士正在成长。
茅屋里艰苦奋斗，
革命的理想才能张开翅膀……

这首《茅屋之歌》，像上述《草房里的火光》和《木瓜诗》一样，都是我人生宝库里永不褪色的宝贵珍藏。岁月悠悠，居也悠悠。“曾经沧海难为水，除却巫山不是云。”——有时候逆向思维也是福。

第三辑　采缤纷

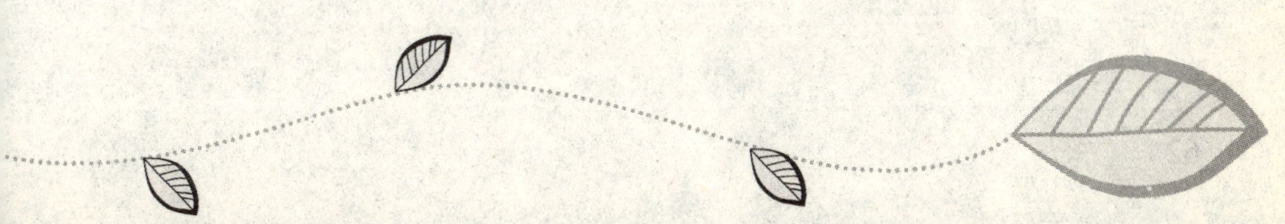

怀恋“热挑子”

作为“老北京”的一分子，我最怀恋的就是那穿门入院的“热挑子”……

您看，“说曹操，曹操就到”，迎面而来的是豆汁儿担子。担子的一头是一个被炭火煨着的大锅，另一头是一个四方的小案，案上摆着一大盆辣酱咸菜以及碗筷之类。一眨眼一群小孩儿早就围在小案的四周，坐在卖豆汁儿的特备的一种轻便的小凳上，喝一口热乎的豆汁儿，就一口细丝儿辣咸菜，嘿，甭提多有滋味儿了！

又来了，您瞧，这边来的也是个“热挑子”，卖炸豆腐的。那锅里煮的有两样儿，一种是炸豆腐，另一种是丸子。炸豆腐，顾名思义，自然是经过油炸的豆腐块儿；至于丸子，那就绝不是“老外”们所能想到的了，它既不是肉丸子，也不是鱼丸子，而是一种用粉条及“胳肢”炸成的丸子。胳肢者，绿豆面做的薄片也。您瞧，卖炸豆腐的这位一点儿不着急，敢情他出来前已万事俱备。据说他在家里时就先把豆腐和丸子用油炸出来，然后把锅里倒满了水，再加点儿花椒大料，煮开了，这才把炸好的豆腐和丸子放进去。出来后，遇见买主，要吃什么，就给盛什么，还得饶上香菜或辣椒汁。您想啊，谁见了能不来一碗儿？

嘿，卖豆汁儿的刚走，卖烤白薯的又来了：担子上有一个很大的铁筒，筒内有一层又一层的铁架子，每层架子上都烤着白薯，任你指着买，不甜不香不要钱！

手头就这俩钱儿，真让我不知道买什么好了。您瞧瞧又来了，一大串儿！有卖大米粥的，有卖煎灌肠的，还有卖热豆浆杏仁茶的……唉，我就这点儿钱，还是上胡同口去吧。那地方，老有卖油茶的，还有茶汤！

到了，这点儿路不算什么。一个担子，一头是一个热气腾腾的大铜壶，另一头是一个木箱。没吃过的人可能以为茶汤和油茶是一码子事儿，其实，茶汤是一种糜子面儿制成的粉，卖时像冲藕粉一样，先用凉水调匀，加上糖，然后用极滚的水来冲。油茶则是白面用香油或牛骨髓油炒过，卖时用开水一冲。牛骨髓油茶据说营养最丰富，可惜，我只吃过几回，因为后来那油茶担子挪窝儿了，不知上哪儿去了。

不过我永远记得那“热挑子”。岂止是油茶呀，曾经卖到家门口的一切热乎乎的小吃，都将永远“热”在我的心中……

写给老师的日记

许久不写日记了。然而今天我又情不自禁地提起了笔——

王乐行老师，您还记得我吗?

面前是您当年给我批改过的作文本。我一边翻阅着您当年在我作文中写下的红色批语，一边发自内心地钦敬不已：

“选材集中，首尾呼应，语言流畅，主题鲜明。为你高兴！”

——多么热情!

“想想，重点要放在哪儿？怎样分段？我相信，你能解决这个问题。”

——多么信任人！（要知道，我当时才是个小学生呀！）

“这儿怎么不分段了？”

——多么细心!

有一次课堂上发作文本，别人都有分数，而我的作文却是空白。我正在纳闷儿，您已经走到了我的面前，“告诉我你这篇作文的写作经过，好吗？”我恍然大悟，赶忙从课桌的书包里拿出一本《少年作文选》，并翻到其中的一篇，说：“我曾参考过这篇文章。”“好吧，我看一下。”说完，您便拿着书回到讲桌后，坐下来专心地看起来。同学们都莫名其妙地向我张望。我却安心地望着前面，静候老师把那篇文章看完。果然，您又不露声色地向我走来，用手里的那只红笔，非常流利地在我的作文题右上角写了一个分数——啊，100！更令人吃惊的是您返身走去的时候，竟然又回过头来，向我说了一句“对不起”。同学们从这戏剧性的一幕中不知发现了什么，由此及彼地纷纷鼓起掌来。啊，多么醉人的掌声！多么好的同学，多么好的老师！

还有一次，记得是一个冬天的傍晚。我刚刚吃完饭，忽然传来了清晰的敲门声。我开门一看，原来是您，敬爱的王老师！您手里拿着我的作文本——就是现在正放在我眼前的这个已经发黄的作文本，亲切地对我说：“你们马上就要毕业了，我和学校领导商量了一下，决定把你这次的作文作为范文刻印出来，供同学们准备升学考试的参考。你今天晚上辛苦一下，再清清楚楚地抄写一遍。明天我就找人刻，并争取尽快地发到同学们手中。”我接过了自己的作文本，不知道说什么才好，只觉得有一股暖流激遍了全身。您拍了拍我的肩膀，认真地说：“好好努力吧，你将来会比现在写得更好。”说完，您便转身离去了。我望着悄然走在暮色笼罩的街上的您那瘦长的背影，在心里暗暗地说道：“老师，您放心吧，我一定不辜负您的期望！”

如今，我又想起了那暮色苍茫的冬日小街。我深感自己当时年幼无知，竟然没有请老师到家中喝杯热水，就任他转身离去了。他不是返回家中，而是又走向学校了。而我们那个小学，是没有食堂的；学校附近，也没有什么小饭铺之类。我当时已经吃完晚饭了，而我敬爱的王老师，您当时一定还没有吃饭……

鲁迅说，幼稚也会成长的。敬爱的王老师，二十五年过去，我今天已经为您准备了一顿您一定喜爱的晚餐。那就是与您曾经亲手批改过的作文本同样在静夜中生辉的我已发表作品的剪贴本。作文本已经发黄，而且将永远是那么薄薄的一册；我的作品剪贴本却散发着油墨的清香，而且必将越来越厚。

敬爱的王乐行老师，您曾经乐而行之，我要以您为榜样，行而后乐！

钥匙坠情思

冬夜的月光幽幽地照进屋来，仿佛在倾诉大千世界的广漠；身侧的炉火暖融融的，又猛然使我想起了抽屉里的钥匙坠。

呵，不知有多少次了，我把你抚在掌上，立刻就有一股暖流涌遍全身。我爱摩弄你那光滑闪亮的软链，它虽然长只寸许，却一环扣一环地难以分离。我尤其喜爱你那软链下的金属坠，它虽然小如硬币，却千金难买；每一次我凝视着它，便禁不住想起使我变得极其富有的那个难忘时刻。

离别18年之久的老同学们又聚会了。物是人非情不休，未语泪先流！唯一没顾得落泪的，到底还是比我们年长一辈的原班主任。不过，韶光易逝，当年温文尔雅的李老师如今已经积雪满头了。我们望着老师，没有一个不感到岁月的无情。真是“天若有情天亦老”啊！

但李老师老的是外表，随着恍如隔世的旧情重温，我益发感到他的心比我们还要年轻。他一边往课桌拼成的餐桌上菜，一边毫无记忆障碍地叫着孙玉海的名字，还问他在3409部队当兵时怎么一直不写信？接着，他又兴奋地告诉大家他有一个发现：刘重明的大照片一直被放在西单照相馆的玻璃橱窗里，现在还在！李老师还说，他每次路过西单，都要特意到那橱窗前去看几眼。

啊，远在秦皇岛工作的刘重明，你知否？可知否？

一个老班主任，对他已经毕业多年的学生热爱之深，要不是参加了这样一次重新聚会，我还真是不能刻骨铭心啊。

吃饭之前，李老师忽然坐到了我的身边，小声地问我："你的关节炎，下雨天还痛不痛了？"望着他那肌肉已然松弛的脸上射来的慈爱目光，我一下子感动得不知怎样回答才好。他又径直说道："我记得那一次修建京密引水渠，你曾因腿痛请过一天假。"

啊，大千世界，日月如梭，多少事，想记还记不住，李老师对于我在中学时代的一种小痛，却如此关切在心、念念不忘，我心中的热泪怎能不激动地涌上眼眶？

又听同学们说，这次重新聚会的最早发起人，就是敬爱的李老师。我再也坐不住了，竟不知不觉地走到已返回座位的李老师面前，恭恭敬敬地鞠了一个躬！满座的同学们纷纷起立鼓掌。昔日的教室里回荡着经久不息的掌声。一切都好像没有过去，一切又分明地得到了新生。

李老师也情绪激动地站立起来。他又像18年前给我们上课的时候一样，首先庄重地向我们还了一个礼，然后又郑重地从严整的制服衣袋里摸出了长长的一串钥匙坠。同学们都被李老师这富有诗意的举动吸引住了，预感到会有什么终身难忘的事情发生。果然，冬日的阳光朗朗地照在高高举起的一串钥匙坠上，在闪闪金光的辉映下，一种比诗歌更美好的音声这样说道：

"我送给你们每个人一个小小的钥匙坠。你们看，它们现在是紧密地串联在一起的。从今以后，我希望你们也像这串钥匙坠一样，紧密地团结在一起，永远闪光，永远发亮！"

啊，这哪里是一般意义上的重新聚会，这不是一位永远的班主任又给我们这些永远的学生们，上了最生动的一课吗？

最具匠心的是，当我们每个同学按照自己的属相都选择了一个钥匙坠以后，李老师送给我们的那一串竟然一个也不多，一个也不少！

桃李不言，下自成蹊。那永远难忘的一页书终于又翻过去了，但那闪闪发光的课外之课却记忆犹新。每当我抚摸着这小小钥匙坠上自己生肖的时候，我便会强烈地感到自己是多么富有。因为就在这溶溶的夜色里，在一位永远的班主任金子般的梦境中，也肯定有我的存在。

客车上的不眠之夜

车声隆隆，夜色茫茫。已经是深夜2点整了，仍不能睡着。我的左上床小伙儿，似也一直没有入睡，因我起身出来时，他正头靠车壁，睁大眼睛问我："你一直没睡着吧？"

是的，从这硬卧车厢里的灯一熄，我就没有睡着。原因者何？不知道。反正是睡不着。我想看书、看地图，今晚7：20离开合肥前买的一张《文摘周报》还没看一眼哪！从小到大，我不看点什么，一般都睡不着。但在一个板起面孔不容商量的统一时刻，灯全熄了。是不能商量，都应该睡觉了。但我不想睡，怎么办呢？"硬性规定"对"软性生活"的人来说，能否灵活一些呢？不能。灯必须统一关。但能否给我和所有的乘客设置一盏简易的小亮之灯呢？不影响别人，绝对可以做到不影响别人。这行吗？将来……目前？目前肯定不行！我真应该上车前自带一支手电筒——对，手电筒也行！对，车上出租手电筒也行啊！

在寒凉的车厢过道、有灯的厕所门前写至此，一臂戴"列车服务员"的同志手提中号管钳口呼"走走"而过。他穿过我身后时，似不满又显好奇地回头看了我一眼。他有这个权利，但他似乎也有义务随手把车厢门关好——果不其然，临门睡的一乘客翻出身来勾手把门拉上了。12月的向北列车，临门同志最是不能禁受没来由的冷风吹，列车服务员同志，你为什么不想到这一点呢？我还想到，随着冬季的按时来临，随着"熄灯"的传统规定，随着……能否在车厢门上安一个简易弹簧呢？自动关的。

钢笔没水了，回卧铺换圆珠笔。车厢里的鼾声仍此起彼伏，猛地想起：这也是我不能入睡的原因之一。有关部门是否可以研究一下，试行售卧票时的打鼾与否调查呢？好把有此习惯者售于一厢或一厢中的一隅，岂不有利于不习惯于此的更多乘客吗？实际上，我绝对相信，有此习惯者大多是自知的，他们肯定也不愿意影响别人睡觉。他们知道自己，却不知道自己应该向谁向哪里寻求一种更科学更尊重别人一点儿的细致安排。

还有，我躺在铺位上不能入睡时，几次听到列车员走过的大皮鞋声音，响亮、刺耳，这是对入睡、正在入睡和尚未入睡的所有旅客，多么大的不尊重啊！如此列车员，有“服务”观点吗？有人翻了个身，有人“唉”出声来，有人——就是我，不能容忍，不能不写于此！

在这北去客车的不眠之夜，还应该写于此的是枕头。一上车找到自己的铺位，我就发觉不对劲：到处是锯末子。原来是不洁之枕上有一个大窟窿，一动它就撒面儿。候车开了，找服务员要求换一个，她说没有枕头可换。我说：“窟窿都那么大了，显然已破数日，怎儿还不换呀？”她说：“我有什么法子呀？我已向列车长反映过啦！”我说：“能否把你们列车长的枕头换给我？”她说：“一会儿我向车长反映一下。”

“一会儿”安在？现在已经深夜2点多了，列车长自然不会来了，列车员也早已睡去了。我只能想到：他们的枕头肯定不漏末。

这128次客车上的不眠之夜啊，是从“合肥—北京”的寒气袭人。冬时令人思温暖，改革之年应思“改”……

心头，流过一条小溪

童年时的影子真怪，即使在你身边有了一个真切的孩子以后，她仍然最忠实地跟随着你，使你感受到生活的一种充实与温暖，禁不住激动于世界的可爱。

我领着已经4岁的女儿，出了父母家的门儿，信步走去。呵，故家旁的小十字路口，像一个静悄悄的十字架，钉住了我那些纯真的、无知的欢乐。路边的小小屋檐，我曾在炎热的夏夜贪凉栖身；那已经破落了的狭小门道，当时是我们淫雨中的天堂。儿时的小伙伴们，如今你们都在天下的什么地方？难道我们就永远永远地不能在一起斗蛐蛐儿、拍洋画儿了吗？

沿着小胡同穿过去，当年的泥土路已铺了光洁的沥青，但路边那矮小的窗户还在。它曾是我们摘墙头青茅草时可望而不可即的好帮手；下面还有一个方形的小石墩，如今我不用站在它的上面，伸手就可以摸到墙头了。

出了小胡同口，当年的小树苗，记得刚栽下时，两边还要用竹竿助持，如今却已长成伟岸、英俊的“男子汉”了。这里曾经有一个公用水管子，那里曾经是一个煤铺。啊，前面，没人管的那个大门里，还是那个土太多的小篮球场！阳光下，那一点儿也不高的篮球架子已经斑驳脱落了，它就是当年那个漂亮的“天使”吗？

又是一条小胡同。踢球！球去人空。我可爱的童年呵，你为什么一睡不醒了呢？

静悄悄地，已到了早已搬走的小学同学家的门前，“‘小喇叭’开始广播啦”——“卖冰棍儿的来啦”……这里，曾经是我们“学习小组”的乐土。我们还在这里比赛过踢毽儿，当时我能踢101个呢！

那个大红门下，记得有一棵大树，有一年夏天小绿虫儿特多，我们曾捉了一小堆；那个死胡同里，原来也有一棵大树，每年都结很多一点儿也不透亮的小白灯笼；那个大院子里，原来有好多棵大树，枝枝丫丫地挤满了天空，冬日黄昏，乌鸦一片一片地，哇哇乱叫。

又回来了，我的心头仿佛流去了一条欢乐的小溪。这不再是无知的欢乐，而是对人生可爱处的又一次品味。但我的肚子终于感到有些饿了——父母正等着我们一起吃饭。女儿直怪我：“谁让你带我瞎遛去呢！”

看车人

人呵，人：你每天和我擦身而过，我甚至经常能嗅到你身上那种特有的气息，但我怎么从来就没有注意到，你的瞳仁里时时闪亮着一种生命之火呢?

啊，不，我终于注意到你了。你是闹市里悄然开放的一朵奇葩，你是便道上自有音韵和美感的一首新诗……

在哪里，你曾在哪里磁石般地吸引住了我?

只记得夏日的骄阳像一张炙人的网，捕住了束缚着你的一小排车辆。除了这一小排无声的抗议者以外，正午的暑气已经把最爱上街溜达的一些男女青年逼得无影无踪。然而你也是一个青年——但你是一个多么不起眼儿的普通青年啊！你没有浅棕色的夏威夷短袖衫，你也没有绝不会粘到汗腿上的港台长裤，当然，你更没有那还精心保留着醒目商标的时髦眼镜。此时此刻，你所有的一切，就是这空荡而清廓的百货商场前面，那一小排暂时委身于你的车辆——不，还有这过于强烈的、仿佛要把人烤焦的夏日阳光。车辆束缚着你，使你无法反抗、幻想。怎么办?我情不自禁地停住了自己的脚步，伫立在马路这边，看你这素不相识的青年如何冲决这双重的生活之网?

忽然，你一弯腰，从地下的一个破书包里拿出了一个小小的方凳。它是你自己匠心独运，妙手巧制的吗?我不能断定。只见你双手拿着它，并没有动，而是抬眼又向那一小排车辆扫去。一刹那间，我心中的另一张“网”似乎有了漏洞：究竟是车辆主动地束缚着你，还是你主动地照看着车辆?你扫去目光时的神态是那样安详，就好像一位不动声色的母亲在又一次观察自己的子女是否有什么闪失——而你，其实还是一个也就20出头的小伙子呀！我心中微微有些发热，是否第一张生活之“网”露出了越来越多的真情？不得而知。

我一下子牵回了自己的遐想，因为你手持那个小凳一转身，没走几步，竟然蹲在一线细细的阴影下了。啊，原来这炎热的沙漠中，竟然还矗立着一根细细的电线杆！多少人每日里从它身边擦身而过，谁又曾把它注意？它的存在对于几乎是所有的人来说，仅仅是明亮灯光下的千般欢愉，万种幸福。只有你，我可敬的小伙子呀，只有你才知道，它还有着一种能够对付大自然威焰的特殊功能！它赐给人类的这一线细细的阴影，不知被多少人所漠视，只有你知道蹲坐其间——啊，炙热的阳光包围着你，却再也不能烫着你的一根汗毛了。你年轻的嘴唇里开始哼出了一种曲调，那是隐隐飘过马路的“泉水叮咚响”……

一个富有社会责任感的人，不管是什么样的生活，也不能是一张束缚他的网；而大自然的种种之网，又怎能把一颗强者之心网住？

素不相识的看车人啊，你是闪亮的一首诗，你是如火的一面旗，你使我领略到生活中自有奇妙的音韵，你使我注意到每一粒生命的种子都在悄悄地绽放……

看《中国青年》的青年

车门刚要关拢，他一闪身跳了进来。因为车上人很少，所以坐在车门附近的几个乘客非但没觉到他是“挤车分子”，反而纷纷向他投去会解的一瞥。紧靠车门的那位农民装束的壮年汉子还友善地把脚下的麻袋包往外挪了挪，示意他做到里面临窗的座位上。他不但身段灵巧，脸面也颇知礼，微笑地一点头，便斜坐到明亮的玻璃窗下了。这真是一位讨人喜爱的小伙子！

然而更惹我喜爱的，是他刚一坐下就立刻打开一本《中国青年》。刊名一闪，他很熟练地卷了几页，还在隆起处用右手掌轻轻地上下按了一下，便径直看了起来。我正坐在他的斜对面，临这边的窗。一闪之间，我没能看清那封面究竟是什么样子，但那一片海蓝的底色，显然是新出的一期。这个小伙子可真够身手矫健的，我订阅的还没有到，他是从哪里弄来先睹为快的呢?

他看得是那样专注，刚才灵巧可爱的身影现在凝成了一座静穆持重的雕像。无轨电车轻微而有节奏的行驶声音，像一支舒缓的乐曲从我心中流过。车上的人依然很少，我又禁不住向他望去。手中的书像磁石一般吸住了他的双眼。因为低着头的缘故，我不能看到他的眼睛是否明亮；但他微直的鼻子却显得很是灵秀，仿佛长在女人的脸上一样。他的头发显得蓬松，且在阳光下缺少应有的光泽。尽管如此，我还是觉得这个正在看《中国青年》的青年熠熠有光。

忽然，不可思议的事情发生了。他“噌”地一下站了起来，双手依然捧着书，双眼依然看着手中的书。这样子过了几秒钟的光景，他又把身子微微斜向了车窗。又过了几秒钟，他竟把手中的《中国青年》横了过来，权当扇子，轻轻地在鼻子前面扇动起来。这究竟是怎么回事？我正在“数”思不得其解，他却闪电般地侧了侧脸——啊，他那一双细而长的眼睛，非但不明亮，射出的光还显得有些偏狭，但那眼锋却又是锐利而准确的，隐忍地夹杂着怒火。而坐在他身边的那位农民装束的壮年汉子，黝黑的面孔微微有些泛红了。他直视着脚下的麻袋包，微躬的身躯仿佛在向什么人请罪一般。

我恍然大悟：唉，谁能不吃五谷杂粮？谁能不……

一支舒缓的乐曲猛然在我心中断了弦，车已到站，我该下车了。当我经过那鼻子也许过于灵秀的小伙子面前时，他早已又依然故我地坐了下去，安之若素地看起《中国青年》来。

车门刚刚关拢。我一个人站在空荡荡的车站上，若有所失……

诗 缘

缘分是可遇而不可求的。汪老曾祺素以小说和散文名重于文坛，我却看到过、听到过、受赠过他的诗，这不能不说是一种缘分。

汪老写诗确实不多，在其自选集的序言中他曾告白于世："我年轻时写过诗，后来很长时间没有写。"汪老年轻时自然是我年幼时。记得我上小学高年级的时候，曾很偶然地在一本杂志中看到过一组题为《早春》的小诗，其中有这样两句令我眼界大开："当风的彩旗，像一片被缚住的波浪。"什么叫形象思维？当时我的年纪自然不会想到这么高深的文学意念问题，只是于混沌中有所顿悟，但后来的悠悠岁月中，只要我一想到或讲到形象思维这个问题，就一定会想到或讲到汪曾祺这两句小诗。我认为"当风的彩旗，像一片被缚住的波浪"就是形象思维的最佳启蒙语。

一晃过去了几十年。去年春天，我曾有幸和汪老及其他一些作家同赴云南去参加"红塔山笔会"。记得是在瑞丽的一次烟界人士座谈会上，汪老这个"超级烟民"侃侃而谈时，竟然朗朗上口一首五言诗："玉溪好风日，兹土偏宜烟。宁减十年寿，不忘红塔山。"这是我第一次听汪老当众诵念自己的诗，当时禁不住想起了自己上小学时第一次看到汪曾祺那两句小诗时的情景，心中甚感欣然。当缘分这个可遇而不可求的女郎又一次切近你的身边时，谁又能不如此呢？只是这一次的珍闻之缘，已经由"形象思维"的顿悟，升华至对"汪老风格"的一种独特品味了。再请听汪老自诵诗后的当时告白：“诗是打油诗，话却是真话，在家人也不打诳语。”

一次红塔山笔会，71岁的汪老与同行的冯牧、李瑛等前辈作家和大家相处得极为和谐。这里的大家，不仅指参加笔会的其他作家，也包括红塔山下的玉溪卷烟厂全体职工。去年10月，我又一次赴滇采访时，玉溪卷烟厂一位普通的打字员小张告诉我，自那次笔会之后，汪老竟与之通信不辍，甚至还给她寄去了自己的两幅画，上面还有专为她写的诗。汪老是中国“士大夫”文化的稀有继承者，琴棋书画样样精通。我自然很想一睹小张手里的真迹，然而行履匆匆，终未如愿。好在可以无憾的是，我归京后未久，就收到了汪老寄赠我的一幅墨宝，上面是一首非常漂亮的“调林栋”：“踏破崎岖似坦途，论交结客满江湖。唇如少女眼儿媚，固是昂藏一丈夫。”这首诗如今就挂在我家的墙上，谁看了谁笑。我自然将笑一生耳。

缘分，这就是缘分。汪老在我心中，永远地首先是一位诗人，一位可爱的诗人。

广播未了情

广播仿佛离我越来越远了。在最近很全面地写的一篇文章中，历数《唯有传媒笑傲江湖》，其中却没有提到广播！

发现这一点，是在收到刊有这篇文章的《传媒》杂志的第三天，我去参加“首都师范大学文学院成立暨中文系47周年系庆校友会”，在会后的饭局中，我昔日的一位大学同窗竟然递过来一张“北京经济广播电台”的名片——哦，原来现在的中国，还有着广播这一行当！

这样说太不恭了，上述文章中的百密一疏也实在是罪不容诛。但广播离我的现在实在是越来越远了，也是我不能不承认并且相信不少人也都有同感的一个“传媒”现实。

其实，广播曾经像电视一样，主宰过我们亿万国人的注意力，但那确乎已经是非常遥远的事了。要不是大学同窗那张名片猛地撞击，我可能再也不会回忆起早在上中学时，作为学生会的宣传委员，我曾经是北京二十五中“集体荣誉之声广播电台”的主要操持人，不但撰稿，还播音。

回忆总是美好的。在祖国最遥远的西南边疆“上山下乡”时，我也曾经在澜沧拉祜族自治县一个静谧的夜晚，一个人驻足街头的那个小小三角花园，静静地聆听罗天婵那曲美妙的《打起手鼓唱起歌》。当然，我们当时每日必听的，还是中央人民广播电台的“新闻联播”，因为那雄壮的乐曲声骤一响起，我们还没有歇过乏来的身子就必须起床了……

那时候，不知有多少个那时候，广播如影随形，是我们生命中的“另一个”。但个体生命是千差万别的，即使在今天，“古老”的广播或许还是很多生命细胞的重要组成部分。最起码，我也并不是对花园里晨练老人挂在树上的那个小收音机或打的师傅扭开的那个“交通路况信息”熟视无睹或充耳不闻。但广播于我，真个是自从强势媒体电视取而代之以后，特别是新兴媒体因特网悄然袭来至今，确乎然已经有了“一日不见，如隔三秋”之感。

士别经年，当我又见到我那位同窗的时候，就是这种感觉。说起来我的这位大学好友也是我的中学同窗，他竟然还记得我弄“集体荣誉之声”时曾经有一个梦想，那就是当一个中央级的播音员。啊，他这“如隔三秋”的第二次撞击竟又撞出了我心深处的一种广播未了情。是的，那是一个梦，只不过这个梦早就具有成为现实的可能。

我的嗓音具有一种磁性的魅力。这不是我自己的溢美之词，而是在一次学习会上，当我说话以后，在座的一位年轻女同事竟情不自禁地说她刚才入神了，好像听到了某个电影的悦耳配音。还有一次在大街上，偶遇一位半生不熟的中央台女记者，还没说几句话，她就由衷地说：“你说话这么磁，真应该来我们台播音。”像这样的经历还有若干，特别是在更多遭遇的唱卡拉OK时，我的声音从来是有磁性的。这是众人所公认而我也日渐自信的一种“上帝的恩赐”。

但我实在对慷慨的上帝有所辜负。逝水悠悠，生命有所不逮尚不足憾；早知“新桃”可以“换旧符”却未在“旧符”已旧之时有所舞蹈，而仅仅满足于在“新桃”面前有所思，这实在是深有憾意的一种人生未了情啊。

我记忆中的记者节

谁没有记忆？然而谁的记忆如一个记者那样是连绵不断的节？

我的记忆源头是威尼斯。16世纪的时候，那里是欧洲的经济中心，是一个商业活动非常频繁的热闹都市。在这个日日如过节一般的商业都市里，各地来的商旅人士迫切需要了解和掌握关系其切身利益的各种各样的信息，于是乎，当地很快便涌现出一批“专业人士”，他们专门采集有关政治事件、物价行情或船舶起航等方面的消息，或以单篇新闻的形式出售，或印成“报纸”沿街叫卖。后来，在《欧洲新闻史》上，这些专事采集和出卖新闻为生的“专业人士”，就被称为世界上最早的“记者”。我记得，当我从这本书中第一次看到有关“记者的来历”这个说法的时候，自身还离“记者”这个职业有着千里万里之遥。当时，在西双版纳密林的一座茅草屋里，几乎所有的知青伙伴都对我“就是想去‘威尼斯’”的宏愿报以哈哈大笑。而我自己，在当了这么多年的记者以后，至今还珍视那一天的“宏愿”为一个神秘的仪式，那是一个我永远难忘的节，“威尼斯”节。

最初，根据个人兴趣，我选择做一名文艺记者。记得我生平采访的第一个人物就是如今已名满天下的史铁生，当时他还是一颗“新星”，那篇文章的题目叫作《青年作家史铁生访问记》。其实，那仅是个副题，文章的主题是《每一条路上都有鲜花》。不知这个根据采访内容自然生成的题目有些什么魔力，抑或是“史铁生精神”真正感动了我，很快地，命运便呼唤我进入一个全然无知却又分明更具时代特色的新闻领域，即专门为一个新兴阶层服务的《中国企业家》杂志。很快，“需要”一下子战胜了“兴趣”，我毫不迟疑地转向了。莫非真是“每一条路上都有鲜花”？

是的，这是肯定的。现在回想起来，那命运攸关的一刻，应该被总结为我的“转向”节。它是我记者生涯的成人礼。尽管在生理年龄上，我是新闻这道门槛前的迟来者，但在新闻年龄上，我的确是一个早熟的孩子。这个早熟的孩子的确经历了一个波澜不兴的“转向”节。

一眨眼的工夫，不仅和“中国企业家”打交道，而且和“环球企业家”打交道，在中国新闻界这个特殊的制高点上，我已经辗转腾挪了近20年之久。记忆的闸门一经打开，20世纪90年代初应该是一个分水岭。在此之前，我服务于经济日报主办（中国企业家协会的前身中国厂长（经理）工作研究会也曾是主办单位之一）的《中国企业家》杂志，见证了改革开放中这个重要阶层从无到有的兴起和发展；在此之后，我被调到中国作家协会，创办了先由中华文学基金会主办后改为中国作家出版集团主办的《环球企业家》杂志，推动了中国企业和中国企业家走向世界的这一历史进程。而无论自己在这两个杂志中的哪一个工作期间，作为一名记者，我都能够从自己的采访对象身上获得很多启迪和快乐。积少成多，由量变到质变，我的记忆中真是有很多沉甸甸的节日……

例如鲁冠球，这个中国企业家中引人注目的常青树，早在中国厂长（经理）工作研究会评选的第一届全国优秀企业家中，就有他的大名了，而至今无论是在胡润榜还是福布斯榜或其他任何相关榜单中，还总能看到他名列其中。而这一点，早在19年前，即1987年11月26日于贵州铝厂会议厅的休息室里，我第一次采访他的时候，就颇有预感了。他的确是一个思维极其敏捷、表达能力非常强的独特人物。不但回答记者的问题简练、精到，而且魅力独具、睿智无比，例如当我问到“‘枪打出头鸟’这句话，你个人有何体会？”他竟然脱口而答：“你要飞得再高点儿，他就打不着了。”这句答语当时令我惊异，至今仍然令我回味无穷。它也可谓是我的记者生涯中绵延不断的一个“节”了。不是“一字师”节，而是“一句师”节。

而像鲁冠球这样的采访对象，在漫长的记者生涯中，我自然还经历过很多很多。最近，作为《环球企业家》杂志主编，有幸被邀请担任《中国企业家》举办的“2006年度最具影响力的25位企业领袖排行榜”专家评委之一。当我在115位优秀的候选人名单中精挑细选并最后认定自己心目中的25位当选人物的时候，也曾信笔在他们中的一些名字的旁边写下自己的短评，如，张瑞敏：没有他，哪里有“中国制造”？如，柳传志：一个最可能成为“环球企业家”的中国人，等等。

我为当代中国有这样优秀的人物倍感自豪。我为自己作为一名记者曾经与他们“面对面”而至今如沐春风。

在记忆中，那就是我一个又一个的“记者节”。

寻找北京人

这次到天津去的路上，不知怎么忽然想到一个问题：尽管北京人目极八荒，但对身边这个同为直辖市的庞然大物却实在是疏于注视，难道不是吗？我们知道天津十八街的大麻花好吃，我们知道天津的房子比北京便宜，我们甚至知道去天津办喜事儿比在北京的花费少多了……但除此以外，我们对这个无论往昔还是现在均属中国名城大城的非凡都市，还知道些什么？

想到这一层，我禁不住有些汗颜了。这绝不是无端的抱愧，因为据同行的著名作家柳萌先生讲，一直以来，在北京生活和工作的天津人很多，光他们毕业于天津一中后来京而成为名人的就有李光羲、白金申、穆祥雄等十余人。柳萌先生是个“老天津”，他所言“在北京工作的天津人要比在天津工作的北京人多得多”自是不虚。但尽管近津情更怯，我还是无端地期冀着，要是我一到天津就碰上个在天津“作贡献”的北京人该有多好啊！

但这内心的期冀还是一到津门就失落了。天津文学院院长、著名作家肖克凡说：“没有。这儿很少有北京人。”而另一位天津司法局副局长于香名则说：“这儿外地人倒是不少，我就是一个。但北京人确实不多。你们不妨到开发区去看看，那儿外国人很多，北京人也应该有吧。”

于是，循着于副局长这不经意的指点，我特意到天津经济技术开发区“寻找北京人”。这个开发区位于环渤海经济圈的中心地带塘沽，距天津市区45公里，距北京市也仅仅140公里。若干年前，我曾自天津乘“工农兵

10号”来过这里。当时的印象，现在还有日记可查：“因为未出海，巨轮不能行驶太快。缓进中，不少在河里游泳的青少年纷纷向我们的船游来。再往前行，双桨独舟的渔夫，光腚嬉游的小鬼，背衬着青绿的海河风光，一切显得十分宁静而和谐。船近塘沽，水早阔了。两岸尽是库房，还有盐场。快进港时，我看到许多船，其中有两艘日本的，一叫长荣丸，一叫熊福丸。夕阳中，血红的膏药旗肮脏得很！”如今的塘沽，却真个是沧桑巨变。当我们落脚在与开发区近在咫尺的一处外滩公园时，一片白色的、耸入云天的异域造型，因其巨大而使人不敢相信自己的眼睛，又因其奇异而不禁使人浮想联翩。而其左近的一片灯林，不同灯光的次第明灭间，令人于浮想联翩时更有羽化登仙之感。但这样美好的人间仙境究是谁人所创造的呢？在这些显系的、非凡的天津建设者中间，是不是哪怕也有一个北京人的身影厕身其中呢？

我在外滩之夜的浮想联翩还是有一根线在拽着，这根线的线头究竟在哪里呢？

却谁想真个是“踏破铁鞋无觅处，得来全不费功夫”！第二天一早，在与开发区司法局局长吴锡民交谈的时候，听他说“去年我们为政府配了一个法律顾问团作为政府的‘外脑’，其中就有北京人”时，我立刻提出想见见这位“顾问”，吴局长笑着说：“看来你的老乡情结还挺浓啊。不用见‘顾问’了，就见见我们这儿的一个科长吧。”说着，他一挥手便招来了旁边一个很精神的小伙子。他姓晁，晁盖的晁，叫晁忠标。

晁忠标30多岁，个子不算高，但眉宇间有股英气。他自小在北京崇文区长大，后来居住在朝阳区平乐园一带，那里离我现在北京的家也就两三站地，应该算是街坊了，就像北京人和天津人是老街坊一样。后来，我这位当时不认识的老街坊因为妻子大学毕业是天津籍，便随她分回天津而调入开发区。如今，他家在天津市区，每日到开发区上班，如此这般，已经很有些年头了。他对自己如今的生活状况很满足，情不自禁地告诉我："我们开发区的人比地方上的人工资要高一些。单位上在开发区分我的房也给租出去了，其租金收益差不多正好能还我又在市区买的一处商品房每月所要缴的按揭。我经常回北京，父母和哥姐现在也还都居住在北京，我经常回北京去看他们。"短短数语，我能听出晁忠标现在在天津生活得很不错。我真为我这个北京老乡感到高兴，更为天津这座伟大的城市能给在这里工作的不多的北京人如此丰厚的回报而心存感激。但晁忠标作为开发区司法局综合科科长的日常工作，真的无愧于这么丰厚的回报吗？

吴锡民局长让我去问一个人。这个人就是天津开发区国际学校的校长宋阔均同志。宋校长身在病中，其腰一骨时有剧痛。他的对抗法子就是在办公室的长沙发上置一木板，每剧痛时，便仰躺板上以求缓解。就是在这样的一种情境下，宋校长这位地道的天津人热情地接待了我，但他开口的一句话竟使我困惑不解："你来采访我们的副校长，再病再痛我也得接待。"

"你们的副校长？"见我不解，宋校长会意地笑了。接着，他就像夸自己的左右手一样，以非常满意的口吻告诉我：

根据市教委的工作部署，在开发区社发局的指导下，我们是从2002年7月9日正式聘任晁科长为我校兼职法制副校长的。晁科长自然还有他局里的日常工作，但将近两年来，他这个兼职副校长的工作也做得非常出色。在聘任大会上，他第一次为全校师生做法制专题报告，就收到了很好的效果，大大缓解了我们如饥似渴的长久感觉。以后的每学期，学校里负责德育的校长和主任都要在听取晁副校长意见的基础上制订计划；每年放假前和开学初，晁副校长都要结合本校实例和社会上的一些现象，分别为小学、初中和高中的同学进行相关的法制教育，以增强他们的法制观念，理解和明白做人的道理。除此以外，身为兼职律师的晁副校长也给了我们很多宝贵的法律援助。比如，2002年，我校与澳大利亚半岛学校合作开办双语高中前，晁副校长以他专业的法律知识对合作协议书进行了逐条逐款的认真审核并提出了一些重要的修改意见，不仅保障了我们学校的利益，也充分赢得了对方的尊重，使后来至今的合作，一直都很顺利。晁副校长还有一个非常重要的作用无人能够取代，那就是他的兼职身份所体现的司法公正性。2002年底，我校某一学生家长因放学时没接到孩子而产生误解，竟对教师出言不逊，老师自是不甘心受辱，但怎么解决呢？如果循旧例由学校领导出面，家长必认为你偏向老师，而由晁副校长这个比较特殊的“学校领导”出面，这个问题就迎刃而解了。当然，这不仅是身份的力量，也是人格的力量。晁副校长一脸的英气，一身的正气，无论是家长还是学生，都对他满怀敬意。我们对他的工作，也一直都非常地满意。

说到这里，宋校长这位有着40多年教龄的知人论世者，好像是忽然想到了我的北京人身份，便又周到而体贴地对我说：“你应该为你的这位老乡感到骄傲。”

我释然了，浑身上下的每个毛孔，仿佛都是那么的舒泰。我为寻找北京人而来，我终于寻找到一种释然的感觉。天津，我不仅要做你的老街坊，更要做你的好街坊！

与170岁的老师相聚

170岁？这怎么可能？

两个人。一个是我们小学时的最后一位班主任王乐行老师，他今年已经87岁了；另一位也是我们小学时的老师李茂春，他曾经教过我们自然、美术、音乐、体育等数门课程，今年已经83岁了。这二位老师的年龄相加，正好170岁，你说对不对？

其实，不久前的一个星期天，我们与这两位老师相聚的时候，郭启林、童道宁、高延昌、朱扬乙、时运龄和我，一共6个人，也都不小了：每人60岁，“六六三十六”，一共是360岁，再加上两位老师的170岁，我们这次相聚的八位师生的年龄总数，已经超过了500岁！

我们怎能不说起“500年前的孙悟空”？

那时候……

要说“那时候”话可就长了，还是先说“这时候”吧——

“这时候”应该从4年前说起。有一次我路过小学同学陈燕骥家的那条胡同，“沧海桑田，不知他还在不在”，心里这样想着，双脚已然进其院而步至了他家屋前。这里我曾来过，没想到这一次陈燕骥还真的不在。好在他的隔壁邻居告诉我，这屋子还是他的房，只不过他早已住到别处去了。但他有时候还回来看看。

就这么一线生机，陈燕骥就来了电话。那是一个热线电话。我们在电话中凑集了各自保有多年联系的小学同学邵云、刘雪新等一共8个人，并很快地在朱扬乙家“沧海桑田喜相逢”了。沙发还没有坐暖，我们情不自禁又不约而同地做的第一件事，就是要群策群力争取找到更多的小学同学。大家首先开始一个一个地仔细回忆那些我们曾经非常非常熟悉的可爱的名字：刘兴禄、胡玉明、李玉光、袁绍强、刘纪新、王凤彩、王小锁、张燕立、李千、戚志光、戚志民、曹秀峰、何世忠、杨小华、孙安平、杨永乐、刘君蔷、王宝珍、徐思伦、杜桂春、丁伟华、殷培良、黄洁、张小广、曹有光、李爱民、刘秀华、任淑兰、康淑兰、邱向台、王兆凤、徐成桐……

真是奇迹！沧海桑田又怎抵得上刻骨铭心？一个个尘封的名字就这样激流般奔泻而出，令人不由得想到泰戈尔曾经说过：“河流唱着歌很快地流去，冲破所有的堤防。但是山峰却留在那里，忆念着，满怀依依之情。”庄生梦蝶，我们是“山峰”？抑或“山峰”是我们那纯真无比的少年时代？

可悲的是，那一晚我们的“四处出击”竟“无一斩获”。当我们置身在曾经的小学校附近曾经的一个又一个小学同学家的院子里时，遭际的几乎都是一问三不知。更有一些同学居家的胡同或院落，早已被拆掉了，如今正可谓“世上新人换旧人，旧人惟有故人寻”了。但我们仍然未减“寻找”的执着，只不过人生至此，我们心里都隐隐地知道，我们不仅是在寻找过去的影子，其实也是在寻找我们尚很漫长的未来。

我们决定到北海五龙亭去玩儿。“让我们荡起双桨”自然是我们这一代人心中最回味无穷的歌声。但当我们在北海岸边的绿椅子上又一次吟唱起这首“永远的歌曲”的时候，又怎能不想起曾经带我们这些“小孩儿”到这里春游或“过队日”的老师们？

由此引发了我们与王乐行和李茂春两位老师的第一次相聚。那是2004年春天，我们从北海五龙亭出发，直奔王老师当时所住的雍和宫南侧柏林寺街而去，这是我们时隔很多很多年以后又一次见到小学的班主任老师，欣喜连连自不必说。看到王老师身体尚健，我们又携王老师一起去看李老师。二位老师彼此也有很长时间未见面了，我们大家相见甚欢。然后，我们请二位老师一起去吃地坛南门的“金鼎轩”……

王乐行老师不仅是我小学时的班主任，也是我在人生道路上“从文”的第一位恩师。20多年以前，我曾写过一篇记述王老师当年曾经给过我许多阳光雨露的散文，发表在1985年9月11日北京日报上。当时也曾想过把这篇文章寄予王老师看，但不知他的地址，又由于工作较忙，便搁置了。没想到这一次在王老师的家里，竟然见到了我那篇文章的放大样儿！原来王老师的一位亲友，当年不知怎样读到了这篇文章，并复印大了一篇给王老师看。王老师自然认得他的姓名并对我有所印象，于是“珍藏”我曾写的这篇文章一直到今天。这真是出乎我的意料之外。但后来我也曾想过好几次，这也许就是“天注定”的一种缘吧，因为我至今也还珍藏着将近50年以前王老师曾经给我批改过的作文本呢！在那个纸页原本粗糙、册页有些泛黄的16开作文本里，王老师的任何批阅都是一丝不苟的，连删你的句子都是必用木尺比着画的，而且一定是用红钢笔水横着、等距离地、平行地画两道，而且这两红道绝不会画得一长一短。他这种“从文”的认真态度和“敬畏”精神，浸润于我少年时代纯净的眼与空荡的心中，并在漫长的岁月里发芽、成长，以至于最终成就了一个“编审”的文字生涯。其实，这还不是最主要的，王老师对我的一生影响最大的，还是他的人格魅力。例如在我小学六年级第二学期写的一篇作文之后，他的批语是这样的：“想想，重点要放在哪儿？怎样分段？我相信，你能解决这个问题。”一直到今天，将近50年过后，每当我看到王老师当年曾经给我这个12岁的孩子写过的这两行批语时，我还是情不自禁地会感到身上暖融融的，心里热乎乎的。要知道我小学时的作文一直在班里名列前茅，而那篇作文却仅仅得了75分！而就在这罕见的“问题”面前，王老师的“（你）想想”和“我相信”是多么不同凡响啊！而这种不同凡响，又怎能不在我漫长的人生路上余音绕梁?

这就是与两位老师又一次相聚时，至今留给我的最主要感慨。第二次相聚是2005年的春天，王老师已搬家至朝阳区农光里附近，我们同往他家拜贺，并在他的新居合影留念。又一个春天来到了，2006年我们第三次相聚，地点就在离王老师家不远的“大鸭梨”。这次相聚最令人欣喜的是又多了一位小学同学张燕立。而近几年中，邵云曾通过派出所，时运龄深入几个单位，朱扬乙也曾知会外地亲友，等等，我们的“相聚”队伍还是很难再扩大。真是太难了，斗转星移，或物是人非，或物非而人渺。亲爱的小学同学们，你们若有幸看到这篇文章，请一定与我们联系啊！1960年毕业于北京市东城区十一条小学的老朋友们盼着你们归队哪！

真是年年难聚年年聚。就在不久前的一个星期天，我们与春天一起，又一次相聚于王老师家附近的“大鸭梨”。别看敬爱的王老师已经87岁了，我在电话中问他还能不能上“大鸭梨”那高台阶，他的回答是“没问题”。至于已经83岁高龄的李老师，自然又是他的得意门生童道宁亲自上门把他接来的。在我们的共同记忆中，教音乐的李老师曾经造就了童道宁小时候的一段“歌星”生涯，至今道宁家里还珍藏着他那时候灌制的木纹唱片呢。

人的一生中真是有很多的小事情或小细节，只能与特定的一部分人共享。而这些特定的人士中，首推家人，其次就是老师了。当然还有我们各个时期不断变化的好朋友们。在前不久与两位共170岁的老师相聚中，同学们纷纷对我的上述感慨表示认同，童道宁并且说道：“能够与大家共享我生命中曾经有过的一段快乐时光，真是三生有幸！”

郭启林则进一步提议：“让我们共享王老师和李老师的身体永远健康！”

余音绕梁。又是一年春草绿。

第四辑　学无涯

开年谈三性

——惯性、理性与德性

新的一年，新的开始。但对大多数人来说，新的一年实际上开始于去年岁末。仿佛是一辆有感情、有思想的列车，愈是跨年而去，大多数人愈是会不由得想到：过去一年我活得如何？做得怎样？新的一年我要争取什么？我应该怎样去做？

岁末年初，对于我们身边的大多数人来说，特别是对很多年轻朋友来说，肯定都会有这样一份感情、这样一种思想。

但很不幸，年复一年，年年岁岁，老人们也会一再地告诉我们，对于大多数人中的一部分人来说，上述“不由得”不过是一种惯性，它起始于颇带感性色彩的一种思维习惯，并不一定形成有生命力量的行为定式。

难道不是这样吗？只需看看那些从元旦开始写日记的人能否坚持写到春节，就可以得出一个最简单不过的答案了。

所以，对这“一部分人”来说，在这“开年”未久的时刻，应该提醒他们：光有惯性不行，还要有理性。我们这里所说的理性，从最通俗的意义上讲，就是比惯性更持久、更强劲的行动力，它不仅源于任何人与生俱来的情感，更来源于那些肯学习的人后天所获得的一种理智。先天所具有的东西总不比后天所形成的能力更靠谱。难道不是这样吗？

说到底，我们在这里强调理性重于惯性，最主要的还是因为，天下没有免费的午餐，你要想获得今年的“面包”，光有梦想肯定是不行的。而惯性，连梦想都不是，它只不过是一个转瞬即逝的气泡，一个不能度人而只能自误的非理性气泡。所以，开年之初，我们要讲理性。

但话又说回来，我们上言所谓惯性，也并非是一无是处，起码对于“我们身边大多数人”之外的那些人来说，它还是颇具含金量的。这也就是说，岁末年初“有想法”的人总比那些“什么想法也没有”的人要好。在这里，我们还要对后者稍微分析一下：

一种“什么想法也没有”的人，可能是因为忙。但你忙得连目标都失去了，还忙个什么劲呀？不管是去年的老目标，还是今年的新目标，在岁末年初的时候，都应该明确，明确，再明确。

另一种“什么想法也没有”的人，可能是因为木。麻木的木，字典上形容为“感觉不灵敏，失去知觉”。这种人是岁月的俘虏，在精神层面通通被缴械了。无论是岁尾，还是在年初，我们都有责任对身边的这一种人击一猛掌，再击一猛掌。

由此，我们不能不说到德性。所谓一击再击，当然不是没有德性的事。很多年前，北京一公交车内，因司机不得不猛然刹车，车内一后人撞向前人，前人（女）回首痛斥：“德性！”后人（男）则赶忙作解：“不是德性，是惯性！”

这则著名轶闻现在让我联想到一个完全相反的结论：“不是惯性，是德性！”的确，厚德载物，那些“什么想法也没有的人”，不想度己，焉能度人？在岁末年初，这不仅是惯性的缺失，更是德性的缺位。在这新的一年里，我们固然要强调理性重于惯性，更要强调“北京精神”中的“厚德”高于一切。没有德性为舵，理性将无由所思，惯性更是过眼云烟。

是为开年一谈三性。

说买书

在文化方面——或者更窄一些说，在文化学习方面，有些问题是你经常会遇到的，也是需要你“有谱儿”面对的，比如“买书”。

“你老买书，家里有地儿搁吗？你看得过来吗？”

这连续两问，前者多是家人或亲人之问，自是知根知底，常为你不断买书而家居日渐逼仄而忧。这种忧怨是实际的，而不断买书者大多是偏理想主义的，怎么办？同在一个锅里吃饭，总不能自顾自，即使是自己最爱吃的美食，也必须考虑别人的不同观感——更何况这别人并非外人呢。所谓亲如一家，在“不断往家里买书”这个问题上，也必须意见完全一致才妥。其实，家居日渐逼仄，也自会有你日渐“忧怨”的一天。所以，这“连续两问”中的“前者之问”并不难作答，难的是后者之问，即“你看得过来吗？”

此问相较前问，或属一位不常读书者对一位经常买书者的“以攻为守”，或属一位初访你家者惊诧于四壁皆书的“大惑不解”，或属一位局外人对某种“书局”作壁上观的“有口无心”……但可以肯定的是，此问相较前问，更具普遍性，也更具深刻性。是啊：“你老买书干吗呀？你看得过来吗？”

要回答这个问题，还是要先做两解。其一，现在不同于马克思曾把大英博物馆“坐穿”那个年代，也不同于中国改革开放前任何图书馆都具有磁石般吸引力的那些年月，由于人们日渐富裕，现在很多人买书甚或不断买书，都早已有了现实的可能。其二，虽说科技昌明，电子书等早已风靡天下，但在可预见的未来，甚至永远，自古以来即已风靡天下的纸质书籍仍将存在，必将继续存在。这道理很简单，所谓电子书，固然很便捷，很省俭，很……但它具有由来已久、挥之不去的那种“书香”吗？它是可触可感亲密无间的那种“颜如玉”、“黄金屋”吗？它是……

由是观之，当代中国人的不断买书，不但具有比较优渥的经济基础，而且具有仍然充分的历史依据，那么，“不断买书，你看得过来吗？”

对这个问题的回答，其实任何人都是不会有歧义的，那就是“看不过来”。

既然如此，为什么还要不断“买”呢？

我的回答是：买书就是读书；不断买书就是不断读书之一种方式。

其实，这个回答是对罗曼·罗兰一句名言有所发现而产生的：“从来没有人读书，只有人在书中读自己，发现自己或检查自己。”读书如此，买书亦如此。这句名言当可作同质另说：“从来没有人买书，只有人在买书中阅读自己，发现自己或检查自己。”

例如人在买书中能“发现自己”——无论是在书店还是在书市，正如莱辛所说，“好奇的目光常常可以看到比他所希望看到的东西要多”。这时候，你首先发现的就是自己的兴趣。而“兴趣是不会说谎的”（英国谚语），“学问必须合乎自己的兴趣，方才可以得益”（莎士比亚）。

至于买书回家的确看不过来这个问题，有一位无名氏说得亦很好：“书籍对于那些懒惰的人是一堆废纸，对那些虚荣的人是用来作装潢摆设的，只有对于那些乐于学习并善于学习的人，它才是无价之宝。”

为什么说家有书籍是无价之宝呢？

首先，“一个家庭中没有书籍，等于一间房子里没有窗户”（约翰生）；也可以说，“没有书籍的屋子，就像没有灵魂的躯体”（西塞罗）。

其次，家中所有的书籍，并不需要你详尽、仔细地通读之，“有些书只需浅尝，有些书可以狼吞，有些书要细嚼烂咽，慢慢消化”（培根）。“不要企图无所不知，否则你将一无所知”（德谟克利特）。

再次，所谓知识——“知识有两种，其一是我们自己精通的问题；其二是我们知道在哪里找到关于某种问题的知识”（约翰生）。这“其二”的知识，家有藏书便是能最迅捷“找到”之一途。这也就是说，对“你看得过来吗”之作答，实有“所答非所问”之一途，即随时能找到“关于某问题的知识”即可。

记得马克思写作很多传世之作时即是如此。他的写作环境虽然有点儿杂乱，但他在写作过程中想用什么资料，因其对家中藏书虽未通读过，但却很知道于哪里去“找到”，仅一伸手即可。伟人如此，普通人又何尝不能？家有藏书，无异于你在日常生活与工作中，有了一位最便捷、最可心的万能助理。何乐而不为？

所以，家有“藏书”是很重要的，“积土成山，风雨兴焉；积水成渊，蛟龙生焉”。

但事物又总有另一方面，“买书确是一件好事，如果我们也能买到读书的时间。但事实上，买书的行动常常被误解成对这些书的内容的吸收和掌握”。——这是160年前叔本华赠送给每一位“买书”者的警世恒言。我们当自省！

更何况，早在200多年以前，我国清代的袁枚还有“书非借而不能读”之一说呢。

说剪报

说剪报，首先要说：当今时代，尽管电子媒体及媒介的受众日益扩大，但纸媒如报纸的读者亦未见明显的、大面积萎缩。这其间，有相当部分的重叠，亦有不小部分的固守。此或可一喻为当今的中美关系，宽阔的太平洋，当可容二者共存共荣。

既然如此，关于读好报纸、用好报纸的种种方法或注意事项，我们今天仍然有话要说、有话可说。即使是老生常谈，亦可能是常谈常新。

比如剪报。中国的剪报史，当可从有报纸出现那一天就开始了。谁在看报时，遇到有用的资讯或不忍释手的文章，而不顺手一剪，以备再用或再看呢？当然，“顺手一剪”也必须手侧备有剪刀。这也就是说，所谓剪报，必须是有备的行为，而不可能是心血来潮或什么“下意识”。这一点认识很重要，它告诉我们，有“剪报”的意识，就是对读好报纸、用好报纸“有备”。相较于那些有眼无心、只是对每天的报纸“随便翻翻”的人，这些“有备”的读者显然更成熟、更理智，他们对报纸的态度也显然更尊重、更珍爱。

这种对报纸的尊重与真爱，是我们“说剪报”首先要提倡的，它是我们读好报纸、用好报纸的必要前提，非如此不能进入每日报纸的丰富之门。

当然，我们读好报纸的唯一目的还是要用好报纸。但考究中国剪报史，所谓读以致用，其实也还是有客观需要与主观需要两种情况。前者如20世纪八九十年代，中国改革开放勃兴，甚至催生了一种“剪报产业”——如中国人民大学的资料中心，陆续印制出版了很多种剪报刊物，公开发行，十分畅销。当时还真有很多读其剪报、用其剪报而发家致富或企业大发展的例子不断见诸报端。后者如国内外的很多著名学者、作家等，他们或因有主观意念而开始不断地搜集相关资料，或因只是对某些资料感兴趣而逐渐清晰了某方面的写作计划，而剪报，就是这两种资料收集的必经之一途。比如李敖，他不仅剪报，还剪书！他能写出那么多类别迥异、知识新颖的书来，跟他有过人的资料收集功夫十分有关。在他异乎寻常的家里，到处都是井然有序的书报刊等各种资料。那就是他的独家之秘、写作宝贝。这其中，除了书籍以外，不断收集来的剪报（及剪刊剪书等），当占相当一部分。

但是，天下能有几个李敖？对于广大读者来说，我们注重于做好剪报，用好剪报，倒不一定非要著书立说，只要能提高我们的文化水平，加强我们的文化素养即可。

准此，我们或可在“当代剪报人群像”中各择一位，只要能入列其中即可。

其一为“权宜”之剪者。诸事缠身，时间有限，真是不能静下心看刚来的报纸，可又不愿一时错过有趣或有用的资讯或文章，亦不愿一大摞报纸总在眼前压着或压至明天变得更多，那就抓紧时间“扫”吧！而在“扫”的过程中，只能把那些“打眼”的标题或具“朦胧美”的文章剪下来，留待有暇或静心时再看——当然还是要抓紧时间，只不过可抓紧另外的时间了。这就是“权宜之剪”——你能对号入座吗？

其二为“只为下一次相逢”而剪者。我们都有这样的经验，看报时遇到某些文章或因其内容或因其文采或因其他如标题、某句话等等，虽不属一见钟情，却也不舍弃之如路人，怎么办？那就剪下来吧——即使只是为了下一次相逢。相逢因为曾相识，相弃因为曾相知。热衷于做剪报的朋友，你能于此“对号入座”吗？

其三为因其“有用”而剪者。从某种意义上来说，报纸就是我们每一位读者的学校，而且是一种百科全书式的学校。我们在日常生活中所需要的各种资讯，如政府的政令法规、市场的消费信息，以及看病就医、文艺演出等等，都可以在每日的报纸上看到。而有时候，你不剪报则必有错失。此类“剪报”是很多人都做的，你肯定也能“对号入座”吧？

其四为“欲荐别人看”而做剪报者。谁没有亲朋好友？谁不愿热心助人？有时候，你在报上看到大有益于某熟人的文章或资讯，情不自禁地就要操弄剪刀留存下来，以便推荐或提供给某熟人看。这是常有的事，甚至有的剪报朋友还乐此不疲——你能“对号入座”吗？

其五为做剪报如“收藏奇珍异宝”者。这种人做剪报特别认真，特别细致，大多专备一册，凡入册者皆视为终身伴侣，百般恩爱。当然，这些“奇珍异宝”亦自属货真价实；收藏这些“奇珍异宝”者亦自属剪报佳人。亲爱的朋友，真希望你能对此号，入此座！

剪报世界，气象万千。上述种种，只不过是初始一列。但与此相悖者，亦不乏见，例如“剪而不读”者，或束之高阁，或藏之名山，又管什么用呢？更有“不注意更新”者，连“蒸汽机时代”的种种剪报还珍藏着呢——这似乎也没什么必要。更可怕亦更令人扼腕的是：不断地剪，却从来也不看，到最后剪报成灾，只好卖废品了事——岂不可悲也夫！

既然报纸的事业还在一如既往地发展，我们广大读者的剪报习惯就应该继续保持与坚守，就应该进一步发扬光大。因为这不仅是报纸生存与发展的一个必要理由，更是我们每一个人获取优等知识，提高生存质量，以自身的不断进步来推动我们“文化立国”的一个必须。我们每一位读者，都应该为创造一个“文化中国”而更高地举起“剪报”的旗帜。

说日记之空白

在学习领域，值得深说的内容其实比很多人意识到的都要多，例如日记，例如日记之空白。

坚持写日记是尽人皆知的一个好习惯。但既乎尽人皆知，如果你在“百度”上进行“日记”搜索，据说那“答案”有“无数条”之多。这就确乎有一个问题：相关日记之“尽人皆知”，是耶？否耶？

以“日记之空白”为例，难道不应该“深说”一下吗？

一般人的理解，“日记之空白”即是那时疏懒，不过是“人性”之一种，何必深究？更有此众的年轻人十分推崇孙燕姿的那曲《相信》：今天日记空白没有关系，不必每件事情都在意。

此种于“日记之空白”一事上的“不在意派”，不能说有错。他们有“文武之道，一张一弛”的权利。他们知道弦绷得太紧也许会断。他们中知识细胞更丰富的一些人甚至知道，生命就应该“留白”，否则还有什么艺术趣味！

但是，像世界上的任何事物一样，于“日记之空白”一事上有“不在意派”，就一定会有其“在意”一派。而这二者之间，并不存在零和游戏，实为对立统一。这就像人性中既有疏懒之时，也一定会有奋进时刻一样。无论疏懒还是奋进，都是我们每一生命个体在日记这个特殊载体上最自然而然的真实呈现。

且看在《鲁迅日记》中，他是怎样处理1932年1月31日以后之“空白”的：“二月一日失记。二日失记。三日失记。四日失记。五日失记。”一直到“六日旧历元旦。昙。下午全寓中……”这“失记”是什么？是记还是没记？是空白还是不空白？

这说明，“日记之空白”与“不空白”实具不可区隔的有机联系，这就像“在意”与“不在意”实属对立统一一样。或可曰，世界上只存在写日记派和不写日记派这两种，不在意“日记之空白”者，其实只是“写日记派”之疏懒一小支。

但千里大堤，有时候也会溃于蚁穴。疏懒固不可耻，但也仅止于可解可谅而已。相较而言，作为“写日记派”的可靠质素，还是以提倡一丝不苟为要。

这当然很难，但人生的至高追求不是“无限风光在险峰”吗？一丝不苟地坚持写日记，其实也是一种“只要肯登攀”的青春意趣。人生之趣，莫过于“当我们年轻时”，或指点江山，或潜龙在胸——

而这“潜龙在胸”，不坚持写日记，又怎么能做得到？又怎能够知己知彼，将来百战百胜？

这“将来”，并不仅指于可能的战事一端，更指我们成长过程中可能遇到的千难万险。

的确，若论人生，一个人的成长宛若在一条必由之路上艰苦跋涉，深一脚，浅一脚，泥一脚，水一脚，痛一脚，痒一脚，等等，若不坚持每天写日记或经常地写一些日记，又怎能“甘苦寸心知”？又怎能“吃一堑长一智”？又怎能变“事后诸葛亮”为“事前诸葛亮”？又怎能……可以说，坚持写日记，就是坚持在自我创造的一所秘密学校里，坚持自我批判，坚持自我升华，坚持自我完美。想一想，人生苦险又苦短，这一“自我坚持”的求索精神，对于我们每一个人来说，是多么必要又必须啊。

以笔者而言，一直很佩服那些终生写日记者。而年近8旬的一位前贤即是这样一位可敬可佩之人。这从他以前和近日赠我的多种著作中即可得到明证。那些白纸黑字的著作中，不仅有显而易见的“日记”，还有他事无巨细全保有的“书信集”，还有他纯纪实其一生的“长篇小说”，以及他毕生“写真”的作品集，等等。我粗浅计算了一下，这些“作品”总共约有2000多万字。而其中有少许文字，竟与我曾经历过的一段文学活动有所重叠，因而我能感受并判断，他所记叙的那些人和事都是真实无误的。这种感同身受的复合印象，使我对这位前贤“终生写日记”的判断与敬佩，既确凿无疑，又无以复加。

在中国历史上，对“终生写日记”情有独钟者，实不乏其人。经学家俞樾认为日记起源于东汉，如刘向《新序·杂事一》中有记：“司君之过而书之，日有记也。”又如司笃伯《封禅仪记》即已逐日记叙登泰山之事。及至两宋，中国之日记进入繁盛期，陆游和范成大等，均是影响深远的日记名家。陆游的《老学庵笔记》卷三尚有记载：“黄鲁直有日记，谓之《家乘》，至宜州犹不缀书。”清代李慈铭日记逾百万字，薛福成有《出使四国日记》，梁启超亦有《新大陆游记》，更有《曾文正公日记》，等等，均是影响至今的名人日记。民国时期的名家日记，更是灿若群星，辉耀当代。

于此确凿无疑。我们又怎能对“日记之空白”“不必……都在意”？

说笔记之妖娆

世人对很多事物的印象都太沉重了。例如一说到“笔记”，立刻就会想到听报告记录或读书笔记等；更博学一点的人，可能还会立刻想到，这是“一种以随笔记录为主的著作体裁，多由分条的短篇汇集而成”。但我这里所言的笔记没那么复杂，就是指“好笔头抵得上烂记忆”的那种随手一记，就是指那种随手一记的无限妖娆。

这种“无限”的例子在古今中外的很多作家、艺术家那里最是无穷无尽。在中国古代，唐时的李贺与宋时的梅尧臣都各有一只著名的“诗囊”。那里面装的全是二位或骑小毛驴儿于路上，或乘小木船儿于水上的所见所闻、所思所想——全是他们随时随地的随手一记——全是一枚又一枚的小纸条儿！后来，这些小纸条儿全都变成了一首又一首脍炙人口的诗，如李贺那首《古悠悠行》：“白景归西山，碧华上迢迢。古今何处尽？千岁随风飘。……”元末明初时，我国有一位文学家叫陶宗仪。他晚年辞官回家务农，每在午休时即拾取树下之叶信笔书之，回家后则贮之于盎（一种口小腹大的瓦器）。凡此10年，竟积十余盎。后碎之，“积叶成章”30卷。这就是为后人津津乐道的《辍耕录》。明代李日华在《六砚斋笔记》中曾言“东坡先生虽天材卓逸，……到处无不以笔砚自随。海南老媪，见其擘裹灯心纸作字”。《牡丹亭》作者汤显祖，即使在居家的“鸡栖豚栅之旁”，也都放着笔砚。无论他在家做什么，只要想到什么佳言妙语或有用的内容，便一定会抓起笔来，随手记下。

如此笔记妖娆，古今中外，概莫能外。马雅可夫斯基在《我怎样做诗》一文中讲道，有一次他为写一首爱情诗所苦，夜半时分，竟梦笔生花："我将保护和疼爱／你的身体，／就像一个在战争中残废了的，／对任何人都不需要了的兵士爱护着／他唯一的一条腿。"当时他从睡梦中醒来，赶紧跳下床，在黑暗中摸到一根燃过的火柴棍儿，即在香烟盒上匆匆写下"唯一的腿"，然后又倒在床上睡着了。但第二天早上醒来，他看着香烟盒上那几个字，竟不得其解。后足足想了两个小时，痴情才似梦境复原。又据丰子恺在《近世十大音乐家》中记载，舒伯特有一首名曲《听啊，云雀》是在一家餐馆的菜单儿上一挥而就的。那是1826年7月的一天下午，舒伯特同几个朋友去维也纳郊外散步归来，他们几个正在一家餐馆就餐时，舒伯特忽然沉浸在朋友所带的一本书里了。只见他忽然凝神聚志，旁若无人地随手在桌上菜单儿的背面挥笔写起了曲谱，并且不到20分钟，他这支流芳后世的名曲即一挥而就了。真是天才！其实，哪里有什么天才？郭沫若说："爱好出勤奋，勤奋出天才。"他自己乘兴写诗，一挥而就的例子也最能证明这点。在《我的作诗的经过》一文中，他曾这样追忆："《地球，我的母亲》是民八学校刚好放了年假的时候做的，那天上半天跑到福冈图书馆去看书，突然……便连忙跑回寓所把她来写在纸上……《凤凰涅槃》那首长诗是在一天之中分两个时期写出来的。上半天在学校课堂里听讲的时候，突然有诗意袭来，便在抄本上东鳞西爪地写了那诗的前半。在晚上行将就寝的时候，诗的后半的意趣又袭来了，伏在枕头上用着铅笔只是火速地写，全身都有点作寒作冷，连牙关都在打战。……"

像郭沫若一样勤奋而笔记妖娆的，还有俄罗斯大文豪果戈理。他无论在哪里，无论干什么，总喜欢用笔"随手一记"。他说："一个作家，应该像画家一样，身上经常带着铅笔和纸张。一位画家如果虚度了一天，没有画成一张画稿，那很不好。如果一个作家虚度了一天，没有记下一条思想、一个特点，也很不好。”果戈理是这么说的，也是这么做的。在他的“随手一记”中，至今还留给我们如下一些内容：

“屋子的附属物，一块4尺大的、镶着细刻木框的小镜子。屋子一隅摆着三角柜，上面挂着一条边上缝着红线的污秽的手巾。”

“工作员的头目们选举总管了，于是来了问题——‘为什么要选举他呢？他品行好吗？’‘不，不好。’——‘不喝酒吗？’‘不，是一个酒鬼。’——‘那为什么选他？’‘他会管理。’”

这两则笔记，前叙状，后记言，当是一位小说家的基本功。但对广大读者来说，当可视为“分外妖娆”了。实际上，果戈理有一次在某餐馆吃饭时，亦曾奋笔抄录玻璃板下压着的一份菜单儿，这一点倒是与舒伯特有异曲同工之妙！

除了纸条儿、树叶子、香烟盒、菜单儿等以外，还有一位爱因斯坦经常用旧信封的背面“随手一记”——当然，他记的尽是些论证数据。但在“笔记妖娆”的洋洋大观里，这又何尝不是一曲弦外之音呢？

总体说来，“好笔头抵得上烂记忆”这句最俗的民语，不仅对古今中外的很多作家、艺术家来说是一条铁律，对于身在民众之中的每一位普通人来说，也自然而然地应该是一条金科玉律。只要你身体力行，就一定会让自己无限妖娆。若谓不信，可以一试。

说“侧目”

——致李美美

李美美，我的女儿。年前年后，爸爸迷醉在家里新开的“机顶盒”所引发的“高清电影”魅惑中，不断被巴黎夜未眠、熊友乔纳森、一轮明月、伯爵夫人、别跟狗较劲、总统千金欧游记等精彩影片所俘虏，以致连女儿最近在某报上所写的一些专栏文章都没怎么好好看。但实际上，电光石火一般，你那专栏的其中几篇我也匆匆浏览过（在这个世界上，没有什么比欣赏自己女儿的努力成果更重要的事了，这是真的），特别是其中一篇文章的一个词——“侧目”，我的印象是似乎有些问题。这个印象似乎有些“电光石火”，完全是因为我女儿所写文章流畅如水银泻地，一贯有种骨子里的幽默而魅力独具，一贯遣词造句行文准确精当颇具水准。而“侧目”这个词，终究于我是“电光石火”了。

今日早起，首先在电脑上把李美美同学最近所写的一些专栏文章全打印出来。这是女儿“每周一文”的专栏问世一年多来，爸爸和妈妈坚持不懈的一个“热门工作”。然后，我就“搜索”到那个“侧目”语境如下了：

“对于白驹过隙般的网络热词，笔者一向秉持着‘浮云，都是浮云’的立场，但对于今次的这个‘给力’，笔者却格外侧目，因为党报能力挺‘给力’，这不是一个小意义，其折射出的，是官方逐渐亲近网民，倾听民意的最给力反映。”

上引出自李同学《很给力的“给力”》一文。顺便说一句，作为过去、现在和将来都会永远瞩目于自己孩子所写文章的任何父母来说，他们最欣赏也最欣慰的，其实还是自己孩子所写文章的价值观是正确的、积极向上的、大有益于人民和国家的。这一点非常重要。而我的女儿李美美，在这一文的核心要素上，最让为父如我者，尤为欣慰、欣赏与自豪。

但“侧目”还是如“电光石火”一般。只不过“电光石火”一般引向褒义，如引向“灵感”的产生，等等；而“侧目”这个词，“是指斜目而视，形容愤恨或者畏惧的样子，它和‘瞩目’完全是两回事”。

李美美，我亲爱的孩子。爸爸有一个你至今也许还没怎么“瞩目”而非“侧目”的习惯，那就是我总是随手做剪报。这件事其实于台湾那个“无所不知、无甚不能写”的李敖大师来说，习惯也是一样的。只不过他是运用资料（知识）比我又勤又好千百倍而已。汝欲有李敖那样的全能大手笔，必先如我般从不断积累知识、复习资料始。一切的成就其实都来源于能力的复习与积累。

这话有点儿扯远了。爸爸的孩子，我亲爱的女儿，其实我想说的是，认识真理其实是很容易的事，只要你肯学习。你看，我随手找出一张我“百宝箱”中的剪报，就能准确地解决你那个“侧目”问题：

据你发表那篇“侧目”文章后第9天的北京青年报《〈咬文嚼字〉昨公布2010十大语文差错》一文，其中，“第四，新闻报道中容易用错的词‘侧目’。如：‘他的研究成果解决了十多亿人的吃饭问题，全世界为之侧目。’这里的‘侧目’应改为‘瞩目’之类的词语。所谓‘侧目’，是指斜目而视，形容愤恨或者畏惧的样子，它和‘瞩目’完全是两回事。”

我的孩子，爸爸的李美美，你那篇文章中的“侧目”应该改为“瞩目”，是也不是?

祝好好学习，天天向上。

妙在不隔

——《雪国》赏析

《雪国》之妙在不隔。“隔”字怎讲？清人王国维在《人间词话》中有云：“语语都在目前，便是不隔。”这“语语都在目前”着实不易，但高洪波在他的散文中做到了。《雪国》绝非“雾里看花”之作，而是一篇“状难写之景，如在目前；含不尽之意，见于言外”的妙文。

《雪国》之景写得真切。作者写科尔沁草原的雪“粗豪得紧”，个把钟头光景，就能把大地抹成个京剧里的曹操模样——“大白脸”，这的确是北方的雪，而不是鲁迅先生曾经咏过的那般“南国的雪”。无生命的雪是没有地理属性的，但作者的“不隔”之笔如实地写来，却自然地使“雪国”有了南北之分。北方的雪的确是“粗豪得紧”，它能把房门封住，“或者靠北的山墙被大雪一直堆齐屋顶”，需要你和你的邻居们“重新开辟一条通向世界的小径”。仅此数端，读者们便会对“雪国”神往不禁，更何况还有“就着雪色泼染成的银白”进行“雪地追踪”，还有堆雪人、滚雪球、打雪仗诸般“固定程序”的趣闻乐事，还有大清早到电线杆下捡拾“一种味道极鲜美的飞禽”的口福呢！作者“状难写之景”的功夫浑如“雪国”一般奇魅多姿，谁人神往之后，能不冷静地想到：只此一点，北方便不可不爱。

《雪国》“含不尽之意，见于言外”，其功一在景真，二在情真。这景与情皆真，实为“不隔”的上乘功夫。《雪国》的景写得真切，《雪国》的情也写得真挚。开首写成人们“对这大雪总是抱有一种极漠然的态度”，“孩子们则不然”，因见执着；接续下来的“雪地三部曲”更是真情洋溢，令人读来有灵魂得到净化之感。“三部曲”的前奏是“雪地追踪”，“当一串脚印在洁白的初雪上逶迤远去时，那图案是让人毕生难忘的”，信然！打雪仗“小手小脸冻得通红，也在所不辞”，正是童心使然。最好的是“滚雪球”：“这时节，我相信每一个伙伴其勤劳与虔诚的程度，都不亚于一只蜣螂对待它的粪球！”笔者与作者是识得的，读到此处，不禁哑然失笑：这高洪波，恁般年纪，怎会真如小孩子般？这个“真”字，实令笔者深思不已。相信读者们也会像笔者一样，笑后思笑，这其中确有“不隔”之真蕴存焉。“堆雪人”也很有趣。“真的，在北方，没有堆过雪人的孩子不应该算孩子，没有打过雪仗的童年也不应算是童年，我一直这样认为。”又是稚语如珠，执着中备见真纯，给人以启迪，给人以“雪国”之永远的诱惑。“我们还有另外重要的事情干”，那就是非科尔沁草原的“雪国”莫可一遇的电线杆下捡食撞晕的鹌鹑了。这令人读来馋涎欲滴。此时节，不唯作者以成人之龄与自己的童年生活无“隔”，每一位读者也几与作者的真挚情感“不隔”了。但更令人深感愉悦与满足的还是作者的“神”来之笔：“事到如今，神仙早已远遁，故乡的雪国亦久违，我却依然不忏悔那大不敬的‘邪念’，并坚持认为那仙人将白雪变为白面，实属多事。”朴拙稚趣，尽在此言中。然而“偎着温煦的炉火，吃着香甜的烤白薯”之外，作者又分明地告诉了我们一些什么……

“不隔”之妙，令人如品青青橄榄，在皑皑《雪国》里流连忘返……

“忆”的手法谈片

——《忆娘》赏析

即使是尚在学龄的少年朋友们，也常常会有一些涌上心头的人和事，需要写成回忆性的文章。王宗仁《忆娘》这篇散文，在“忆”的手法上颇多可取之处。

既是“忆”，就存在一个由此及彼、由近及远的时空跳跃问题。这可谓写回忆性散文劈头遇到的第一个大问题。《忆娘》是怎样解决这个问题的呢？开篇就是一比，“有如一朵心绪缠绵的云”——这样，作者就贴切地获得了“又飞向远方”的自由。紧接着，“我离开故乡已经二十多年了”——一下子切近正题。然后是另起一段对“生我养我的地方”的一些真切描绘。由远及近的空间之“隔”就这样了若无痕地被作者“处理”掉了。我们不能不佩服作者如此高超的“忆”的手法。

作者对时间之“隔”的处理手法也是耐人寻味的。“真怪，四十多岁的人了，还常常想娘”，这是刚化入又淡出，为全文之忆一波三折的最初之点。当作者进一步回忆娘为他缝补衣裳时，“嘴里还哼着一支古老的曲调——现在回想起来，我还觉得那曲调是从遥远的山那边传过来似的”。可别小看这两句当中的那个“破折号”，它实在是作者“由彼而此”的一绝！谁能从中注意到时间之“隔”呢？但语意又分明是从“二十多年前”到“现在”的一转。这里的“破折号”好比是盛载着作者真挚、深厚情感的一座小桥，使读者很容易地就从彼岸而通达了此岸。再往下，“娘那时候”如何如何，“这一天”怎样怎样，我们又不知不觉地跟随作者回到“娘”的身边去了。当我们正为娘“突然转身擦抹眼泪”而动情不已的时候，“当时我八岁”又一下子使我们置身到今天，并且“一直到今天”地“忆娘”不已……

这种时空的跳跃是写回忆性散文必不可少的一项基本功，实际上它也是散文“形散而神不散”的具体表现形式之一。在《忆娘》中，作者还有这样一些艺术手法值得我们借鉴：

置自己所忆对象于一个特定的氛围，以增强忆念形象的立体感。文中对“生我养我的地方”的种种叙说，既是“忆”的凭借物，又是对忆念对象的艺术铺垫。

注意“忆”的主体与客体之间的适度。《忆娘》是一个“四十多岁的人”对老母亲的忆念，但具体“忆”的内容是“二十多年”以前的，所以在作者笔下，“娘那时候并不算高龄”以及“在我们村的娃娃世界里”的种种描绘，都非常符合当时的母子关系，也当然吻合现在的忆念之情。

紧紧把握住“忆”的线索，绝不旁逸斜出。忆亲娘，集中在娘的缝补上。“我想娘，总是跟那个线团连在一起，当然，还有牵在线头上的那根明晃晃的针。”作者是这样宣告的，读罢全篇，也深感《忆娘》的确做到了这一点。

其他如情蕴于“忆”，熔载有致，篇末升华，等等，都是《忆娘》的成功之处。至于思想性，对于贫寒之娘的缝补之忆，谁又能掩卷而不沉思呢?

读《爱的期待》

河北诗人戴砚田，还是一位诗意盎然的散文家。他的散文，不像杨朔散文那样精巧，亦不像秦牧散文那样富于知识性，但在其散文集《爱的期待》中，25篇文字闪烁着同一颗燃烧的灵魂！最使人感同身受的，既不是地火在岩下运行，更不是天火在云上缥缈，而是切近又红亮的人间之火，在辉映着你，在照耀着他！

作者的“期待”到底是一些什么样子的亮色呢？

“什么手砍去那山上的树，也就砍去了花，砍去了碧绿青翠，砍断了泉水……想到此，一个寒战掠过我的心头：如果苍岩山的树被砍光，该是怎样的景象！”（《为何此山独苍翠》）这是一个忧心者多么警醒的期待！

“修筑煤道，送期待了亿万年的乌金升上大地。”（《月亮赋》）这是对生活中无数个“期待”的期待。

期待种种，都是《爱的期待》。读戴砚田同志的这本散文集，犹如在一条温暖的爱河里尽情享受……而作者本人，又何尝不是一个无时不在、无处不在的爱的弄潮儿呢？

作者的爱，又是一种平易近人的爱。在《情溢玄武湖》中，“忽来一高一矮两位中年师傅坐在身旁，全是无锡口音。一交谈才知他们也是初览玄武湖景。自然结伴我们一路同行……”这里的“自然”二字，确实有极其自然的爱存焉。再往后，“抬头看，无锡师傅已过了白桥，我急步赶上”。甚至有“到了门前（迎春花展），无锡师傅已给我买了门票”的事态发展。相谐如此，谁又能想到片刻之前他们还是陌生人？平易近人之果，就是如此甜蜜。这种神奇的爱是多么美丽！

作者的爱，还是一种淳朴敦厚的爱。在《鸣沙山的思考》中，“再有一宗，从鸣沙山滑下，谁都是口渴心焦。偏偏就真有一位十八九岁的姑娘，在山下泉边摆起一摊凉茶，就是五分一杯，有谁说贵呢？谁不是连连叫好，频频举杯！就说这姑娘美如飞天仙女，有人也信。沙山为这姑娘，也要夜里重整山容，再勾线条，以迎明日来客的呀！”

作者的爱，更是一种超凡脱俗的爱。在《我心中的雨花》中，作者说：“在这里，我和青少年们挤在一起，聆听他们的教诲。红领巾们稚嫩的小脸上泪光晶莹，我也悄悄擦去流到腮边的热泪。”热泪洗魂灵，这真是一种净化人们心灵的爱！

作者的爱，最是一种诗意盎然的爱。例如对故乡：“当年的榆树棵子里，已经没有我打碎饭碗时的哭声了。……曾深情地抚摸过我儿时的小脑袋的枝条，你可看见我又站在你的下面？”（《故乡琐忆》）

在这诗意盎然的爱河中，也曾有作者“写作目的”的一倾而泻：“三分好奇心，一腔爱国志，果得名山佳境，有所感受，有所领悟，写得一篇有用的文字，岂不也略表我振兴中华的赤子之心！”

是的，有“赤子之心”才能写出“有用的文字”。也许，正因为戴砚田的散文“有用”而不虚无，所以，他近年来在文苑的辛勤笔耕，才获得了一个又一个引人注目的果实。仅以收入此集的散文为例，《月亮赋》曾获《散文》月刊“优秀散文奖”，《球飞钻塔旁》曾获《体育报》“首届体育文学奖”，《岁久莲更香》曾获河北省“文艺振兴奖”，《我与大海》被选入《中国新文艺赏析》……应该说，著名诗人戴砚田已经无愧于散文爱好者对他的“爱的期待”了，但他在《我与大海》中还是坦诚执着地相告：“我要发愤图强了，大海，这是我献给你的誓辞！”

于是，我们在温暖的爱河里，又有了一种新的期待……

#《矮子》告诉我……

在我们的日常生活中，并不是所有的人、所有的时候都能够跟残疾人有所接触的，我就是其中之一。但有幸的是，我最近读到一篇题名《矮子》的美国小说。这篇似乎并未引起人们注意的小说，不但吸引了我，而且强烈地震撼了我、深深地教育了我……

他出生在“侏儒”世家，“到马戏班子去挣钱是不堪回味的。这世界似乎没有我的一块栖身之地”。他深深地为自己的“矮”而感到痛苦，于是乎，他每天晚上都要来到海滨艺场，然后花一角钱悄然钻进路易斯变形房。这个变形房里有一块巨大的“哈哈镜”，他总是站在此镜面前，微闭双眼，舍不得睁开看。“瞧啊，他张开眼睛了，直瞪面前那块巨大的镜子。镜子里的映像使他欢喜不已。只见他先眨巴一下眼睛，然后踮起脚尖，接着侧身，扬手，前鞠，最后笨拙地跳了几步舞。大镜里则相应映照一个眨着大眼迈着巨大舞步的高大身躯和一双又细又长的胳膊，最后还有大大咧咧一鞠躬！”读至此处，我不知道自己是喜还是悲，只觉心中一热，潸然泪下。但还有比“矮子”的“幻乐”更令人难以品透的滋味儿：有一天，这面能把“侏儒”变成“巨人”的“哈哈镜”被换掉了。在新镜子面前，个子大的人都会变得极其渺小，“天哪，何况一个矮子，一个小矮子，一个黑矮子，一个蹒跚而孤独的矮子呢？”一阵惨叫，又一阵惨叫，又一阵惨叫……

偷偷把镜子换了的人，就是这个变形房的售票员拉尔夫·班哈特。他这种对待残疾人的“恶作剧”态度实在令人深恶痛绝。岂止是唯此一“恶”而已？他早就扬言“可以把他逗得转圈儿”，还“装作傻乎乎”地跟“矮子”说话，甚至骂“矮子是细胞养的，矮子是松子儿”……在健康人应该如何对待残疾人方面，这个“虐待狂”实在是一个活生生的反面教员！面对此公，谁能不变得更惊醒、更善良一些呢？

美国虽然是一个社会制度与我们完全不同的国家，但除了有耐人咀嚼的“矮子”心态，除了有令人切齿的“虐待狂”以外，也还有“让我们互相理解”的楷模英范客观存在。她，就是这个海滨游艺场的另一个工作人员——爱弥。虽然明知其为小说人物不足为凭，但读着、读着，我还是为她对待“矮子”的善良态度深深打动了。当她发现“矮子”的“幻乐”以后，不但“双眼涌出了泪水”，而且对拉尔夫说道：“我强烈地爱上他了。”这种“爱”，是多么令人肃然起敬啊！正是基于这种平凡而又伟大的人类之“爱”，爱弥竟然发现了“矮子”比格先生原来是一个作家，并且十分肯定又富有哲理地对拉尔夫说：“无论你我还是这码头边的其余任何人都永远不会变成他那样的人。这真荒唐，真荒唐。生活注定他虽然活在人间，却只能当马戏演员。生活虽然没有迫使我们去演马戏，而我们却待在海滨的这个游乐场里。两者似乎相距千里，这是怎么回事，拉尔夫？我们具有的只是身体，他具有的却是头脑，他思索的东西我们连做梦都想不出来啊！”爱弥的这番肺腑之言，不但表述了她对“矮子”作家的崇敬与热爱，而且体现了她对人生价值一种成熟而可取的看法：健康人与残疾人因生理上的差异享受生活恩赐固然有多寡之分，但其对社会的贡献也许恰成反比，难道这不是有目共睹的某些客观事实吗？“矮子”就是这些“事实”中的一个，爱弥对他的理解不仅是口头上的，而且非常有闪光的行动：她用自己的全部积蓄，买了一面“矮子”所需要的那种镜子（他需要的真是“镜子”吗？这真是作者妙不可言的一喻），准备送给他，并且美好地祝愿他：“日复一日，甚至在春寒料峭的黎明时分，你都可以悄然起身，对着这块明亮的大镜子举手伸足，欣然欢笑，独自欣赏自己那魁伟的身躯。”但可惜的是，爱弥的镜子还没有送到，“虐待狂”的偷换之镜却令比格先生“狂怒地蹦跳起来，神经质地号叫着，啜泣着，泪渍满面，嘴巴大张。他闯进万点萤火的夜幕里，愤怒地四处张望了一会儿，一边恸哭，一边朝海堤奔跑”……

这是一个“美国的悲剧”吗？不，它对我们这个社会里健康人与残疾人之间的关系，也完全有丰富而生动的借鉴意义。尽管它出自美国现代作家雷·布雷德佰百之手，但我衷心地希望，每一个有幸看到这篇小说的人，都不要仅仅把它当作一篇小说来读。

《过客》浅识

一

戏冠全国的北京人艺，最近又在其“小剧场”里上演了鲁迅先生的《过客》。以我之孤陋寡闻，犹记得改革开放初期的《上海文艺》上，曾刊有山东作家肖平的一个短篇，题目是《墓场与鲜花》，内容是描述两个男女主人公在“文革”前后的人生际遇，特点是故事中始终有鲁迅先生的《过客》相联串。当时我曾为这篇小说鲜明的特色、深刻的内涵所倾倒，后来也曾注意到它被评上了全国优秀短篇小说奖。

再往前追溯，1939年10月19日，重庆文化界纪念鲁迅先生逝世3周年的时候，抗敌协会剧协曾把《过客》化装演出，胡风还专门为此写了一篇《过客小释》；1940年8月，香港文化界召开鲁迅60诞辰纪念大会，并于即日晚演出了《过客》。

从以上数十年间的片段事实，我们可以集中为这样一种认识：鲁迅先生的《过客》，不仅是其全部译著中唯一可以上演的作品，而且成了深邃的中国社会舞台上颇为人民所珍爱的一个保留剧目了。

二

其实，《过客》不过是几千字的一个小诗剧。

说它是“诗剧”，它又明显地没有歌德的《浮士德》或郭沫若的《凤凰涅槃》那种分行的形式或韵白，所以，若准确名之，《过客》其实是一个散文诗剧。所谓小诗剧，不过是一种不严格的习称。

或谓：鲁迅的《过客》是一种“短剧体的散文诗”。

即使在过了半个多世纪后的今天，对于我们的文学体裁研究者来说，这仍然是一个富有诱惑力的问题。

但我们应对鲁迅先生的这一发明创造采取“拿来主义”则是毫无疑问的。

三

从《过客》中我们可以幽深地感受到，“短剧体散文诗”表面上是剧、文、诗三位一体，其合理的内核仍然是一颗诗魂。

这颗浓郁的诗魂，在《过客》中是采取象征主义的手法来表现的。

所谓象征主义，一般均以法国波德莱尔于1857年出版的《恶之花》为始祖，它主要地是一个诗歌流派。

鲁迅的《过客》师承欧洲象征主义，但又摒弃了波氏等人的颓废与神秘。他把寓意深远的象征方法和入木三分的现实描绘完美地结合起来，独创了一种中国式的象征主义，并且由诗而至“短剧体的散文诗”，极大地拓展了象征主义的新边疆。

这在当时的中国，可算是一种表现方法上的突破。

四

《过客》中的环境，最是常言所说之典型环境：黄昏，杂树和瓦砾，荒凉破败的丛莽，小土屋，一段枯树枝，一条似路非路的痕迹……这固然是旧中国腐败凄凉之社会环境的艺术写照，又何尝不是人之生命长途中都会遇到的艰窘时刻的逼真象征。

创造典型环境是为塑造典型人物服务的。鲁迅先生在《过客》中描给我们的三个人物，都可谓是“典型环境中的典型人物”。那个口口声声“太阳下去了”的“老翁”，只知“前面是坟”，认为“不如回转去”，他显然是一个在人生的坎坷处失却斗志，悲观厌世者。而那个约三四十岁（人到中年）的“过客”，尽管“走得渴极了”，却只知道“前面”，誓言“我不回转去”，这是一个多么感人的勇于韧性战斗、奋然而前行的强者形象啊！至于那个“约十岁”的“小女孩”（早晨八九点钟的太阳），只知道前面“有许许多多野百合，野蔷薇”，其纯真催人泪下，又颇令每一个趋向成熟的读者感到揪心。这是一个满怀希望、向往光明的新人的象征，富有深入髓骨的艺术感召力。

三个典型环境中的典型人物还在走着人生的长途。鲁迅先生的神来之笔，一直让他们走进了我们今天每一个人的心中：是学习“过客”负重而前行，还是首肯“老翁”的“夕阳咏叹调”？抑或是满足于“女孩”那种“鲜花”般的梦幻?

回答，回答！每一个认真看完《过客》的人都要作出自己内心深处的负责任的回答——

这就是鲁迅先生作为“人类灵魂的考问者”的权威之所在。

五

不仅如此。“奋然而前行”的“过客”，其实也有自己生命的另一面：

他“眼光阴沉”（加重号系笔者所示）并没有闪着明亮的光，这不仅是来路之黑暗所使然，而且昭告着他对自己未来的善恶并不肯定。

的确，他“从东面的杂树间跄踉走出”之后，曾经“暂时踌躇”；他也曾对“老翁”所说“料不定可能走完”有所“沉思”；也曾对“老翁”的“休息”劝告“默想，但忽然惊醒，倾听”——并诚实地宣告：“我愿意休息。”

对于小女孩给的“布”，他也曾“颓唐地退后”，这只能解释为他当时对于实现稚嫩者的期望尚无把握，深恐自己挑不起这一副人生的重担。最后：“过客向野地里跄踉地闯进去，夜色跟在他后面。”

“闯”，固然是“奋然而前行”了，但尚有“夜色跟在他后面”——“阴沉”，这又是一种“阴沉的目光”！

但正因为尚有这种“阴沉”，“过客”之奋然而前行才更有意义，也才更加真实可信。古希腊悲剧作家索福克勒斯曾经说过：“出自内心的，也就能进入内心。”

这就是《过客》之所以能够深入我们每一个人内心的艺术力量之所在。

六

《过客》写于1925年3月2日。当时的鲁迅先生，思想上正经历着一个大飞跃前的苦闷时期。这一点，正如冯雪峰同志后来在1949年4月写的一篇文章中所指出：“流露了鲁迅的虚无感和阴冷心境最厉害的，莫如他的散文诗集《野草》。”

的确，《野草》中的《过客》，主要反映了一种理想与现实的冲突，同时也流露出存在于当时作者思想里的同样的冲突。当时的鲁迅先生，一方面感到了黑暗势力的浓重，着力地描绘了它；另一方面又觉到战斗不能松懈，坚持了顽强不屈的斗争精神。

鲁迅先生自己在1925年4月11日（即《过客》写完一个多月时）致赵其文的信中曾经说过：

“《过客》的意思不过如来信所说那样，即是明知前路是坟而偏要走，就是反抗绝望，因为我以为绝望而反抗者难，比因希望而战斗者更勇猛，更悲壮。”

是的，《过客》是一曲悲壮的战歌。在人生的漫漫长途中，“过客”将永远鼓舞我们更勇猛地向前，去谱写我们自己的生命之歌！

读是一支春消息

——“名家的读书生活”漫评

尽管易中天教授有“春天不是读书天”之谓，但我还是觉得，对于辞猪迎鼠欢度佳节的北京来说，读是一支春消息。

首先来看春节期间的北京各大书店中多么红火。正月初四，适逢与新中国同龄的京城老字号——王府井新华书店——迎来自己的59周年店庆，该店该日雅客盈门自不必说；仅以京城书店的后起新秀之一北京图书大厦来说，从大年三十到初六，就接待了50万人次的读者，销售码洋超过100万元，比去年同期增长6%；而另一后起之秀中关村图书大厦，据统计其春节期间的销售码洋为303万元，平均日客流量为两万余人，比去年同期增长15%。数字就是告知：春天来了，一个读书的春天正从我们生活的一个侧面，悄然来临。

在热闹的北京庙会上又何尝不是如此。仅以偏居南城的龙潭庙会来说，其每年均在庙会上设置的图书捐赠点，今年竟然为遥远的青海省一所民族小学奉献了3万多册图书，其数量之多，实为历年之最。谁能说，这不是北京读来早的一支春消息呢?

当然，春天读来早的更权威讯息还是来自国家图书馆和首都图书馆这双子星座。在国图，今年有一个巨型海报非常醒目：爱在国图，暖在书海。这是国图首次公开邀请读者到馆过“书香年”，海报中还特别注明“诚邀因雪灾未能回家过年的外来务工人员和青年学子”。

同时，国图还把自己的“诚邀”扎扎实实地体现在多项收费的减免上，甚至在大年初一早上，国图馆长还亲自给到馆的一些读者拜年、赠送小礼品。因之，仅大年初一这一天，国图便接待读者2249人次，创近年来同日接待量最高。首图也是这样，在“书香年”期间，那里的种种讲座都盛开着令人陶醉的听者（读者）之花。

但在今年春节期间，最令人陶醉的，莫过于北京电视台7日7频道的特别节目“名家的读书生活”了——

从初一到初七每天晚上的黄金时间，坐在电视机前，尽享文怀沙、冯骥才、罗哲文、王蒙、冯其庸、韩美林、黄苗子这7位文化名家的读书生活。这真是一段黄金般的记忆！

记忆中最令人感奋的有以下4点：

一是北京电视台真是魄力独具，竟然于春节期间用这样一档读书类节目参与“眼球”的竞争，这只能说明他们慧眼识珠。的确，当今之世虽然浮华噬人，但渴求知识的地火从来也未中断其在中华隧道中的潜行；实际上，当今中华大众的春节品味绝非一台或数台晚会即可了断，它不仅需要更加多样性的服务，而且尤其需要对中华文明地火的精心对接与准确释放。党的十七大有曰，提高国家的“软实力”是我们一切文化工作的重中之重，而读书，又怎能不是提高我们每一个中国人“软实力”的重中之重呢？所以说，在今年春节期间有幸看到“名家的读书生活”这档黄金节目的观众（读者）们，其实是身在中华文化的一个制高点上，尽享了一种国家软实力的瑰丽多姿、奇魅丰饶。为此，我们要感谢北京电视台这次独出心裁的春节巨献！在他们的努力耕耘中，读是一支春消息，最是“春来发几枝，此物最相思”。

二是北京电视台这档“春节特别节目”不仅策划独到，而且形式别致。

众所周知，近些年国内各电视台的读书类节目层出不穷却又接连消遁。至今仍健在的，也大多改头换面，或实无真书可读而专打“名人牌”的，或“悦”字当头直取实用路线的，等等。很难说这些“戴着脚镣跳舞”的读书节目是否成功，但我们久觅众台这类节目中深厚、浓郁的人文气息而不得，却早已是不争的事实。究其原因，实需另写一篇时代专论才能一一说清，但既往的，或曾经的那些电视台读书节目办得过于呆板，也应是不争的原因之一。而这次春节期间的连续节目“名家的读书生活”，北京电视台的相关编导们显然在其表现形式上做了新的努力和尝试。一是在演播间与采访现场有节奏的切换，既保持了新闻播音的新鲜感，同时又具有现场采访的真实感，二者相得益彰，形式别开生面。二是采访现场皆为读书名家的书斋和书房，因之最大限度地满足了广大观众（读者）一窥其堂奥的“阅读”兴趣。笔者在看此节目时，便很有此类满足感。以前曾见识过台湾作家李敖的书房奇大无比，也曾拜读过语文大家周有光先生的《有书无斋记》。这次在电视中，无论是走进冯骥才设在天津大学文学艺术研究院中的书房，还是走进韩美林那自称是一个“小小艺术博物馆”的伟大书房，都深深地感到，中国真是变了，中国真是大变了，这从中国作家们的书房变迁中便可以看得很清楚。“遥想元明之际，王冕牧牛读书，陶宗仪耕田写作，不但书房，连书桌也没有”（流沙河）。看今朝，冯骥才已然“功夫在‘桌’外”了：“我的书桌没有在家里面。我的书桌主要在田野里。”他还说：“到处都是我的书房。比如我在京西宾馆开会时写了个小说，那里就是我的书房。或者可以说，真正意义上的书房，我有两个：一个是在社会上，比如在田野里；另一个在自己的心里。”这就是冯骥才先生的“软实力”，这又何尝不是令广大观众（读者）非常艳羡的一个“文化制高点”！

三是这档连续7天在黄金时段播出的春节特别节目却原来是北京电视台“7日7频道”隆重推出的，这就不能不给人一个非常清楚的启迪：“名家的读书生活”不仅是文化的，他应该首先是生活的。这种把读书类节目的重新定位是非常具有现实意义的，它起码告诉我们：读书是我们的一种生活方式，而不仅仅是我们的一次精神消费。因之，各种生活类的传媒载体都应该承担起引领人们“多读书、读好书”的历史使命，用多种多样的鲜活方式构建我们的书香社会。只有书香社会，才更接近我们理想中的和谐中国。从另一方面说——仅以辞猪迎鼠欢度佳节的北京来说，关于“读书”的负面新闻也并非没有。例如，某报某日有一份“民生调查”，说的是“大门锁住屋内千册藏书，隔壁棋牌室人声鼎沸”——这种场面对于北京市民来说并不鲜见——大标题是：社区图书馆为何少人问津？要回答这个问题确乎很难，前文已述必须一篇专文才有可能说清一二，但是我们据此完全可以得出一个结论，党的十七大报告所强调的“要加强文化建设”的任务，我们还远远没有完成。而对于这项伟大任务的一个重要组成部分“引导人们多读书、读好书”来说，现在不能够放任自流，而应该多管齐下，继续加强。在这方面，北京电视台“7日7频道”的“慧眼识珠”，贵在识“读”，而犹贵在识己。正像读书是生活的一部分一样，举凡生活类传播媒介，都应该全方位地，更经常、更多样地为“读书”服务。

四是7位文化名家的读书生活恰似一座又一座的宝库，无不令每一位有幸浸入者满载而归。例如韩美林的《天书》，由于春节前刚刚在人民大会堂举办了首发式，正是中国文化界的一大热点，而春节期间我们就在荧屏上看到难得一见的这位“艺神缪斯的儿子”（黄苗子语）一一道来了。他说，“《天书》的由来”与启功先生有关。那还是1958年，有一次他与启功先生在香港小聚，当启功先生翻看他随身带着的记录古文字和岩画的构思本时，曾戏称他是在办“古文字收容所”，并认真地鼓励他把古文字搜集整理的工作进行到底。如今悠悠50年过去了，《天书》终于问世。韩美林非常感念启功先生的当年鼓励，并强调说：“前辈们给予我很大的鼓励，而更大的鼓励来自于当前开放的现实环境。我们古老的国家刚刚腾飞，任重道远，我们国家不仅要有实力，还要有魅力。”好一个韩美林的“魅力说”，为此，明年他要继续出版《天书》下册并从现在又开始整理编撰一部“中国古文字大典”了。闻此种种，谁能不对韩美林的“读书生活”充满敬意，正如黄苗子先生有诗赞曰：“仓颉造字鬼夜哭，美林天书神灵服。不似之似美之美，人间能得几回读。”

不仅韩美林先生的《天书》“人间能得几回读”，文怀沙、罗哲文、冯其庸等诸位先生的“读书生活”莫不五彩斑斓、气韵非凡。再如王蒙先生，这位享誉中外的文坛老将在镜头中告诉我们：读书就是和朋友切磋谈心，就是对自己灵魂的追问。但他现在“阅读量小多了”，因为“眼睛不行了”。“我觉得我说话的速度比过去慢了，但写作的速度还没有慢多少。”王蒙说：“人家招打字员，一分钟要打25个字，这个我早就超过了。”王蒙还说“中国现在的读书情况，不是很令人满意”，他并且说，“那些经典作品，我现在还是会看一看，像泰戈尔、雨果、红楼梦、老子、源氏物语什么的”。这就是镜头中的王蒙。这就是最近的王蒙。这就是其“读书生活”如大河般绵延至今而依然波澜壮阔的那个王蒙。的确，老读书的王蒙先生永远不会老。

你说春天会老吗？

试一试，自己编一本诗集

——对中学生的演讲之一

古人说过，“于不疑处见疑，方是进矣”。少年朋友们，你们有没有想过，我们国家五四以来所出的新诗集，有没有明显的不足之处?

我认为，太习惯纵向编诗，不注重横向选诗，这是我们千古诗编的一大弊病。仅以新诗而言，何谓“纵向编诗”？《新诗选》之类，皆以时间为序，一纵而成，这是有目共睹的。另如《2011年诗选》，不过是编年体的“纵向”。此外，就是因人而编，“张三诗选”或“李四诗选”，翻开一看，又是以时间为序。还有如《七叶集》，不过是7人之“纵”。由此说到“集”，我们常见的被诗人冠以“露珠”或“新月”等的诗集，其全部内容也不都是写“露珠”或“新月”之类的，甚至可以说大部分都不是写集名所宣示的题材内容的，这不过是一种偏于诗人意趣的“纵向”而已。“纵向编诗”的现状，当然不是以上信手拈来的几例所能说全的，有兴趣者可以进一步下工夫分析清楚。这样“纵向编诗”当然有它的必要性，但不能说它没有明显的不足之处。首先，它不能满足读者进行专题欣赏的要求。为什么不可以出版一些《诗人之春》《诗人之夜》《诗人之海》《诗人之月》等的诗集呢？要知道，当代人的感情是极其丰富的，爱诗者的情致更是细微而执着。其次，一味地“纵向编诗”，不能满足习诗者的借鉴和提高的要求。许多少年朋友们都喜爱诗，并在练习着写诗。如果有一本《诗人之梦》能把古今中外著名诗人们写梦的诗都尽可能地集于一册，那么，爱诗（梦）者可以集中一个题材多角度地进行品味、比较和借鉴，少年朋友们要当一个诗人的梦想也一定会早日成为现实。

如果说清楚了什么叫“纵向编诗”，那么，所谓的“横向选诗”也就不言自明了。在这方面，不能说我们的出版界什么事也没有做过，不过的确是做得太有限了。以前出过一本《北京的诗》，“横”出了一个城市，太大了；为什么不“横选”《北海的诗》《纪念碑的诗》呢？前不久，有两家出版社“横选”过《西方爱情诗选》和《中国爱情诗选》。光有“爱情”太不适合少年朋友们阅读了，我们还应该出版《世界友谊诗选》《我爱校园》之类，这样才能切近少年朋友，特别是爱写诗或爱朗诵诗的少年朋友们的需要。

但是，与其等待别人出版，不如自己动手编集。有兴趣的少年朋友们完全可以试一试。你可以上网或到图书馆去，也可以翻一翻爸爸妈妈的书，或者通过别的什么渠道，根据你事前确定好的一个最有吸引力的专题，不断地收集，不懈地努力，最后你一定可以编选出一本别具一格、新人耳目的诗集来。并且在你从事这项颇为有意义的课外活动中，你一定会更加喜爱诗，更加理解诗。如果你对自己的专题诗选再进行一番品味和比较，你写诗的水平也一定会有很大的提高。不信，就请你试试看吧。我以为，从事这项编辑活动并不断地拓展自己“横向选诗”的视野，比单纯地看一些“怎样写诗”的小册子，要实际得多，对提高你的整体文学素养也一定会更有效。

除新诗外，其实古诗也在可“横”之列。又不仅仅限于诗歌之列，举凡散文、歌曲、漫画等都可从题材上（或手法上等等）确立自己最感兴趣的所在，偏不满足于因袭的陈规，要独辟自己理想的蹊径。正如古人所说：“于不疑处见疑，方是进矣！”

鲁迅上学时的课外生活

——对中学生的一次演讲

一提起鲁迅的名字，谁都知道他是一位伟大的文学家、思想家和革命家。但是，“万丈高楼”并非是“平地而起”的，鲁迅一生之伟大，是与他从上学时候就注意从各方面打好基础分不开的。

约略说起来，从1887年到1906年，即从7岁到26岁的时候，是鲁迅伟大一生中的学生时代。当然，鲁迅的学生时代跟我们现在青少年的学生时代是截然不同的，那时候的中国，还是一个半殖民地半封建的旧中国。鲁迅7岁时开始进本宅私塾读书，12岁时进绍兴城内“称为最严厉的”三味书屋读书；18岁时离绍兴，往南京，考进江南水师学堂学习；19岁时，又在南京改入江南陆师学堂附设的矿务铁路学堂；22岁时，离国去日本，先在东京弘文书院补习日语和普通科学知识；24岁时，离东京去仙台进医学专门学校，一直到26岁时弃医从文：这就是鲁迅先生学生时代的大致经过。

鲁迅在以上各个阶段的学习成绩究竟如何呢？我们很难用现在的学校分数标准去类比，不过根据一些资料，大致上还是可以分析清楚的。鲁迅在《写在“坟”后面》一文中曾经说过：“孔孟的书我读得最早、最熟，然而倒似乎和我不相干。”这句话，我们可以看作是鲁迅对自己在“本宅私塾”学习时的情况的最好总结。在三味书屋时，据张能耿《鲁迅亲友谈鲁迅》一书中的记载，有一次寿镜吾老先生出了一个课题“独角兽”，要学生对课。同学们有对“二头蛇”的，有对“三角蟾”的，也有对“八脚虫”、“九头鸟”的，鲁迅却根据《尔雅》对了“比目鱼”。寿老先生连连点头，说：“‘独’不是数字，但有‘单’的意思；‘比’也不是数字，但有‘双’的意思，可见是用心对出来的。”我们可以猜想，三味书屋的老师这样夸鲁迅，可见鲁迅当时还是学到了一些东西的。在南京，鲁迅是从水师学堂退学后又入陆师学堂的，他在江南陆师学堂附设的矿物铁路学堂，因为学习成绩优秀，曾得到金质、银质奖章（据许寿裳《我所认识的鲁迅》和许广平《欣慰的纪念》）；毕业考试时，曾得一等第三名（据周遐寿《鲁迅小说里的人物》）。显然，鲁迅在南京学习期间的成绩还是很优秀的。到日本留学以后，在东京弘文书院这一段主要是补习日语；而在仙台医专那一段，据考，1905年春季开学考试时，鲁迅的成绩是：解剖59.3，组织72.7，伦理83，这三门的平均分是65.5。应该说，这个成绩仅为中等。但尽管如此，鲁迅在《藤野先生》一文中曾明确记载着，他曾为这个平平的成绩而收到一封匿名信，“大略是说上年解剖学试验的题目，是藤野先生讲义上做了记号，我预先知道的，所以能有这样的成绩”。我们从这些话中可以想见，当时鲁迅取得这样一个成绩，不仅要付出语言不通的格外努力，而且要顶受别人对一个弱国留学生精神上的多大压力啊！

通观鲁迅学生时代的学习成绩，我们可以看出，他基本上是“有所取则优，无所取则平”。很显然，仅凭这一点，是不成其为他伟大一生的坚实基础的。的确如此，鲁迅学生时代的独立钻研精神，不仅表现在课上，更主要的是表现在课外，这是由他当时所处的时代历史环境所决定的，是不以他个人的主观意志为转移的。今天，我们这个时代青少年所处的历史环境截然不同了，学好课上规定的一切文化科学知识，德、智、体三方面都得到充分发展，这是我们这个时代学生们的主要任务；但是，注意安排好自己的课外生活，争取身、心两方面都得到健康成长，仍然是非常重要的。在这方面，鲁迅上学时的课外生活无疑地还对我们具有一定的借鉴作用。

鲁迅在课外最喜欢做的事情是什么呢？是读书。据《随便翻翻》一文中说，他渐渐识字以后，“对于书就发生了兴趣，家里还有两三箱破烂书，于是翻来翻去，大目的是找图画看，后来也看看文字。这样就成了习惯，书在手头，不管它是什么，总要拿来翻一下”。这“随便翻翻”，实在是鲁迅学生时代养成的一个良好读书习惯，非常值得我们今天的青少年学习和效法。据《鲁迅年谱》中的不完全记载，鲁迅7岁时读的是一些赏善罚恶的故事；10岁时最爱看的是一本讲种花的书，名叫《花镜》；10多岁时常阅读小说，爱看《荡寇志》《西游记》《红楼梦》之类；15岁时读了一些野史和笔记，如《明季稗史汇编》《扬州十日记》等；17岁时，鲁迅最爱读的却是所谓“杂类书”，如《阅微草堂笔记》《古诗源》《文史通义》等；19岁时，他曾终日阅读《西厢记》等；21岁时，鲁迅在南京常阅读新书报，当年严复译述的《天演论》一书正在风行，他特于一个“星期日跑到城南去买了来”，“一口气读下去”，感到极大的兴趣；此时，他还读到林纾译述的《巴黎茶花女遗事》等书，开始接触西方资产阶级的文艺作品。去日本后，22岁时鲁迅回国探亲，曾特意写信给东京的同学买新出的日译本雨果中篇小说《怀旧》寄来，在家翻阅。后又回日本上学，“课余喜欢看哲学文学书”，如拜伦的诗、尼采的传、希腊神话、罗马神话等。他当时尤其珍视的是一本“线装的日本印行的《离骚》”，并曾对他的好友许寿裳说过“《离骚》是一篇自叙和托讽的杰作，《天问》是中国神话和传说的渊薮”，但他又不满该书“终其篇未能见‘反抗挑战’之声”。以上，我们极其粗略地把鲁迅上学时的课外阅读史总结了一下，大家可以从中看出，鲁迅所谓“随便翻翻”中的“随便”二字，绝不是“兴之所至，偶一翻之”的意思，而是长流水、不断线，积少成多，许多年如一日。这一点，的确值得我们课外阅读时注意学习。

除了读书以外，鲁迅在课外还喜欢结交一些有益的好朋友，以帮助自己不断地成长进步。他虽然出生在一个逐渐没落的封建士大夫家庭，但小时候常常到农村外婆家去，和农民的孩子一起玩耍，因此有机会接触贫苦农民，了解农民生活，这一点对他日后思想上和文学上有极大的好处。大家都记得《故乡》中的“闰土”吧，这个人物就是以一个叫章闰水的农家孩子为模特儿写出来的。而章闰水，就是鲁迅少年时代的许多好朋友之一，他虽与鲁迅是“少年交”，一直到鲁迅去日本留学以后，他还经常向别人打听鲁迅的情况。（据王鹤照：《回忆在鲁迅先生家中三十年》）同样地，鲁迅1900年从南京回家，还特意找闰水一起上街玩了两天；再往后，鲁迅在《故乡》中曾深情地描述过他脖颈上戴过的“银项圈”，而这个银项圈，章闰水后来又给他儿子启生戴了。新中国成立后，启生的妻子把这个银项圈献给了绍兴鲁迅博物馆保藏，至今还放在那里。鲁迅少年时代除了和一些农家孩子很要好以外，还结交过一位工人好友，他是个名叫“和尚”的木作师傅。他曾送给鲁迅一把木制的“象鼻大刀”，后来鲁迅长大以后，各种玩具都丢弃了，唯独这把木刀一直保存着。鲁迅到南京求学以后，有时回家，还曾与“和尚”商量如何做书箱。到日本留学以后，鲁迅又很快地结交了一个极要好的朋友，那就是许寿裳。现在研究鲁迅生平的一本极珍贵的书《亡友鲁迅印象记》就是许寿裳先生写的。他们两人在日本学习时过从甚密，“聚谈每每忘了时刻”。据许寿裳回忆：“我们又常常谈着三个相关的问题，（一）怎样才是理想的人性？（二）中国民族中最缺乏的是什么？（三）它的病根何在？”从以上这些记载中，我们可以看到，鲁迅上学时所交之友，都是思想比较纯正，感情比较朴实的。这对他思想上的不断进步，当然有很重要的关联。这也是鲁迅上学时课外生活中一个值得重视的方面。

如果交友算作有关德育的事，读书算作有关智育的事，那么，鲁迅上学时的课外生活也是很注意在体育方面发展自己的。这最主要的是表现在“骑马”上。许广平回忆鲁迅在南京的学习生活时曾说：“那时他最得意的是骑马，据说程度还不错，敢于和旗人子弟竞赛（清朝时旗人子弟是以善于骑射自豪的，他们对于汉人善骑射的不很满意）。有一回就因竞赛而吃旗人暗算（他们的腿搁到马颈上，很快地奔驰起来，用马鞍来迅速地刮别人的腿脚，有时甚至可以刮断的），几乎跌下马来。”（《关于鲁迅的生活》）又据周启明在《鲁迅的青年时代》中回忆：“在星期日，一般学生往往到游乐场所去玩、吃喝，而鲁迅和几个同学却常骑马到明故宫一带去访问。那里驻有清政府的防兵，遇着时要被叫骂、投石子的，可是他们不怕，仍要冒险前去。这是他们反清思想的表现。鲁迅还敢于骑着马，与那些以善于骑射而自豪的满人竞赛，而不怕被他们伤着，显示了勇敢顽强的精神。”

鲁迅上学时的课外生活是极其丰富多彩的，除了以上所介绍的读书、交友、骑马以外，他还曾“听祖母讲《义妖传》以及猫是老虎的先生”等故事（《朝花夕拾》）；听长妈妈讲太平军的故事（《且介亭杂文》）；“搜集绘图的书”（《朝花夕拾》）、“影坛绣像”（周建人：《回忆鲁迅》）；“空闲时也种花”（据乔峰回忆）；喜到宅后百草园中去玩耍（《朝花夕拾》）；在外婆家时，喜和农家孩子去放牛、钓虾，到海堤上看潮，到海滩上捕蟹，还一起去看戏文（绍兴会丰大队党支部：《鲁迅的外婆家——安桥头》）；记日记，写诗，等等；以至于在日本时，常常“赴会馆、跑书店、往集会、听讲演”，为的是“寻求”救国救民的“新知识”（《且介亭杂文末编》）。

最后，再向大家介绍鲁迅上学时课外生活中的几件事。

第一件是鲁迅打狗的故事。13岁时，鲁迅的祖父因事入狱，父母便把鲁迅和他二弟送往皇甫庄舅家去避难。据鲁迅当年好友范友泉老人生前回忆，村上有家姓陈的恶霸地主养了一只狗，狗仗人势，专欺穷人，全村共有10多人曾被恶狗咬伤。少年鲁迅看在眼里，恨在心上，便约范友泉、周阿龙等小伙伴一起把这条狗打死了。狗地主知晓后，便气势汹汹地来找范、周等人赔狗，鲁迅当时挺身而出地说："你家这条狗，不知咬伤了多少人，你要我们赔狗，首先你要赔人！"鲁迅的这番话得到全村人的支持，狗地主才不敢说什么了。这件事说明鲁迅少年时就富有正义感，敢于斗争。

第二件事，是一个"早"字的故事。14岁时，鲁迅在"三味书屋"读书，有一次上学迟到了，后来为了吸取教训，引起警惕，不再迟到，他便在自己课桌的桌面上用小刀刻下了一个方方正正的"早"字。从此，他果然就没有再迟到。这件事是许钦文先生在《学习鲁迅先生》一书中讲的，当然不是启发我们也在课桌上面乱刻字，而是告诉我们，应该像少年鲁迅一样严于律己，知错就改。

少年鲁迅的确是很注意吸取教训的，还有一件事是他在南京读书时发生的。由于年龄特点而具有一种好奇心，他有一回看到墙上贴有类似于广告的一个纸印茶壶，他站在那儿看了好一会儿，后来就沿着壶嘴儿指的方向走。每到一个十字路口，就又有一个纸印茶壶像路牌似的贴在墙上，他就又照着壶嘴的指示，越走越远，越远越荒僻，最后觉得有些可怕，终于不再根究了。事情过后，他还常常想起这件事，觉得那纸印茶壶一定是什么秘密组织的指示信号，如果孟浪走到，是很危险的。

以上就是鲁迅上学时课外生活的一些简单介绍。它虽然打着当时那个时代的不少烙印，却对我们今天的青少年还有许多明显的启发。我们应该像当年的鲁迅一样，在自己的学生时代，就把眼界放开阔些，不仅在课内，而且在课外，注意获取多方面的知识，不断地从德、智、体三方面发展自己，成熟自己，以适应伟大祖国不断现代化的需要，做一个无愧于鲁迅后代的人，做一个将来大有益于人民的人！

《九三年》绝对是雨果写的

——对一位作家语言的探幽烛微

《九三年》是一部“你非读不可”的书。这是早在1953年，一位写小说的同志对何其芳的热情推荐。1958年春天，何其芳同志因颈上长痈，住北京医院治疗期间，终于读完了这部法国积极浪漫主义作家维克多·雨果的晚年代表作，并在手术后体力衰疲、行动不便的情况下，坚持写了一篇两千余字的评介性文章。在这篇题名《雨果的〈九三年〉》中，当时的文学研究所所长、《文学评论》主编、著名的文学评论家何其芳同志发出了这样的惊叹：“简练，有力，许多场面就像锐利的刀锋刻画出的版画一样。这些画面合起来又造成了一种雄伟的感觉。到底是大作家的作品，而且是艺术上很成熟的晚年的作品呵！”①

因为“半个多世纪来，我国评介和研究雨果小说的文章浩如烟海，可是专文论述他的小说风格的似乎很少”，②所以，何其芳同志的上述“惊叹”对于我们是很珍贵的。特别是在探讨雨果小说的语言艺术方面，这个“惊叹”对于我们极富启发性。

但是，“惊叹”毕竟不是“专文”，何其芳同志未竟的“《九三年》语言艺术初探”有待于我们勇敢地继承。尽管这是一件难度比较大的工作，笔者却高兴就教于每一位读者。

那么，《九三年》究竟是一部什么样的书呢？它是维克多·雨果（1802—1885）从1862年着手准备，创作于1873年的最后一部长篇小说。这部小说不仅是雨果思想发展的艺术总结，而且是其炉火纯青语言艺术的集大成者。小说的故事发生在1793年。共和国的红帽子联队在旺岱地区的树林里搜索敌人时，遇到了带着3个小孩子逃难的农妇米舍尔·佛莱莎。联队将3个孩子收在联队里抚养起来。侯爵朗德纳克从英国潜回法国，煽动起旺岱地区的叛乱。叛军打伤了农妇佛莱莎，又把孩子带走作为人质。共和国公安委员会的3个领导人罗伯斯庇尔、马拉和丹东开会，任命穆尔登为全权政治委员，到旺岱去监督和协助共和国远征军司令官郭文。远征军很快击溃了叛军，并且把战敌包围在朗德纳克家的堡垒里。朗德纳克从堡垒里逃跑时，点燃了引火线，要烧死3个孩子。这时，农妇佛莱莎“我的孩子啊”、“救命啊”的叫喊声感动了朗德纳克。于是，他又回来救了3个孩子，并且自动就擒了。郭文认为，朗德纳克最后的行为证明他已经恢复了“人的天性”，便放走了这个叛匪头子。西穆尔登依照革命的法律，将郭文判处死刑，而他自己，在郭文被处死的同一瞬间开枪自杀了。可以毫不夸张地说，《九三年》是一幅法国资产阶级大革命的真实而又生动的历史画卷。

下面我们就借这幅“历史画卷”，对维克多·雨果的语言艺术进行一番初探。

一

高尔基说：“文学的第一个要素是语言。”[③]文学家的语言，不仅仅是比常人语言更多一些艺术技巧而已，它往往是文学家全部审美意识的集中反映。这一点，正如老舍在《关于文学的语言问题》中所说：“从语言上，我们可以看出来作家们的不同的性格，一看就知道是谁写的。莎士比亚是莎士比亚，但丁是但丁。文学作品不能用机器制造，每篇都一样，尺寸相同。翻开《红楼梦》看看，那绝对是《红楼梦》，绝对不能和《儒林外史》调换调换。”[4]老舍这段话毫无疑问也适用于《九三年》。但雨果毕竟是一个不同于老舍的19世纪法国积极浪漫主义作家，所以，《九三年》的语言不仅显露着作家的“性格”，而且，更为重要的是，它反映了维克多·雨果对文学与美的最主要看法。

1827年2月，雨果发表了著名的《〈克伦威尔〉序》。这篇序言全面而有力地批判了古典主义，正面地阐述了浪漫主义的创作原则，因而一发表即被视为浪漫主义文学运动的宣言、浪漫派的旗帜。在这篇永垂史册的序言里，雨果提出了文学创作的“对照原则”。这是贯穿全篇的理论线索、联系各部分的中心论点，而且也是雨果整个创作思想的一个核心。雨果认为：自然中的万物并不是符合人的意愿，都是美的，而是“丑就在美的旁边，畸形靠近着优美，粗俗藏在崇高的背后，恶与善并存，黑暗与光明相共”。[5]在他看来，古典主义把这两个方面割裂开来，并舍弃了其一即滑稽丑怪，因而是一个缺陷，而新的浪漫主义文学则是同时表现了这两个方面。而这两个方面“对照”即形成尖锐的差别，能够更鲜明地刻画出客观事物的显著特点。在《〈克伦威尔〉序》中，雨果还曾进一步形象地说明：“我们在什么地方看到过没有背面的奖章？哪一种才能不随着它的光明也带来阴影，随着它的火炬也带来烟雾？某一种污点只可能是某一种美所具有的不可分割的后果。这种不协调的笔法，虽然对人有些刺激，但它使效果更完全，并且使整体更突出。如果删掉了丑，也就是删掉了美。独创性就是由两个方面组成的，天才必定是不平衡的。有高山必有深谷，如果用山峰来填平山谷，那么就只会剩下荒原和旷野；没有阿尔卑斯山了，只有沙布龙平原；没有雄鹰了，只有百灵鸟。”[6]

应该指出，雨果的这个“对照原则”，既不是马和驴配合产生第三种动物，也不是“百灵鸟”衬托出“雄鹰”的伟大与崇高，而是如雨果的先哲笛卡尔所说：“这种美不在某一特殊部分的闪烁，而在所有部分总起来看，彼此之间有一种恰到好处的协调和适中，没有一部分突出到压倒其他部分，以致失去其余部分的比例，损害全体结构的完美。”⑦这也正如被列宁称之为“辩证法的奠基人之一”的古希腊赫拉克利特所说：“相反者相成，对立造成和谐，如弓与六弦琴。”⑧

雨果的这个“对照原则”，在《九三年》中得到了放射性的体现。以书中的3个主要人物而言，既有人物之间的对照，又有人物自身的对照。前者是指朗德纳克与西穆尔登分别与郭文之间的矛盾冲突：朗德纳克与郭文从祖孙至亲却成了敌我关系，西穆尔登与郭文从师生厚谊却发展到势在杀与被杀。后者在朗德纳克身上是上帝与恶魔之争，而在郭文和西穆尔登身上，则是革命与人道的尖锐对立。

雨果作为积极浪漫主义作家主观性极强、理想性极显的“对照原则”，在《九三年》的语言上得到了顽强的体现。只要我们认真体察，仔细辨析，在书中这种独具特色的“对照性语言”可谓俯拾皆是。例如：

“兵士们在沉默中一步一步前进，轻轻地拨着荆棘。鸟儿在刺刀的上空啭唱着。”

这是小说开始的1793年5月的最后几天，共和国红帽子联队的一个分队在布列塔尼森林里搜索叛军的几句描写。本来，这片“索德列树林是悲惨的”，“在这儿发生的杀人罪行之多，可以使听见的人头发竖起来，没有比这里更可怕的地方了”，但雨果的描写偏偏是“鸟儿在刺刀的上空啭唱着”！笔者认为，这就是“对照性语言”。如果换说为“一柄柄刺刀闪着寒光”，或曰“刺刀不时挑动一具具死尸”等等，皆无“对照”可言了。因为像“崇高与崇高很难产生对照”⑨一样，“刺刀与寒光”或“刺刀与死尸”也绝无对照。而“鸟儿”与“刺刀”之间有尖锐的差别，是一种强烈的对照。“鸟儿”是生，“刺刀”喻死，这是一种生和死的对照。不仅如此，这句话是“鸟儿在刺刀的上空啭唱着”，而不是“刺刀在鸟儿的扑飞中挺进”。这固然是小说的具体情境使然，但也未必就没有深意存焉。雨果的“对照”固然不是“映衬”，但他在《〈克伦威尔〉序》中还强调了“带着一种更新鲜更敏锐的感觉朝着美而上升”，[10]笔者认为，“鸟儿”当然比“刺刀”更适宜肩负雨果这个同样是执着的嘱托。当然，这并不是“鸟儿”在前、“刺刀”在后这个词序所决定的，我们在这里只不过是借“句”发挥而已。实际上，在《九三年》中还有一段话确有弦外之音：“大自然是无情的，她不同意在人类的丑恶行为面前收回她的花朵、她的音乐、她的芳香和她的阳光……”[11]这段话本来也具体反映着小说中的特有情境，当然是“弦内”，但在“弦外”也不难找到它的“和弦”，在《〈克伦威尔〉序》中，雨果说：“自然中的一切在艺术中都应有其地位。”[12]在《〈光与影集〉序》里，他说得更具体：“世界上没有一件东西可以脱离蓝色的天空、绿色的树、阴沉的夜、风的响声、鸟儿的欢唱，万物都不能离开创造”。[13]在《莎士比亚论》中，他说得更明确：“大自然，就是永恒的双面像。而这一切从其中产生反语的对称，满布在人的所有一切活动中，它既存在于寓言和历史中，也存在于哲学和语言里。”[14]值得注意的一点是，雨果所谓的“自然”，与古典主义所说的“自然”，表面看来并无不同，其实质却大有区别。古典主义的“自然”，含义很狭小，其作品主人公都是帝王将相、公侯贵族。而雨果则认为，全部客观世界都属于“自然”，应该像莎士比亚那样，“把整个自然都斟在自己的酒杯里。”[15]雨果的这种观点，突破了古典主义的清规戒律，扩大了文学艺术的表现范围，甚至在描绘“刺刀”时，也让“鸟儿”飞到了自己的笔端。“鸟儿在刺刀的上空啭唱着”，被红帽子联队的士兵们终于搜索到的竟然是一位母亲和3个小孩儿！再看：

“至于那两个醒过来的孩子，他们的好奇的心情倒比害怕的心情来得更浓。他们欣赏着军帽上的羽毛。”

且不说阴森可怖的环境中突然出现了母与子这种“对照”多么富有匠

心，单只是那两个孩子“欣赏着军帽上的羽毛”这对照性语言，就足够细心的读者欣赏一阵子了。这也许就是雨果所言：“于是人们就需要对一切都休息一下，甚至对美也是如此。”[16]的确，“孩子”是惹人怜爱的，“羽毛”是美丽潇洒的，但在这二者之间横亘的却是“军帽”这一与暴力相关联的事物，这是多么不幸！但妙不可言的是：孩子欣赏的是“军帽上的羽毛”，而不是“军帽”！这就如同上引的“鸟儿”又在带着我们“朝着美而上升”，于是我们终于发现了：这只“鸟儿”就是寄寓着雨果美学观念和崇高理想的活跃心灵。而这颗雨果之心的“对照性”外衣，又闪烁着多么光华而独特的语言才能啊！这种“对照性语言”的才能，就是“从正反两方面去观察一切事物的那种至高无上的才能”。[17]雨果是一个“不平衡的天才”。“在一切天才身上，这种双重返光的现象把修辞学家称之为对称法的那种东西提升到最高的境界。”[18]

在《九三年》中，这种“双重返光”的“对照性语言”有很多。再如：

“这些大炮是装着铜质的滑轮的，式样古老，像一枝半圆形的花朵。”

“巨大的浪头和船身上张开的伤口接吻，那是可怕的吻。”

“他（叫花子）沉醉在大自然的迷人的魔力里，让阳光晒他的破衣裳。”

“他在星光下睡觉，却在连珠炮弹下醒过来。”

“所有的枪都集中瞄准着曙光中微微泛白的公路。”

“随着太阳逐渐升高，断头台在草地上的影子也渐渐变短了。”

读着以上这些“对照性语言”，我们备受感染的心境，自然是贴近“花朵”、“吻”、“阳光”、“星光”、“曙光”和“草地上的影子”一边，但又不能不同时意味到“大炮”、“伤口”、“破衣裳”、“连珠炮弹”、“枪”和“断头台”并非远在天边，而是近在咫尺。这种“把相距最远的一些才能结合在一起”的才能，雨果认为是“天才的特征之一”。他并且告诉我们：“事物都是通过配合而相互依存、更趋完整、彼此结合、互相丰富的。社会在大自然中发展，大自然孕育着社会。”⑲

除了上引各例的具体描绘中，常把代表真善美的“自然”与代表假恶丑的暴力等进行“对照”以外，在《九三年》中，雨果还常常发挥自己擅长议论的特点，公开把“人”与“自然”进行对照，从而不断地强调着人的自然属性。例如：

“从来没见过一棵树的树枝会打起来，人却有这种现象。”

“一座山是一个城堡，森林却是一个埋伏所，前者教人勇敢，后者教人险诈。……地形可以影响人们的许多行为。”

前者是站在“自然”的立场上，对泯灭自然属性的“人”进行的一种谴责，后者则引“人”在神秘的“自然”面前沉思。比较具体描绘中的语言对照来说，这种议论性的语言对照，更可以把读者的思想升华到伟大与永恒。

此外，《九三年》中有一个保王党分子自称叫“黑影里跳舞”，另一个共和战士叫“冬天唱”。这两个非常别致风趣的绰号不仅叫人过目难忘，而且稍一思忖，便会情不自禁地击节叹赏。《九三年》是一部歌颂共和国、批判保王派的史书，捍卫前者的曰“冬天唱”，为后者卖命的曰“黑影里跳舞”，这不仅与全书意旨完全契合，而且极富“对照原则”之神韵。一是各自本身的对照，参加旺岱地区的反革命叛乱好像是在“跳舞”，但这些叛乱的参加者是在“黑影里”跳舞，因为保王派的叛乱是逆历史潮流而动，是注定要失败的；而“冬天唱”是喻为共和国而战的进步势力虽然面临着叛乱的“冬天”，但他们勇敢而顽强地“唱”，最后的胜利一定属于他们！如果再把“黑影里跳舞”和“冬天唱”横向对照，那么，就更是意蕴判然了：一个是“唱”，一个是“跳舞”，这说明革命与反革命双方都把1793年旺岱地区两个阶级的生死搏斗看作是自己“盛大的节日”，这意味着这场斗争的复杂、惨烈和关键。但雨果的看法如何呢？一个是“冬天唱”，一个是“黑影里跳舞”！诚如雪莱所说：“冬天已经来了，春天还会远吗？”——怎能不“唱”？而“黑影里跳舞”，不仅只能孤芳自赏，人民不买账，而且“跳舞”者肯定会在“黑影里”跌跤，彻底失败的。这就是旗帜鲜明的维克多·雨果，通过其“对照性语言”，传达给每一位读者的战斗信息和胜利预言。在这里的“对照”，已经不仅仅是他全部审美意识的集中反映，而且简直是他宝贵生命的血与肉了。

综上所述，《九三年》的语言特色首先是它的“对照性”。这种充分自觉而又极其独特的“对照性语言”，不仅有比较客观的描绘式对照，而且有颇带主观色彩的议论性对照，甚至还有妙趣横生、内涵丰富的绰号般对照。“对照原则”是雨果语言的主要奥妙，但在《九三年》这部压卷制作中，却并不是唯一的艺术法则。“新的人民应该有新的艺术。”[20] 雨果像他十分崇敬的莎士比亚一样，“始终严守自然，但有时也越轨而出”。[21]

二

雨果属于人民。这不仅是因为他所生活的年代正是法国社会发生激烈变革的年代，而是因为他的思想在时代的风云变幻中不断向前发展。他经历过拿破仑帝国、波旁王朝复辟、菲利普七月王朝、拿破仑第三政变、巴黎公社革命等重大历史事件，而以1830年七月革命为界，此前是保王主义者，此后是资产阶级共和主义者，晚年则成为一个资产阶级民主主义者。《九三年》正是晚年雨果思想的集大成之作，也是这位语言大师留赠给后人的最光辉的一笔财富。这笔“财富”不仅极其独特，而且异彩纷呈。除了上述“对照性语言”之外，还有极富时代色彩的政论性语言和史诗性语言。前者如：

“说革命是人类造成的，就等于说潮汐是波浪造成的一样错误。

……革命是社会固有现象的一种形式上的表现，这种表现从各方面压迫我们，使我们不得不把它叫作‘需要’。”

“革命要肢解身体，可是挽救了性命。……革命在为世界开刀，因此才有了这次流血——九三年。”

“革命拒绝一切发抖的手。革命只信任铁石心肠的人。”

这种政治性语言多么雄辩有力，多么激昂而动人心魄！而《九三年》中的史诗性语言，更令人掩卷而难以释怀。例如：

“德国人已经到了国门；谣言说普鲁士王已经在歌剧院里定下了包厢。”

“跳舞的人不叫作‘男伴’和‘女士’，而叫作‘公民’和‘女公民’。”

“人们在十字路口的界石上玩纸牌，纸牌也充满了革命气息，他们用‘伟人’代替了‘国王’，用‘自由’代替了‘王后’，用‘平等’代替了‘侍臣’，用‘法律’代替了‘爱司’。”

“人们把排队叫作‘抓绳子’，因为排队的人一个个都得用手抓住一根长长的绳子。”

“旗子上面写着：‘只有心灵的高尚，没有高贵的阶级。’”

“马拉的屁股神经质地动了一动，他的这个动作是很出名的。”

“危险在不断贬值的纸币。在塔堡街有人掉了一张一百法郎的纸币在地上，一个过路的平民说：‘这不值得我弯腰去捡起来’。”

“坐在议会的低下的地方称为平原派。……最上等的酒在酿酒桶里也不免有酒糟，所以平原派的下面，不免有沼泽派。”

“历史可以在犯人档案里找到这十九个被包围者的名字，我们也许会读到这段历史。”

这种“简练，有力”的史诗性语言举重若轻，语约意丰，抒情而不失为凝重，异常真切地反映了那个时代的独特社会氛围。这不是语言，简直就是历史，简直就是抒情诗！这种史诗性的语言，只能属于《九三年》，只能属于积极浪漫主义的文学巨人维克多·雨果！

除此以外，《九三年》中还有许多格言式警语，洋溢着雨果老人非凡的智慧和深邃的思想。例如：

“谁替兀鹰修好翅膀，就要为它的利爪负责。”

“凡是豹子被捕的地方，鼹鼠可以逃走。”

“开始走第一步的人，也许脚上的鞋子就是他最后穿的一双。”

“云层后面有星星，云层给我们的是暗影，星星投射给我们的是亮光。”

“人生下来不是为了拖着锁链，而是为了展开双翼。”

这些格言式警语，在《九三年》中时有闪光，令人有“山阴道上，应接不暇”之感。就是在这种深受启迪的愉悦中，我们不自觉地变得更聪明一些了，好像是经过了无形的洗礼，浑身的每一个毛孔都焕发了新的力量。这就是雨果的语言魔力之所在！

另外，在《九三年》中，雨果还常用多义词，使句子极富隐喻性。例如：

“你把你在天堂的位子廉价出卖了。”

“丹东又说：‘我像海洋一样。我有潮涨的时候，也有潮落的时候；在潮落的时候人家看见我的浅滩，在涨潮的时候人家就看见我的波浪’。”

“‘你的泡沫。’马拉说。”

“国民公会本来是给巨鹰欣赏的，却被人用近视的眼光来衡量了。”

“于是这两个灵魂，这两个悲惨的姐妹，一同飞去了，一个的暗影和另一个的光辉混合起来了。”

这种多义的隐语，新鲜、别致、奇警，独其一格，不同凡响，谁读了之后，能不感到“余音绕梁”？文学语言，贵于创造。雨果的典范再一次启示我们，总是陈陈相因，就不成其为艺术了。

《九三年》的语言的确是极其独特而又异彩纷呈的。如果说，雨果的“对照性语言”是其中的一朵奇葩，那么，无论是政论性语言、史诗性语言，还是格言式警语、多义性隐语，都是他精心织进该书的一片片艺术之叶。整个《九三年》的语言艺术，就是一丛常青之叶簇拥着一朵永新之花。

而不朽的“园丁”，就是永远高大在我们面前的维克多·雨果。

注释：

① 见《文学评论》1981年第2期。

② 陈融：《试论雨果小说的艺术风格》，见江西师院学报（社科版）1982年第4期。

③ 转引自秦牧《语林采英》，上海文艺出版社1983年8月第1版

④ 见老舍《出口成章》，人民文学出版社1984年2月第1版。

⑤ 见《〈克伦威尔〉序》，引自《世界文学》1961年3月号。

⑥ 见《〈克伦威尔〉序》，引自《雨果论文学》，上海译文出版社1980年5月第1版。

⑦ 朱光潜译稿，见《西方美学家论美和美感》，商务印书馆1980年5月第1版。

⑧ 见《古希腊罗马哲学》，三联书店1957年版。

⑨ 同⑥。

⑩ 同⑥。

⑪ 见《九三年》，郑永慧译，人民文学出版社1957年5月第1版。

⑫ 同⑥。

⑬ 见《雨果论文学》。

⑭ 同⑥。

⑮ 见《莎士比亚论》，引自《雨果论文学》。

⑯ 同⑮。⑰ 同⑮。

⑱ 见《〈光与影集〉序》，引自《雨果论文学》。

⑲ 见雨果为青年诗人的诗集《天神》写的序言，转引自天津师院学报1982年第4期。

⑳㉑ 见《〈玛丽·都铎序〉》，引自《雨果论文学》。

当蜡烛燃亮的时候

不知从什么时候开始，每当夜深人静不能入睡时，我便轻轻地点燃一支蜡烛，任凭荧荧的烛光在我面前闪烁——这也许是因为我非常珍爱自己曾经写过的这样一首小诗吧：

你可曾注视过美丽的烛焰？
它像不像一披神女的衣衫？
它在每一个黯夜里不倦地飘拂，
把金黄金黄的爱流布人间。
我真想把它穿在自己的心上，
她却说每个人都有一件。
为了在自己的生命里找到它，
我将不断地把年轻的心点燃……

的确，美丽的烛焰是耐人寻思的。每当蜡烛燃亮的时候，烛焰如火，又会引起我心中的《凤凰涅槃》："火便是你。火便是我。火便是他。火便是火。"一刹那间，我会感到热血沸腾，许多名人先哲的睿言智语便会从心中涌出，敬爱的巴金老人说："没有了火和热，这人间不是会成为黑暗的寒冷世界吗？"高尔基告诉人们："生活只有两种形式：腐烂和燃烧。"尼·奥斯特洛夫斯基说得斩钉截铁："谁不燃烧，就只有冒烟——这是定理！"革命先烈萧楚女则不失一颗赤子之心：“人生应该如蜡烛一样，从顶燃到底，一直都是光明的。”

烛焰闪闪。面对荧荧燃烧的蜡烛，有时候我也会想到“洞房昨夜停红烛”、“何当共剪西窗烛”的美好心境和愿望；有时候，也会体味到“蜡烛有心还惜别，替人垂泪到天明”、“思君如夜烛，煎泪几千行”和“蜡炬成灰泪始干”的离别愁绪。蜡烛的泪，曾触动过多少敏感的心弦呵，一位年轻的诗人曾诘问：“美丽的红烛，你能不能既燃烧，又不流泪呢？”

这难道不可能吗？随着科学技术的日益发展，报载天津蜡烛工艺厂已生产出一种无泪蜡烛。这种无泪蜡烛点燃后，既不“流泪”又无烟无味，光照度也比过去高了许多。而美国早就有一种可以散发特殊香味的蜡烛，引其燃后，可以驱除蚊虫；还有一种新型的化学冷光烛，不仅能发出不同热量的光焰，它的光还可以穿透水、雾、烟……

每当蜡烛燃亮的时候，我总是不让现实的闪光从我的眼前倏然而逝。曾记得在飘动的烛焰下，我遇到过这样一位普通士兵。他身处祖国边陲，却慧眼独具，在一个单调寂寞的夜晚，他突然发现蜡烛“泪”顺着烛柱流下来的形态奇特好看，恰似一片瀑布，又像一树梅花。他高兴极了，第二天便买来五颜六色的彩烛，先用火熔化，再把烛油捏成朵朵梅花瓣和片片树叶，再把它们粘在树枝上，然后栽到罐头盒敲成的花盆里，铺些青苔，堆点石子，立刻就造成了一盘盘红白相衬、争奇斗艳的“蜡烛梅”、“蜡烛兰”、“蜡烛菊”。自此生发出去，他后来又相继捏出了蜡烛松、蜡烛鹰、蜡烛马……

烛火如电，我当时想，这位不甘寂寞的战士是多么聪明、多么热情啊！由于他的奇思妙想，我才得以在蜡烛燃亮的时候又多了一种温馨的感受。由此，我不能不又一次想到闻一多先生那句著名的诗：

红烛啊！这样红的烛！诗人啊！吐出你的心来比比，可是一般颜色？

第五辑　走四方

不亦快哉上天台

金圣叹曾用33个“不亦快哉”对他心目中的美好事物进行歌赞，如果套用到现在，我认为上天台山一游可谓是N个不亦快哉：

为什么是“上”而不是“到”呢？源在天台山不仅是活佛济公的故里，不仅是诗僧寒山子的隐栖地，它还是汉化佛教第一宗天台宗和道教南宗的发祥地，素以“山水神秀，佛宗道源”著称海内外，“上”这样的地方朝拜，你能随便地说“到”此一游吗？天下名山何其多也，然而可以顶礼膜拜之山又有几多？现在可以上天台，真个是不亦快哉！

再说“现在”。现在不仅是位于东海之滨的台州市一年之中最美的季节，而且是这个因境内有天台山而闻名省内外甚至海内外的浙江名城刚刚感动我们之后。我们是一群来自北京和全国各地的作家，我们受当地有关部门之邀来这里采风。短短几天走马观花，我们不仅为这里的民营企业遍地开花并走马全球而惊叹不已，更为这里的残障人士们安居乐业、自强不息的众多事迹而深深地感动。这是一片神奇的土地，我们上天台山那天，隐约可见有一朵祥云轻轻地抚摸着天台山的金顶，而我们的导游、当地残联理事长老蔡说这种景观并不多见，我们怎能不再一次深受感动而不亦快哉！

美丽的天台山的确格外地垂青我们。在名闻遐迩的国清景区，这一天竟然游人罕见，仿佛这已有1400余年的名山古刹早已清理过自己的门户，正在静静地恭候着我们的到来。我们为之而受宠若惊，但更兴奋于在那生机盎然的古老“隋梅”前合影留念。此其时也，前不见古人，后不见来者，独欣然于数码相机之前，不亦快哉！更何况，永远合影于双涧迴澜之前或古木参天之中的同“框”中人，都是有缘千里来天台的旧雨新知呢？不亦快哉，不亦快哉！

上天台，哪有不到石梁飞瀑前面去一洗世俗之尘的呢？这著名的景观，坐落在天台山的丛林翠谷之中，是浙东南唯一的大瀑布群，据说还是世界上极为罕见的“花岗岩天生桥”，可谓一石横空，巧夺天工。我们一行并未感到行路难，下得涧来，只见“石梁飞瀑”从40米高的悬崖峭壁上飞腾直下，实为历经三折，穿梁而过，势若奔雷，极尽雄伟奇丽之姿。此其时也，眼观之奇峰突兀，瀑布纵横，耳听之若有一曲大自然的绝响经久不息……此情此景，不亦快哉！

忽然听老蔡问道：“你以前到过这儿吗？”我有些不解，以为他是明知故问。这个可爱的理事长又笑着说：“其实你以前来过这儿，就是你现在还不知道罢了。”我更加不知其所以然了，这老蔡……“你看过《少林寺》吗？你看过《射雕英雄传》吗？你看过《少林俗家弟子》吗？你看过……”这老蔡还要问下去，我却已然全明白了，怪不得这石梁飞瀑景区确实是有些眼熟，原来……原来我已置身很多著名影视剧的一个绝佳拍摄地了。这经历，人生能有几多回？不亦快哉！

不亦快哉上天台，天台美景去复来。据业余导游老蔡和另一位专业导游小周的热情介绍，天台山的胜景除了有文物古迹荟萃之地国清寺和山水形胜之地石梁飞瀑之外，还有著名的佛道双栖之地赤城景区、华东地区的休闲天堂天湖景区以及素有“小黄山”之誉的琼台仙谷等，其中还有一处天台山主峰的华顶景区，那里的云锦杜鹃实为天下一绝。“不过要等明年5月，到时候万花盛开，花有碗口大，灿若云霞，游人置身其中，恍若仙境。”老蔡说。“每到冬天，华顶山呈现雾凇景观，满山玉树银花，晶莹闪烁，美不胜收。”小周说。我们则说：“那就相约杜鹃吧，但愿我们明年再相会！”

观景不如听景，不亦快哉！

淮南山水赋

在祖国的千山万水之中，安徽省的淮南市享有“三山鼎立”并“三水环流”之誉。三山即八公山、舜耕山、上窑山，它们以鼎立之势，在极蕴矿产资源的淮南大地上各美其美，争奇斗艳；三水即淮河并高塘湖、瓦埠湖，它们如练如珠，日日夜夜在淮南这片神奇的土地上竞放异彩，开朗明天。

可惜由于时间的关系，前不久我与几位文友的淮南之行，只能在一串五彩之珠上跳跃而不能不有遗珠之憾，但另一方面，我们当然也更有惊艳之喜：那可真是一幅又一幅的好山好水啊。

时令正是初秋，在一个暖洋洋的下午，我们一行在当地友人的安排下届临八公山。八公山是淮南第一名山——“八公山上，草木皆兵”那句成语，谁人不知？那个不晓？但在登临八公山上第一胜景淮南王宫的山脚处，我们首先感兴趣的还是那平陈在青青草坡上的一大卷石书，那显然就是《淮南子》之谓了。登此山而不闻此书，岂可行止？这就让我们对此名闻遐迩的八公山近生了一种文化敬畏。是的，天下名山何其多，却只有八公山不能不令游人们想到一部书——一部“牢笼天地，博极古今”的传奇大书，那就是成书于2000多年前的《淮南子》。

那么，《淮南子》究是一部什么样的书呢？一边拾级而上，我们一边听当地友人娓娓道来：说《淮南子》，就不能不先介绍其主编淮南王。淮南王姓刘名安，从公元前168年至公元前122年，历经文、景、武三朝，为诸侯王时间长达46年。在这期间，以“学富五车”的刘安为首，逐渐形成了一个著述颇丰的淮南文人集团，“淮南小山”便是这个文学团体的代称，而《淮南子》即是他们存留至今的不多著述之一。幸运的是，这是一部百科全书式的鸿篇巨制，我们至今还能从中看到中华文明源远流长的非凡智慧和巨大力量……

说着，说着，眼前浮现一座具有汉代特色的巍峨宫殿。那深色与白色相间的廊柱，那古朴厚重的秦砖汉瓦，那到处迷漾着的铅华洗尽而后的清丽，一下子攫住了我们红尘中的微疲之心，我们的脚步不由得加快起来。进得大殿，迎面就是有数米之高并数吨之重的铜铸刘安巨像。只见这位淮南王塑像手捧书卷——那当然是《淮南子》了；他正充满期待地看着所有来朝拜的后人——那显然是在问：你读过《淮南子》这部书吗？

想到这里，我忽然有了一窥这部奇书之堂奥的冲动，但立刻又被大殿两侧墙壁上那异常生动的大型工笔彩绘强烈吸引了。循序而观，一幅是“八公仙境图”，描绘的是刘安与其门下“八公”在此山中著书立说、修道炼丹的经典场景；另一幅名为《飞升图》，栩栩如生地反映了《淮南子》中那个“一人得道，鸡犬升天”的著名成语。

其实，这座汉淮南王宫就坐落在《淮南子》中的很多名言睿语之中。若你留心，在其两进院落不起眼儿的很多绿树丛中，你都可以发现静静伫立期间的一些精致木牌，上面或书有一则《淮南子》语录如“天下之事不可为，因其自然而推之”；或标示着一个又一个你所熟悉的成语：傲世轻物、百川归海、避实就虚、尺璧寸阴、根深本固、光怪陆离、化干戈为玉帛……据说，在现今中国通行常用的上万则成语中，出自《淮南子》这部奇书的就有122条之多。

还不尽此。就在淮南王宫大殿四周的曲折回廊里，还齐整有致地镶嵌着60幅石雕壁画，其内容不仅有《淮南子》中的多幅成语故事，还有书中始载的、我们至今还在沿用的中国24节气的名称和顺序。当然，在这些当地能工巧匠精雕细刻的壁画中，还表现有古淮南国的历史沿革，以及《淮南子》之父刘安的多彩人生。我们徜徉其间，沉醉其时，竟不知暮阳西坠，大地已然四合……

第二天上午，我们的行迹仍然未离八公山——不过是在拥有40余座山峰叠嶂、方圆120平方公里的八公山脉最西端、著名的茅仙洞风景区了。这里的最妙处是人文景观与自然景观水乳交融，密不可分。一方面，你可登临据崖而建的清天观而曲径通幽，或步入其观发思古之幽情，或复攀南崖峭壁一探“真洞”之究竟；另一方面，在这佛道浓郁的传习之地，你也可以拂去一切的历史风尘，落座在这形胜绝佳的淮河之阳峭壁上，极目远眺。当其时也，山下的淮水三湾之地，异彩纷呈，气象万千。最夺目的，当属淮河唯此一段西流的胜景，它仿佛被一只无形的神来之手牵来绕去，山石倒长，南倾北仰，斜指南天。此时复观四野，淮南大地上的众多湖泊也尽收眼底，仿佛一面又一面的神奇宝镜，在金色的太阳底下熠熠闪光。

下得绝壁，我们登上一艘游船，直向“硖石晴岚”而去。据当地友人介绍，“硖石晴岚”是名声远播的“淮南十景”之一，风景煞是别致。果不其然，船行未久，“山水趣，旋开生面”，只见淮河之上有东、西两山夹壁而来，船行之水也突然变得湍急、奔突，我们很快便置身在“长淮津要”的硖石山口了。此时，东张西望，两边皆峭壁千仞，各融山、河于一胸，不由得令人壮怀激烈起来。是的，这里自古以来就是兵家必争之地，三国时期曾为曹魏所据，东晋“淝水之战”也曾使这里风声鹤唳；南宋末年，寿阳守将夏松在此筑城抗元，至今在西硖石山的悬崖峭壁上仍保留有他的“筑城记”摩崖石刻：“硖石两岸对峙，旧立二城，以为长淮当要。去蜡已城筑东崖，西崖犹榛虏荆棘。……”这里所言之“虏”，即指当时已经占领正阳关的元兵……

俱往矣，数淮南胜迹，还看今日“硖石晴岚”。我们的游船在千里淮河的这个“瓶颈”中流连忘返，船上诸君及当地友人们，有的沉浸在大禹治水到此的开凿功绩中而若有所思，有的注视着西硖石山上那座古朴典雅的石柱凉亭而思绪冉冉；还有的人，听船工讲“树”而悲喜两重天——说的是：那座凉亭名叫“慰农亭”，是光绪年间此地一个知府所建。亭侧本有一颗千年皂角树，主干之粗二人不能合围，且枝怪窟枯，苍老遒劲，是硖山口一个标志性的景点。但不幸的是，1955年的夏天，这棵远近闻名的古树被狂风拦腰折断。可又值得庆幸的是，早在1960年的时候，这棵古树的根部便滋生出一枝新苗，如今已然枝繁叶茂，冠盖如伞，并不亚于其前的无限风光……

这就是“硖石晴岚”留给我的最后音画。

当天下午，我们从浓郁的淮河风情中走出，又兴致勃勃地游览素有“安徽白洋淀”之称的焦岗湖。像这片神奇的土地上几乎每处山水之名都蕴含一些传奇故事一样，“焦岗湖”也自然有其并不普通的出处。据说，北宋年间，焦岗湖乃一府，府尹名叫焦丙钦，乃杨家将著名将领焦赞之孙……又据说，1368年，朱元璋定都南京以后，突然想起小时候吃过的瓦块鱼出自焦岗湖……

就这样，尚未进湖，我们已然被有关焦岗湖的很多传说迷住了。这的确是一个古老的湖、神奇的湖，又是一个年轻的湖、美丽的湖。当我们乘坐的快艇向焦岗湖的胜景之一“千亩荷塘”疾进的时候，浩渺的湖面上立时生动起来，引得长年生活在船上以打鱼为生的那些“大船帮”们纷纷向我们投以微笑，有的渔民还热情地向我们呼一声“欢迎”。这真令人欣喜，不能不心生“这里不仅是美地亦是善地”之咏。千亩荷塘很快便到了。只有如此大的湖，才能隐秘如此多的荷；只有如此多的荷花，才能让你明白什么叫荷世界、花天堂！我们纷纷于惊叹中步上这“安徽白洋淀”中的长长木栈，纷纷地拿出自己的数码相机，纷纷地排列又组合，纷纷地照相复照相。有道是：天上胜景有时尽，地上佳期永珍藏。忽然，从荷塘深处隐隐传来一种歌声……仔细一听，原来是那种很甜的女声，像仙女的歌声一样：

人游荷花淀，
雁舞芦苇荡。
一网撒开满湖翠，
小船摇来花鼓腔……

至今，这安徽省淮南市焦岗湖上的甜美歌声还在我北京的梦中缭绕不已。我爱那里的山，我爱那里的水，淮南山水赋，永世无相违。

奇异之水盘阳河

——巴马闻见录

以“天下寿乡”闻名于世的广西巴马瑶族自治县，最令我流连忘返的是那里的一条奇异之水盘阳河。

盘阳河被当地人称为自己的母亲河。但这位“母亲”有别于天下许许多多的河流，她日夜流淌却青春永驻，因此，这条奇异的河又被当地朋友称为巴马的长寿河。

果真如此吗？

一个难得的假期，我和几位久闻其名的朋友来到巴马一探究竟。

在巴马，盘阳河自西北向东南流贯全境。我们首先寻觅盘阳河的源头而不可得。因为巴马境内奇峰叠嶂，溶洞幽深，盘阳河是由无数的溪泉汇集而成。于是，我们只能退而求其一。在那社乡的一处观景台上，我们饱览了盘阳河的“源头”之一、亦可谓天下奇观之一的“命”字河。只见自远处深山老林缓缓流出一条清清小河，自远及近蜿蜒曲折约2公里，竟分明地挥洒出一个行草“命”字。真是奇了！

更奇的是，盘阳河不仅由众多溪泉汇集而成，她还经过几十公里的地下潜流过滤，然后从百魔洞分3处涌出而形成干流，从此蔚为大观。这其中的百魔洞，自是一个关键所在。我们置身其中时，只见洞中有洞，洞上洞下皆有洞，且洞洞相连，洞内景点星罗棋布。其中最奇异的景区是百魔天坑，人在其中，不仅可见奇妙的岩雾、层楼式穿岩和美丽恢弘的钟乳石，更可感觉这里的空气无比的清新。据当地一位专家朋友介绍，这里的负氧离子的浓度高达每平方厘米7万个以上，而负氧离子浓度在每平方厘米5万~10万个就有杀菌、减少疾病传播、增强人体免疫力的功效。因此，这里无异于一个天然疗法的负氧离子大氧吧。可不是么，只见来自全国各地的很多“候鸟人”正在这里或静或动地深享其疗，霎时间成了难得一景。

的确，“候鸟人”就是盘阳河畔的独特一景。近年来，随着“天下寿乡”的美誉日隆，候鸟般到巴马来养生、度假的人是越来越多了。据统计，仅在甲篆乡内，如今就逗留着内地及港台的老人200多位。其中有一位来自广东的退休教师张女士兴奋地对我们说：“我原来腿有类风湿病，很痛，不敢走远路，到巴马才两个月就没事了。我现在每天早晨和晚上都要从（住地）坡越（村）步行到百魔天坑吸氧，锻炼身体，感觉好极了！”

像“候鸟人”张女士这样“感觉好极了”的当然还有世世代代居住在盘阳河两岸的所有巴马人。的确，这是一片神奇的地域。尽管她偏居广西的西北一隅，却得天独厚地被国际自然医学会会长森下敬一先生赞誉为“人间遗落的一块净土”。这里的山是奇异山，这里的水是长命水。这里的天与山相接，这里的水与山相依。这里独特的自然环境和奇异的人文景观孕育了极具神秘色彩的长寿现象。据统计，这里每10万人中就有百岁寿星31.5人，高居世界所有长寿之乡的榜首。现在，这里还有81位神采奕奕的百岁寿星闪闪亮亮地点缀在盘阳河两岸的青山绿水间……因此，巴马人谁个不夸“还是我的家乡好”——

“这是不老山乡的传奇，这是健康长寿的秘密。人活百岁不需药，只需歌舞翩翩起。”那一晚，在巴马县大礼堂看当地民族艺术团的风情歌舞表演，我陶醉其中却又灵魂出窍。在“瑶山情韵”的曼妙音色中，我又来到了迷人的盘阳河畔。翠竹摇曳，垂柳婆娑，只见沿河两岸的壮族村屯依山傍水，坐落于山水融汇之处，浮现着天人合一的奇品妙境。这时候，有一个似曾听闻的声音在我身后响起：“我再告诉你一个盘阳河的秘密吧。”

我一看，原来是在百魔天坑见过的那位当地专家朋友，便不无期待地说：“请讲。”

“一条盘阳河，其实有两种颜色。以百鸟岩为界，其上游至百魔天坑是湛蓝色的，而其下游的河面则是深蓝色的。”“真的吗？能不能去看看？”

“你现在要看其实也看不大清楚，因为每年夏季是雨水多的时候，盘阳河水有些浑浊。但每年除了七、八、九这三个月，盘阳河水都是清清亮亮的，你很容易就能看清楚。等你下次再来的时候，我一定带你去看。”

“真的吗？那我一定要再来。”

“到时候我会带你到上游去看另外两个奇观……”

“还有奇观？”

“一个是在盘阳河上游特别是甲篆乡河段独产一种油鱼，顾名思义，这种鱼的特点就是油多，可以入锅不放油。火煎到一定时候，这种鱼自行出油，还不粘锅。待其入口，不油不腻，鲜嫩甘美，磷皮醇和，不需吐骨，同时，又有滋阴健脑的功效。这种鱼不仅为盘阳河所独产，而且数量极少，故有‘水下人参’的美称。”“还有另一奇观呢？”

“那就是在盘阳河上游至今还保有的一种裸浴习俗了。其实，这是中国南方特别是靠近越南很多地方的一种久远习俗。《后汉书·南蛮列传》有言，‘其俗男女同川而浴，故曰交趾’。只不过岁月漂洗风情，如今这种古老的习俗仅在巴马这块‘人间遗落的一块净土’尚存其真罢了。”“返璞归真？”

“巴马一直是这样。”徐徐的晚风中，在奇异的盘阳河畔，说完这句话，当地这位专家朋友忽然就不见了，正如他忽然就出现在我身后一样。

我的灵魂又回到了县政府大礼堂。

“盘阳河，奇异的河……”巴马民族艺术团的一个小伙子正在舞台上纵情高歌……

青青峡谷未了情

——寨下大峡谷漫忆

东南归来，那省那市那县常在念中。但最不能忘怀的，还是那天奔跃于寨下大峡谷的种种情状。

先说那省——状如一片绿叶，全省森林覆盖率为全国之最——那是什么省？“福建省！”——“恭喜你，你答对了”，那是全国最绿的一个省。

再说那市——三明市，其森林覆盖率达76.8%，人均林地面积为12.7亩——那可真是中国最绿省份里的一个最绿城市啊。

至于那县——“泰然处之，宁静致远”的泰宁，就更不用说了——它的森林覆盖率又雄踞三明市之冠！

得绿独青的寨下大峡谷，即位于泰宁县城西南10余公里处。这里有个古村名“寨下”，大峡谷便因之而得名。这不由得让人想起美国的科罗拉多大峡谷——雄浑而粗犷，而我们这里“下”而“大”之，该不会名不副实吧？

针对我们这一丝丝疑虑，博学的当地导游说：“天下事物各异其趣。即使同为峡之大者，其实也各有其相对性。你们将会看到，寨下大峡谷所具有的灵秀之美，是科罗拉多等大峡谷所完全不可比拟的。”

看导游说得如此明白而坚定，我们自是释然而前行了。果然，我们渐入灵秀之佳境……

向坡而上，是一条茂密的林带。其中有三株高高大大的古树，错落分列，其树冠遮掩着通向峡谷的路径。导游说，这个大自然的构思是“以林为关”。

继而是一条以原木架设的栈道。我们奔跃其上，步进一片翠绿的竹林。身在竹林之中，清新扑鼻，令你不禁想起那句“新松恨不高千尺，恶竹应须斩万竿”的名诗。

山道盘旋，逐次攀升，倏忽已在“云崖岭”侧。在这里，分明可见不很远的丹霞山峰之间，有一处形似跣足的巨大印记。导游说，那就是十分灵异的“佛印”了。

转瞬又到祈福崖。很宽敞的一片平地，沿崖壁竖立着很多祈福的木条；另有祈福的项目分格在一横木箱内，任由经过者信其所信，求其所求。而崖壁另一侧，尚有一炉香火绵延不绝……

丹霞山地间，寨下大峡谷里，尚有一泓堰塞湖明亮如镜。湖面上有一座回环曲折古色古香的木桥。倚桥垂杆，或可于湖中游动的鱼群中有所钓获，亦时而可见燕雀于湖面掠水嬉戏。此其时也，灵魂已出红尘。而行至桥端，于崖壁间可见一株千年古藤，主干色如古铜而枝蔓虬结，布满石壁，其间又多绿叶点翠，甚是可人。

尝一鲜路畔的野草莓，或识一株草丛中罕见的异木，前面那是石塘溪了。它蜿蜒曲折，伴山而流，日夜唱着自己的歌。

前面还有一处藏经崖，系地质构造而形成的“摩崖石刻”。崖面由沟状、横状组合而成深浅不同，粗细不一的纹理，其结构布局状如一幅“天书”。观景如读书，此处是我们游览寨下大峡谷时，最久流连之地……

但忆景终是不若观景。东南归来，虽然那山那水那峡谷常在念中，我终究还是想到，无论如何还是要再回到泰宁去看看的——

泰宁那里的丹霞之美，我还没怎么仔细地看哪。

我渴望着：慢慢走，欣赏吧。

惊殊玉华洞

游历山洞，即或是游历洞甲天下的“喀斯特奇观”，于我来说，也基本上是没有什么吸引力的。

这自然是有缘故的。那就是很久以前，我与名闻遐迩某洞的一次邂逅，一次亲密接触；那是一个人间处子和一位自然美女的初恋，却不幸地被某种“第三类主宰”搅了局。

当然，这种认识完全是“事后诸葛亮”。我当时身在此“局”中，自然“不识庐山真面目”。只记得，那还是20世纪70年代初，我从“上山下乡”的地方回北京探亲，半道上“中转签字”到一个著名的喀斯特溶洞去玩。当时游人很多，一位表情不那么丰富的姑娘不断用她那根红色讲解棒牵引着大家的视线：“你们看，千条万条，这里是毛泽东思想第一条”……“这里，英雄的勘探队员们，你们看，他们正‘一不怕苦，二不怕死’地在深山里探宝”……“这里哪，是人民公社的黄瓜和西红柿大丰收”……“还有这里，赤脚医生们正在采集当归、三七等名贵药材”……

秉笔直书，当时讲解员真是讲什么像什么，而我和很多时代游客一样，当时深信不疑她是在像什么讲什么。可后来问题来了，生命正当华年，祖国也是日新月异，我陆陆续续主动或被动地又游览了些“四化洞”、“改革洞”，或者是“高科技洞”，甚至是“只有一个地球洞”，等等。到最后，我终于明白了：那位搅我“初恋”之局的“第三类主宰”，不仅是位政治老人，而且是一位权威的历史学家，他总在历史深处向后来者叙说：历史是什么？历史就是一位任人打扮的小姑娘。

我终于明白了：历史“是”，普天之下的喀斯特溶洞又何尝不是？

从此，天下美洞离我远去矣。因为，当美只有一种形式时，那一定是非美。而当只有一种形式的美不断重复自己时，那就一定是伪美了。

或许是物极必反吧？抑或是否极泰来？天生一个玉华洞，摇摇曳曳入梦来——

那其实是福建省三明市将乐县的一个寻常之夜，我与友人刚刚从灯火璀璨的金溪河畔摄影归来，忽然发现在柔柔的台灯光下有一函幽幽的古籍在静静相候。上前一看，原来是一函印制十分精美的线装古籍《玉华洞胜景图》，不禁喜出望外。

这次自京城奔来闽西，所为何来？当然不仅是为玉华洞，但听闻此洞竟然发现于西汉初年而游踪未断，徐霞客亦曾在其“闽西游记”中有所夸赞，更有始现于明万历年间的《玉华洞志》——不仅在中国，而且在全世界，如此年代久远的洞穴志实属罕见——我终于是不能不来了。最起码，当一个人心陷多年的一个迷局时，心之常情是渴望破局而灵动起来的。更何况，人对至美的追求，永无止境呢。

灯下欣赏，这函玉华洞的胜景古图共80幅，皆为1484年即明代一位叫肖慈的当地雅士所绘。其图生动形象地展示了从当时的县城出发到玉华洞旅游过程中的176处名胜古迹，并附有历朝历代文武官员或文人墨客游览玉华洞时所题写的很多诗词歌赋，真是图文并茂，世所罕见！

但百闻终须一见，第二天一早，我们按图索骥，首先在玉华洞口看到了曾先后就学于二程并留有“程门立雪”典故的“东南学者”杨时的题诗：“仓藤秀木绕空庭，叠石层峦拥画屏。……”及至入洞，进口为“一扇风”，竟至风声不止，端的不同凡响。活泼可爱的导游姑娘更吟古诗有赞：“一窍虚含万象空，扶摇不断四时风。仙家待客无多物，凉风飕飕两腋中。”

自此，我们已身在“仙家待客”的玉华古洞之中了。前行未几，风止而溪流，分明又有潺潺之声悦入耳中。导游说，那就是“灵泉”了。复往前行，洞内小径盘曲，妙境迭出，大自然的神功造化，真是令人叹为观止！在藏禾洞，我们置身在晶莹剔透的海石花中，尽享亭台楼阁以及山山水水之逼真，我们甚至看到了七八丘翡翠色的梯田……在雷公洞，“峨眉泻雪”真是名不虚传！更有古诗一首琅琅而上导游之口：“吾闻峨眉六月积雪寒，欲往从之蜀道难。侧身西望路漫漫，古洞苍茫拄笏看。溶溶清影摇素壁，皎皎寒光落玉栏。……”玉华洞内，总长约6公里。除藏禾洞和雷公洞外，那天我们还陆续观览了果子洞、黄泥洞、溪源洞和白云洞；除灵泉外，我们亦曾身临石泉和井泉等深不及膝的小阴河。由洞而洞，或由河至河，我们所经之处皆高低有度，上下相宜，令人虽移步换形而始终沉于物我两忘矣。

惊殊玉华洞。后又忆及，当时我们在洞内所见大约有100多个石灰岩溶蚀而成的景点，其中尤以“荔枝柱”、“风泪烛”、“仙人田”、“幔天帐”以及“仙钟”、“仙鼓”等景点最为形象逼真，几可令人过目不忘。而所有这些莫可忘者，此前一晚，我已于旅舍灯下观古图时，了然于胸也。

更令人“惊殊”者，虽然明季徐霞客曾赞此洞“弘含奇瑰，炫巧争奇，遍布幽奥”，玉华洞也实为被载入《徐霞客游记》而名满天下，但上述洞内那些绝佳的景观命名，却肯定与“中国旅游第一人”的徐霞客毫无关系，它们应该是比徐霞客更早的很多文人骚客们所为。

当这一“假设”从十分专业的导游姑娘之口娓娓道出时，我情不自禁地顿感欣慰与欣喜。欣慰的是，原来玉华洞这里还有一位更幽深的历史老人。欣喜的是，这位“玉华洞老人”正以古图为证，昭告日甚其众的后游者：美，不仅是迷人的，更是客观的。这其中，不仅有我们中华民族的悠久品味，也有我们全人类相通相融的一种基本格调。

在长汀：秋白之韵最悠长

旅途匆匆。不久前经过长汀，虽然只是人生的一瞬，但那里的“秋白之韵”至今还在我的心里绵延，我要新唱一曲关于“多余的话”的老歌了。

“话既然是多余的，又何须说呢？”对于稍微有一些红色阅历的人来说，76年前，即1935年，瞿秋白烈士在长汀被囚处所写《多余的话》这句开篇之语，不管何时何地或闻或见，立刻都会引起一种非常复杂的情绪……

红色记忆不死，但有时候，烈士的鲜血也会“被”改变颜色。曾几何时，瞿秋白曾经被全党视为“大叛徒”，《多余的话》曾经被全民视为“大毒草”。那是一个无比疯狂的年代……

物换星移。既是历史名城，又是客家首府的福建长汀，那天独以“红军故乡”的亲切面孔，迤迤然，引领我们探访“秋白之韵”最悠长的所在——那是一道“门槛”。正如屠格涅夫所曾写过的：

……正面一道窄门大开着。门里一片阴暗的浓雾。高高的门槛外面站着一个女郎——一个俄罗斯的女郎。

浓雾里吹着雪风，从那建筑的深处透出一股寒气，同时还有一个缓慢、重浊的声音问着：“啊，你想跨进这门槛来做什么？你知道里面有什么东西在等着你？”

“我知道。”女郎这样回答。

“寒冷，饥饿，憎恨，嘲笑，轻蔑，侮辱，疾病，甚至于死亡？”

“我知道。”

“跟人们疏远，完全的孤独？”

“我知道，我准备好了。”

“不仅是你的敌人，就是你的亲戚，你的朋友也都要给你这些痛苦，这些打击。”

“是，就是他们给我这些，我也要忍受。”

“好。你也准备着牺牲吗？”

“是。”

“这是无名的牺牲！你会死亡，甚至没有人——没有人知道，也没有人尊崇地纪念你。”

“我不要人感激，我不要人怜悯，我也不要声名。”

……

“进来吧。”

女郎跨进了门槛。一副厚帘子立刻放下来。

“傻瓜！”有人在后面嘲骂。

“一个圣人。”不知从什么地方来了一声回答。

我以为，屠格涅夫1881年写的这位“俄罗斯女郎”，就是1935年的瞿秋白。真的很像。就在那一年的6月18日，曾经两任中共最高领导人的瞿秋白昂首跨进了那道“门槛”，并用他所熟谙的俄罗斯语言高歌“英特纳雄耐尔，一定要实现”！当时长汀市街上的人们纷纷注目为他送行。至中山公园内的八角亭拍照后，瞿秋白泰然自饮并慨然有曰：“人之公余稍憩，为小快乐；夜间安眠，为大快乐；辞世长逝，为真快乐也！”然后，瞿秋白又高呼“中国共产党万岁”“共产主义万岁”走向刑场，最后在罗汉岭下的青青草坪上盘膝而坐，并对行刑的刽子手微笑点头：“此地很好。”……

毫无疑问，瞿秋白如此就义自是“圣人”之举。或者用我们共产党人的专门术语来说，他不愧是一位“用特殊材料制成的人”。但这毕竟是一首老歌了，当中国共产党早已从革命党变成执政党的今天，我们不仅要保持一个共产党员的先进性，我们尤其要更加注重与广大人民群众的血肉联系——首先要成为他们中最没有“特殊权益”的一员，或者说，我们共产党人首先要成为一个最普通的“人”，这可能才是我们今天继续把那些老歌唱“新”的关键所在。没有时移势也的唱新，哪有再接再厉的唱红？

就这样边走边看，边看边想，在长汀，我们深感“秋白之韵”最悠长。这里不仅有刚性的直击，使曾经的“大叛徒”在“一个俄罗斯女郎”的“门槛”前止缪。这里还有一部字字真诚、句句坦荡的“临终告白”——

那就是瞿秋白于当年5月17日至22日写就的那部2万多字的《多余的话》。长汀归来，止缪的“瞿秋白之歌”自是余音绕梁，但更为蕴藉“秋白之韵”的《多余的话》也更方便我灯下细读了，你瞧：“我愿意趁这余剩的生命还没有结束的时候，写一点最后的最坦白的话。”

“人往往喜欢谈天，有时候不管听的人是谁，能够乱谈几句，心上也就痛快了。何况我是在绝灭的前夜，这是我最后‘谈天’的机会呢？”

……

“乱谈”种种，自是有失。但断臂的维纳斯，谁又能说她不美呢？更重要的是，“凡出自内心的，也就能进入内心”。一个共产党人，如果你连老百姓的内心都进不去，你又能“先进”到哪儿去？

从长汀到北京，“秋白之韵”就是这样绵延又悠长，就像那位毅然迈进“屠格涅夫门槛”的美丽女郎……

赏心悦目“雁南飞”

辛卯初夏，天空中自是没有南飞的大雁，但我在粤东北的梅州市，却看到了一景更加赏心悦目的“雁南飞”……

这里的“大雁”，无一例外都是来自遥远的北方。千百年来，“他们”为躲避中原故土的绵延战乱，不断地举族南迁，大多流经闽粤赣三地交界处；而梅州这里，既是这些“大雁们”南迁的落脚点，又是“他们”自明、清之后不断移居世界各地的主要出发地。因此，“他们”视自己为“大雁”，视自己的身份认同是永远的“雁南飞”。

这是一个多么具有“寻根”意涵的诗化命名啊！

而在更广泛的现实中，“他们”自称也被称为“客家人”。“客家”不仅是我们中华民族颇具传奇色彩的一个组成部分，而且是我们大汉民族在世界上分布范围最广、影响最为深远的民系之一。据统计，如今分布在中国大陆19个省区共265个县市的客家人，共有5500万；另有港澳台客家人共595万，其中香港125万、澳门10万、台湾460万；在全世界，客家人分布80多个国家和地区，总人口共5000多万。

如此庞大的一个族群，有“世界客都”之属的梅州市，能否给他们引来无尚的荣光呢？

“雁南飞”终于到了。最先撞入眼帘的，自是一块巨石上“红书”的这3个大字，但其下还有“茶中情”3个鲜红大字，又作何解呢？

导游说：这里的“小名”叫梅州市梅县雁洋镇雁南飞茶田景区，这里的“大名”叫国家级5A旅游风景名胜区。此外，她还有很多别称或专名，例如：全国精神文明建设先进单位，全国农业旅游示范点，全国三高农业标准化示范区，全国五一劳动奖状获得者，全国三八红旗集体……

这里的名号真是了得！而当我们入住这里曾荣获国家建筑工程最高奖“鲁班奖”的“围龙大酒店”以后，发现这里的“名号文化”更是了得的不得了：鲁迅、巴尔扎克、马丁·路德·金、马克思……这些世界级的中外名人总在客房、在餐厅、在走廊，甚至在卫生间，向你说着他们的格言，还都配着精妙又贴切的画哪。

导游说，这是“雁南飞”独有的一种“格言文化”。我倒是因之想到，那些“格言”固然重要，说那些格言的“名号”和“雁南飞”用心血挣来的那些名号，也许更重要。因为它们不仅是大师级的，甚至是国际大师级的，而这，正是客家人“崇美尚文，有文有质”的至高追求。同时，有这样的“标杆”横在眼前，不仅令人赏心悦目，更令人时思再进。因此，这里的“名号文化”既是努力之所得，更是匠心之独运。它应该是“雁南飞”独有的“美丽文化”之一。

当晚，我们在这里的“围龙食府”边啖美食，边赏歌舞。美食中不仅有梅菜扣肉、盐焗鸡和酿豆腐等传统客家名菜，更有一种“雁南飞”独创“新客家菜系”中的“上窑煨汤”十分可口，不仅鲜美醇和，尚且回味无穷。据说，它是采八珍之齐，注山泉之水，放在土窑中精心煨制而成。又据导游说，这款“上窑煨汤”正在申请国家专利，而这里的“围龙食府”早已光荣地获评“中华餐饮名店”了。至于当晚歌舞，对于我这个北方来客而言，仿佛有一种“青出于蓝而胜于蓝”的感觉。导游评说：这种感觉是有来由的。客家歌舞是随着客家先民不断南迁而来自中原歌舞。特别是山歌这一部分，可以说客家山歌相当完整地继承和保存了中原山歌的传统，例如赋比兴的表现手法，四句七言的表现格式，以及唱词中的中州古韵等；同时，客家山歌又是吸收融合了岭南当地山民的一些歌谣和唱腔，而后才逐渐发展成现在这个样子的。这也可以说是“青出于蓝而胜于蓝”吧。

导游此评入情入理，十分令人信服。因之，那一夜我沉沉地做了一个雁南飞而频回首的古梦，一睁眼，阳光已然洒满房间。复一开窗，微风携着轻云，鸟语伴着花香，齐齐涌来——钻鼻灌耳的，我一下子有些晕眩，仿佛某种久违的感觉油然而生。我知道，所谓幸福的感觉，其实就是这个样子的。

导游在叫，我们首先去“问茶”。

“雁南飞”位在海拔1300米的粤东名胜阴那山麓，北挡南下寒流，南迎亚热带的海洋性气候，形成了干湿相宜、云遮雾绕的独特地理环境，造就了一个非常适于茶叶生长的理想天国。这里生产的种种茗茶，就是“天国”送给人间的清香礼物。

而在具有客家土楼建筑风格的“游客服务中心”，每一位享受这种“礼物”之清香的游客都是免费的。免费不免服务，这里的茶叶小姐在为你泡饮“功夫茶”时，会笑容可掬地精心操作——第一道“焚香静气”，第二道“活煮山泉”，第三道……就这样，茶艺小姐要一道又一道地先后为你冲饮12道，而总共操作过程是18道工序，那最后6道工序要由客人自己品饮——当然，还是在茶艺小姐的热情指导下……

这哪里是在饮茶呢，分明地，这就是一种生之创造与享受了。不禁感叹：此茶只应天上有，人间能得几回饮？

除了“问茶”，在“雁南飞”、“赏红”也是一种难得的人生享受。登高而下望，在无边无际的绿山绿水和绿草绿树抑或整齐修平的绿茶中间，无论是仿客家土楼样式而建的酒店还是食府，或者是已然更新改造完毕的一些村居小楼，其主色调一律是非常近红的鲜橙色，虽非万绿丛中几处红，予人的感觉却实在是既养眼又提神了。更有那分布景区各大道或点缀园区各景点的排排复排排或点点复点点的大小灯笼——那可是5万多个“红”啊！它们像一个又一个红色的精灵，在一棵又一颗的绿树上或隐或现，时静时动，既惹人观，更引人思：为什么“雁南飞”这里能够不拘一格能够别出心裁能够化“腐朽”为神奇呢？

离别时分，我们终于见到这个神奇所在的投资开发者暨神奇经营者——广东宝丽华集团的几位高层领导。集团董事长叶华能先生说：“要做就做最好。我们一直强调的，就是精品意识。在雁南飞的任何一个角落，任何时候，任何一位游客，都可以伸出手指，往窗台上，桌椅上，楼梯扶手处，甚至是卫生间的墙壁上去抹拭，结果都是一样的，绝对的一尘不染！”而“雁南飞”总经理叶祖根先生则说，他在这个位置上已经干了10多年。他最满意的也最得意的，就是“雁南飞”年年进步，步步登高。他还说，他是一个纯粹的客家人；他和集团同仁一起，一定要把“雁南飞”办成一张“世界客都”送给全国乃至全球客家人的闪光名片！

我们相信他，也祝福所有的“雁南飞”们。正是：赏心悦目终有日，代代芳华更无时。

穿越在佗城古镇

在我们中国，有一个地方特别适合玩“穿越”。何谓穿越？

“百度”有云：穿越是穿越时间和空间的简称。一般是指某人物因为某原因，经过某过程（也可以无原因无过程），从所在时空（A时空）穿越到另一时空（B时空）的事件。

这样的“事件”，不久前在我们旅游岭南的一个小镇时，不期然地“发生”了。

这个小镇位在粤东北的河源市龙川县，它叫“佗城”。佗城亦称赵佗古城，它是以2000多年前一个叫赵佗的人的名字命名的。

在佗城，完全不像“穿越经典”的好莱坞大片《盗梦空间》那样费劲和费解，完全地“无原因无过程”，非常直接地、最自然不过地，一下子你就“超时空”地穿越了……

下车伊始，你一定有些口渴，那就先去“越王井”吧。当地朋友说，自秦至今，该井之水一直都被饮用——

“真的？”一声惊叹或许还有些怀疑，你已经步回秦朝了。

秦始皇二十八年，即公元前219年，河北青年赵佗随主帅任嚣率50万大军征伐岭南。5年后，年仅23岁的赵佗受封为首任龙川县令。29岁时，任嚣病故，赵佗继任南海郡尉。33岁时，赵佗扩大势力范围，建立南越国。41岁时，赵佗受封汉高祖为南越王。54岁时，吕后当权，赵佗自称南越武王。58

岁时，汉文帝即位，“赵佗归汉”，复称南越王。汉武帝建元四年，即公元前137年，南越王赵佗无疾而终，享年101岁。其后继任南越王凡四代，共26年。而赵佗称王称帝总计67年。或可计，赵佗为岭南的统一和发展操劳了82个春秋——或因此，毛泽东曾经说过“赵佗是南下干部第一人”。尚不尽此，对于全中国和全世界的客家人来说，赵佗也可称为他们最辉煌的先驱。

一部赵佗简史，就是一串熠熠闪光的客家珍珠……

如今，赵王井里的“神水”还在熠熠闪光，“其泉源自嶅山，泉极清洌，味甘而香”。当地朋友说，这口“永不消逝的古井”不仅为赵佗所掘，亦时为其饮。原来，距这口古井10余米的地方，就是“赵佗故居”了。

当然，这是个遗址。但我们亲近此处时，心灵中仍然是南风北雨不断，暮鼓晨钟听闻，一时间，当地朋友的介绍亦真亦幻：我们现在看到的这个“赵佗故居”，不仅离越王井很近，离他在县衙的办公室也不远。宋代时，这里的故居被改为光孝寺，专祀越王。元朝末年，光孝寺遭兵焚。明朝洪武十六年，又在这里重修佛殿，建观音堂。民国年间，这里改置为龙川县第一中学。新中国成立后，这里又变成了糖烟酒专卖公司的仓库……

亦真亦幻的，难道这就是一种穿越的感觉？

继而，我们就便又去寻觅赵佗当年的办公室了。佗城曾长期为龙川治所，自秦代至建国初期，除南朝陈时的县治一度北迁外，历朝历代的龙川县治所都在佗城，这里亦曾一度为循州州治。于此可见，当年的赵佗办公室是一个多么重要的所在！

但岁月苍茫，“赵办”终究是渺然不见其踪了。其址现为佗城镇政府所在地。唯一“逆穿越”至今的，是雄踞于现镇政府大门两旁的一对石狮子。据传，这对石狮子是唐代遗物；据载，宋时曾有一对石狮子置放在循州治所门前；又据载，历朝历代的佗城县衙门前，都一左一右地置放有一对大石狮子。是耶，否耶，盖均与赵佗无涉矣。呜呼！

但古镇佗城的赵佗故事还多。例如：

南越王庙。始建于北宋治平元年，就在当年“赵办”原址的右侧，至今已有900多年的历史。该庙是现有纪念、奉祀南越王赵佗的唯一建筑。庙内的正殿中央，端坐着一尊朴实、厚重的赵佗铜像。该铜像于2005年11月26日“开光”时，观者如潮，万人空巷。“客家先驱”暨“南下干部第一人”的赵佗至今仍为佗城及岭南人民深爱，于此可见一斑。

说到“客家先驱”，另有一则赵佗故事可为佐证。赵佗任职“佗城”6年后，曾上书秦二世胡亥，要求选派15000名中原女子到岭南，婚配给秦军。朝廷批允了这个动议。后来，除这些女子外，更多的秦军与当地及岭南各地的“越女”通婚，逐渐形成了庞大客家族群中的岭南一脉。如今，仅有4万多人的佗城镇，就有179个姓；其中一个小小的佗城村，就有140个姓。这种一村一镇之中大多不是同姓人的异常现象，以及小小佗城中至今仍保有48所祠堂，都只能用客家族群清晰的历史源流来考究。而这种考究若从赵佗始，分分明明，他自是岭南客家的伟大先驱者。

赵佗之于佗城，真是如影随形，无处不在。但除了赵佗的“媒介”以外，佗城古镇尚有七八十处文物古迹可资“穿越”，例如1956年发现的新石器时期的坑子里遗址，秦汉时期即被发现的“东坡温泉”，唐朝始建的龙川学宫和正相塔，宋朝挖的护城河、修的苏堤，明朝开辟的南门古渡，以及始建于清光绪年间的“考棚”，形成于清末民初的“百岁街”……

如此众多又真切存在的“穿越媒介”活生生在眼前诱惑着你，在佗城，你想不玩一把“穿越”似乎都是不可能的。当地朋友说：穿越谁先觉？到此你不知。唯有离去后，云开日迟迟。

然也。佗城古镇，真是一个奇妙的所在！

风水这边独好

——旅途中的赣南笔记

风水之说，以前从未留意；其科学与否，更是毫无臆断之心，但在赣南的“风水”中行走，无论我，还是你，终究是不能不有所玩味了。

赣南位于江西南部，又称赣州。赣州历史悠久，建制于汉高祖6年，距今已有2200多年的历史。话当初，赣州古城的原始面目，最早是东晋时筑的一个土城。现代赣州的雏形，则出现于唐代“黄巢之乱”的末期。当时，不仅有一个叫卢光稠的人乘乱起兵割据赣州自任刺史，更有一位叫杨筠松的人自都城长安避乱而辗转来到赣州，这二人的一邀一被邀，“风水这边独好”的赣州美城从此落定。

风水文化是“中国制造”的全世界最古老的民俗文化之一。尽人皆知的是，世界风水源自中国，中国风水看重赣州；鲜为人知的是，赣州风水第一人，就是杨筠松。

《江西通志》载：“筠松，窦州人。唐僖宗朝国师，官至金紫光禄大夫，掌灵台地理事。黄巢破京城，乃断发入昆仑山。步龙过虔州，以地理术行于世，称救贫仙人是也。卒于虔，葬于中药口。”补充：杨氏名益，17岁登科及第，赴京城长安做官。“掌灵台地理事”时任司天监监正，实为大唐风水国师。“乃断发入昆仑山”是指黄巢军攻破长安后，杨携皇家秘籍《玉涵经》《天秘诀》等逃出长安，从昆仑山开始，沿中华龙脉考察，最后落脚虔州即今赣州，并根据在赣州多地的长期观风看水实践，逐渐创立了中国风水中的赣南一派即形势派。可以说，“赣南形势派”的术理是对中国传统风水理论的承前启后和发扬光大，因为它不仅有一套完整的形法体系，而且有一套完整的操作规程。从这个意义上来说，杨筠松不仅是赣州风水第一人，亦可谓是中国古代风水理论体系的祖师爷了。据知，现在仅海外这一块，包括港澳台、日韩及东南亚等地的“风水先生”就有30余万人，其中过半人士均以“杨筠松的传人”自居，并以“赣州先生”自称。杨的“祖师爷”定尊，于此可见一斑。

话说“农民起义领袖”卢光稠闻知杨筠松的“仙”名后，不但请杨给自己的父母和妻子做了阴宅，还请杨在身边预断吉凶，甚至请杨为自己去寻找“天子”穴。但杨筠松真正感兴趣的，还是受卢之邀为赣州城择址布局。他首先想到的，也是他终于决定不再“沿中华龙脉”去继续“考察”的原因，就是他对赣州古城的第一印象……

中国风水文化是起源于民间的。大约自先秦始，民间葬人不仅要选风水宝地，而且要选择良辰吉日。这种“民间之选”，很快被宫廷选中。例如，“千秋万代”的秦始皇陵，当时被选在距今西安市37公里处，经地质学家根据卫星拍照的图片研究发现，绵延起伏的山脉好像一条奔腾跳跃的巨龙，而秦始皇陵，正好位于最光辉的“龙眼”之地！

是逃离“帝王之都”的杨筠松，又把这种“帝王之术”带入民间并发扬光大的。“乃断发入昆仑山”之后，杨筠松不断地自北向南，他先过长江，复入鄱阳湖，再下千里赣江，始抵距赣州土城尚有20余里地的羊角岭（后已改名杨仙岭，以纪念杨筠松的仙迹）。就是在这里，杨筠松极目尽览赣州的山形水势后，发现A：武夷山脉从南而来，罗霄山脉从西而来，五岭山脉从南而来，而赣州就是这三条龙脉会聚之所的一片大盆地；发现B：方圆数十里的这片大盆地内，亮晶晶的还有汶潭、储潭和欧潭拢聚成三；发现A+B：这三龙汇三潭的风水宝地浑然天成，祥云笼罩……

后来，杨筠松就是根据他对赣州盆地的这个第一印象，重新为当时的土城择址布局的。因地制宜，他把赣州城设计成了一只“上水龟形”，龟头在南门，龟尾在章贡两江的合流处。这个总体设计颇得他所熟悉的都城长安之神韵，十分严整而方正。特别是赣州中心区的阴街与阳街，颇类长安城内的朱雀大街，亦是中轴对称，格局分明。从此，赣州虽尚不可与国都名城比肩，但尽可与举国之大城并列之了。为此，一代又一代的赣州子孙，能不对其杰出先人杨筠松顶礼膜拜?

在古城赣州，有一个顶礼膜拜杨筠松的好去处，那就是杨仙岭对面的杨公祠。杨公祠位于赣县的一处“客家文化城”之内——恁般说，杨筠松也是一位客家人?

所谓客家，不同于中国历史上三大迁徙人群中“闯关东”或“下南洋”二系——此二系多是因贫困或饥荒而迁徙，“客家”则多是因躲避战乱而自中原向荒僻南方不断迁移——这自然也包括杨筠松等为躲避“黄巢之乱”而自长安不断迁徙至赣州落脚。实际上，赣州是客家先民中原南迁的第一站，是客家民系的发祥地和聚居地，现今全市95%以上的人口都是客家人。至若客家文化城，除了内设杨公祠以外，尚有客家宗祠、太极广场、客家博物馆、艺术长廊和风情街等主要景点散落其中，它不仅是目前国内规模最大的一座展示客家文化的“大观园”，而且是一座全中国乃至全世界客家人的精神家园。

杨公祠坐落在赣州客家文化城一隅。飞翘的蓝檐，红红的廊柱，乳白的栏阶，这是一座庄重又唯美的建筑。祠门之上有黄匾黑字“杨公祠”，独具特色，仙气拂人。两侧门柱上有对联曰：精于演易，善在占舆，名贯三江南北；善在救贫，精于除难，誉扬五岭东西。进得门去，所经柱联者三。其一曰：“灵台居擘，立说授徒名炳炳；社稷贤人，救贫行善业昭昭。”其二曰：“乾八卦，坤八卦，八八六十四卦，卦卦乾坤已定；鸾九声，凤九声，九九八十一声，声声鸾凤合鸣。”其三曰：“仁爱重千秋，仙岭赣江堪作证；精神垂万代，天南地北尽朝宗。”及至中堂，迎面是一座木雕的杨公坐像，栩栩如生而目光炯炯，长须飘飘恰似仙乐无声。转至此像后，骤见一超大形罗盘镶嵌在一面墙上，稍有一些风水知识的人可能立刻就会想到“罗盘一端，心中告安”那句客家民谚，否则，你只能百思而不得其解了。杨公祠，其实是属于客家文化的一座风水宝库。

杨公祠近傍的太极广场，其实也独得客家风水之秘。太极常有，而太极广场不常有。赣州客家文化城内的太极广场，面积竟达6900平方米，这充分说明，太极图案在当地客家人心目中的意义，是多么广阔。是的，所谓太极，是由阴阳两部分交合而成，但若细一观之，太极图形又是由三部分购成。一是圆，二是圆中的黑白两部分，三是黑白两部分之间的黑、白点即宇宙形成之前的状态。这种既神秘又和谐的圆融意味，自是背井离乡又身家初安的客家人最讲究的。实际上，讲究太极，就意味着客家人最追求“天人合一”。

在左近的客家百姓宗祠后面，有一处风水护壁，也是杨公客家风水所讲究的一例。在赣州，任何主祠后面一定要有山——俗称“靠山”。这“靠山”或许是真山，或许是假山，均可。若处之以假山，则须龙饰其身，并设瀑布直泻而下。更重要的是，其前尚须置一风水护壁，以“挡住钱财不外流”。这种“风水”，似乎有一种实用主义倾向，其实却是客家人多经战乱务求安全的一种人生取向。至今，你在赣州的山山水水间行走，或在某祠堂前看到一口聚风蓄水的池塘，或在某豪宅前瞥到一块遮风挡雨的照壁，或在某个正对巷口的墙壁上撞见一枚“泰山石敢当”的镶字碑石，等等，请千万不要漠视而漫不经心，那里面有客家人对风水的格外讲究，也是“风水赣州独好”的点滴写照。

还是来讲杨筠松。他生于公元834年即唐太和八年，卒于公元906年即唐天佑三年，享年72岁。逃避“黄巢之乱”时，他已经45岁了。此后27年，他均在赣南操弄风水，并先后著书立说、课业授徒于赣县杨仙岭和兴国县三僚村。杨仙岭事已如上表，三僚村事容待另表。杨筠松死后葬于赣州市于都县宽田乡杨公村的梅江之岸药口坝。杨公村为后改，药口坝后亦改为杨公坝了。在杨公坝，明、清和新中国成立后共为这位风水宗师立碑3块纪念他。明时碑云“唐国师杨公”，清时碑云“皇封金紫光禄大夫杨筠松之神位”；1991年，于都县人民政府又在梅江河畔立了一座水泥石碑纪念他，并在碑上刻有铭文介绍杨筠松传奇的一生，及至今天，这块碑石犹然安好。

杨筠松虽然被世人尊为客家风水或赣派风水甚或中国风水的祖师爷，但他绝不是一颗闪耀于暗夜中的孤星。历史凿凿，赣州的风水师曾经为明代长城的修复勘测规划，也曾晋京为天坛、十三陵和故宫勘址，亦曾为上海古城和福建的“承启楼”选址设计，而所有这些超凡的赣州风水师，无一例外都是出自杨筠松门下。明清两季，赣州风水师已然蜚声海内外，如小小的三僚村，先后即出风水国师24位，风水明师72位，由布衣承诏受封为钦天监博士者36人。又《古今图书集成·堪舆名流列传》所载48位风水名家中，江西籍的就有25人，其中大部分都是赣州人。

赣南如此星汉灿烂，实为风水这边独好。

惊喜刘基庙

5月23日这天，正是《讲话》发表70周年纪念日，我随着《诗刊》社组织的一支采风小队来到了浙江省温州市文成县。

参加这支队伍之前，我对“文成”这个县名闻所未闻。及至听诗友们介绍说，“文成”这个县名是以刘基即刘伯温的谥号命名的，“经纬天地为文，安民立政为成，合言之，文成就是经天纬地、立政安民的意思”，我忽然感觉，原来《诗刊》社在这个纪念日组织诗人们到文成采风是大有深意的。

但文成县的诗意实在不可抵挡。甫一下车，我们落脚在一处“集贤楼”前的半山腰，仿佛天造地设一般，这里竟是观赏文成县城的最佳处。居未高而有俯感，只见遥而未远处有一座仙境般的小城，她完全被朦朦胧胧的雾气笼罩，虚无缥缈，湿润又神秘。

这就是文成欢迎我们到来的第一副面孔。当地友人说，文成其实是一位“多面美女”。在历史上，“三分天下诸葛亮，一统江山刘伯温”，谁人不知哪个不晓？近代，这里的崇山峻岭则活跃着粟裕、刘英率领红军浴血奋战的英风流韵；从生态言，文成境内奇峰耸峙，百瀑飞扬，峡谷幽幻，碧湖潋滟，其中不仅有高达207米的百丈漈获誉“天下第一瀑”，还有铜铃山国家森林公园中的“壶穴奇观”获赞“华夏一绝”，更有9条各逶迤10里之长的“红枫古道”江南少有、全国罕见，可谓“世界美如斯”！此外，文成魅力独具之处尚多。例如，这里的“飞云湖”是温州人天天要喝要用的“大水缸”；这里的“畲族山歌”是我们中华民族文化宝库的珍品；这里还是著名的侨乡，现今尚有10余万华侨旅居世界各地大约55个国家和地区……

当地友人的介绍是如此丰饶诱人，但花开数枝，我们只能择一而“采”。到文成来，怎能不去拜谒那位因其谥号而成就此县的刘基刘伯温呢？

刘基，字伯温，明朝开国元勋，学为帝师，才称王佐。辅太祖朱元璋灭陈友谅、执张士诚、降方国珍，北伐中原，终成帝业。封诚意伯，追赠太师，谥文成，是中国历史上卓绝的政治家、军事家、文学家。有《诚意伯文集》20卷行世，尤以兵书《百战奇略》和寓言散文集《郁离子》最为著名。刘基树开国之勋业并具传世之文章，600多年来，一直被后人尊之为立德、立功、立言“三不朽”伟人，他也当之无愧地成了“刘基故里”一面高高飘扬、荣耀千古的旗帜。

刘基故里位在文成县北的南田镇。这里风水绝佳，古称“天下第六福地”。据当地友人介绍，横亘闽、浙两省的洞宫山脉逶迤至此，造物主竟于万山丛中构筑起一座突兀奇特的“山顶平台”：沃野百里，平畴千顷，高旷绝尘，地灵人杰。1311年，刘基便诞生在这里一个叫“武阳”的小小山村。

小村风水大，刘基耀华夏。但现今刘基故里实为一片颇具规模且气象万千的饱满群落，当我们拐出一条老街身陷恢宏的刘基铜像广场时，只能于惊喜中任脚步有限的徜徉。天空飘着微雨，有“天堂伞”可以不擎而自在“天堂”。在刘基故里这样的感觉好极了。

古老而又清新的刘基庙近在咫尺。最先映入眼帘的是“帝师”两个大字，它高悬在行进刘基庙必经的一座青色牌坊正中，颇令来自当今首都的我倍感亲切。遥天相隔，代际有别，没想到这里的气象竟与巍巍京华一脉相承，这不能不令人惊喜之！穿此牌坊向前望，只见又有一同样牌坊相对而立，上书“王佐”两个大字，这都是刘基的标准名谓了，你不能不于心中复萌一种敬意。居中处面北朝南的建筑，便是“钦建诚意伯庙”了。这可能是大明王朝所能给予刘基的最高奖赏了，虽历经沧桑，仍令人浮想联翩。进得门去，宽大、开阔的庙堂除供有刘基及其侍卫的彩塑外，最醒目的，就是上书匾额次第有四，“玄机洞鉴”、“万古云霄”、“古之名世”、“先知先觉”，都是对这位“雄才绝代”的“大明第一文臣”的由衷赞美。伫立其下，静望盛辞，你不能不满怀敬仰，禁不住为我们中华民族曾有过的这等云霄人物深感欣慰与自豪。

一直到今天，像刘基这样的历史人物显然对我们仍有一定的镜鉴作用。就在刘基庙的左近，就在我踏着湿漉漉的雨地信步徜徉时，竟然发现了一大片排向天空的“铭廉壁”，竟然无意中印证了我上述自然而然的联想，这真是令人惊喜连连，这真是令人不胜惊喜之至!

且看，这“铭廉壁”的头牌竟是中国书法家协会主席张海所书！余者，也都是一些著名书法家的真迹，如现任中国书协顾问朱关田、现任浙江书协主席鲍贤伦等，他们的大作竟然在这浙南的天空下磅礴于世，既令人意外，也令人欣喜，这不能不令人想到“5·23”这个纪念日我们所由何来……更有那“铭廉壁”上一则又一则的“刘基语录”历久弥新，令人细观之而无语，欲辨之已忘情。例如：“人命之修短系乎天，不可以力争也，而行事之否臧由乎己。人心之贪与廉，自我作之，岂外物所能易哉？”（《饮泉亭记》）又如：“贪与廉相反，而贪为恶德，贪果可有乎？匹夫贪以亡其身，卿大夫贪以亡其家，邦君贪以亡其国与天下，是皆不知贪者也。知贪者，其惟圣人乎！”（《郁离子·神仙之二》）这其中，还有一则“语录”是后人刘廷玑在《谒刘诚意伯墓》一文中所言，读来尤令人振聋发聩：“王气金陵安在哉？犹留遗墓吊蒿莱。卧龙名大终归土，谁为铜驼洒泪来？”

有时候，“振聋发聩”也是另一种惊喜。这是5月26日踏上归途时，刘基庙再一次告诉我的。这不是诗的语言，却是谜一样的启迪。

第六辑　爱无休

带女儿去“寻根”

“且让人生绽放花朵”

标题这句话是歌德（1749—1832）说的。发现这句话是在这次旅行所携一本书中，那是《人生四季之美》其作者日野原重明所引，他接着说……

原谅我。他往下还说了些什么，我现在还没看哪。昨晚收拾出发前的行李，一床的书，最后还是选定了这本。原因不仅因为它薄些，更主要的是这本书里肯定有黄金。歌德此言难道不是黄金吗?

人生一世，时时处处均如歌德所言“且让人生绽放花朵”，那就是不仅于思，而且于行中最完美的人生了。

且让这一小段人生旅途中的时时处处亦绽放些美丽的花朵吧。

不禁联想到近日北京城里的花事真是热闹。我曾与妻到过大观园去看铁杆海棠，亦曾到过天坛公园去看满地的二月兰，但我们还想去植物园看梅花，去中山公园看郁金香。可惜的是，这几天均有风尘，而我又不得不暂别北京了，只好——爱花胜似一切的妻早就说了：“你走了，我一个人也要去看。要不然花期就过了。”

其实人生均在“花期”中。又如大艺术家罗丹所言：“生活中不是缺少美，而是缺少发现美的眼睛。”

你看，人在天上飞，我现在就发现，飞机小窗外的洁白云朵，像极了北京二环路上盛开的白色桃花——

那是旅行的花朵正在我愉悦的心中绽放。

再过两个小时以后，我将在美丽的春城见到一些熟悉的老朋友；及至午后，我还将与从香港飞来的女儿相聚于昆明。我将带她到西双版纳去“寻根”。亲情，友情，第二故乡情，真是“情满我心间”了。

且让人生绽放花朵……

在哀牢山上看星星

当女儿走出机场时，穿着一件浅色的风衣，又手提了一个新名牌包包，另一只手牵着的，倒还是我很熟悉的那个德国黑箱。最主要的是，如今她已长大成人，不仅早于香港某大学硕士毕业，而且在香港某大报工作也已经好几年了。如今，她的脸上透着一种成熟的自信，总是在自然而然地微笑着。

但我知道，她年轻的微笑里还缺乏更深刻的内涵。

她当然也知道这一点，否则她就不会应约跟我到云南来“寻根”了。

但今天我们的“根”是在哀牢山上。我们要在这里逗留一晚，明天再出发到西双版纳去“寻根”。

“且让人生绽放花朵”——

真是三生有幸，今晚我竟能与女儿一起在哀牢山上看星星。星星很多，很亮，很大，因为星星离我们很近。因之想到，我们是身在云贵高原上。而且不能不想到，我们今晚不像惯常是身居在城市里，身居在水泥森林中间。这里的白天，窗玻璃上可能会飞来美丽的蝴蝶，在山路上更可能遇到三三两两的蜻蜓；而这里的夜晚，除了可以亲近天上的星星以外，尚可聆听四周的蛙声一片，以及时而传来的声声狗吠。

说到狗，今晚饭后，我与女儿在友人大院外的山道上散步时，曾遇到过一只。它很瘦，并非野狗，也似乎不是流浪犬，只见它迎着我们前行方向，忽然就从坡下冒了上来。充满灵性的眼睛一直望着我们，它就从我们身边缓缓走过。但不久，它又折返到我们前面去了，并且回头望了望我们，然后轻盈地跃上路侧的一处高坡，很快就不见了。仿佛一个山野间的精灵，忽然就在我们眼前消失了。而关注它生动来往的我们，其间已然忘却一切。

这是声名远播之哀牢山的一个傍晚。我与女儿顺路而下，至坡而返；经友人大院路边的大榕树，反向而行，又是至坡而返。其间经过路侧山泉水累积而成的明亮水塘，经过绿油油一片又一片的橙果林，我与女儿聊着一切，并如此这般散步往返者五。若以每往返一次约1公里计，今天傍晚我与女儿在这哀牢山的静谧小路上散步大约有10里地之久。这自然会是我们父女俩“行走江湖”中又一段难忘的经历，但又何尝不是“我带女儿去寻根”之初的一种精神洗礼呢。

日光已暗，暮色四垂。白天原以为是什么气象设施的一处立柱忽然亮起了白色的灯光，或深或高的哀牢山景，在渐浓的夜色中也同时亮起了星星点点的灯火。而我们前行的路上，已然漆黑一片。我们只能拐回友人大院门前的空地，正有邻地一窗的灯光倾泻其上。女儿不想回屋闷坐，又提议在此空地一隅“享受”夜景。我自是同意宝贝女儿的高见，并与之一起回屋取茶水，并在院中取条凳而返，就在这空地一隅坐将下来。沐浴着较远处的窗外灯光，享受着皎洁月色的轻微抚摸，我们边啜绿茶边聊一切。当然，我们还又一次发现，今晚哀牢山上的星星是多么美呀——

于是，在我们父女的悠长“旅历”中，又有了在哀牢山上看星星的永恒一瞬。女儿还企图用她所携带的尼康相机把这又远又近的星空一景永远留住，但那漆黑的结果告知她未有成功。尽管如此，她还是满意地告诉我：“咱们已经看在心里，就全有了。”

“这孩子，什么时候学会‘禅’了？”我心里想，自然也很满意。

枝枝叶叶总关情

早8时，友人所派司机小张已经在门前相候。出门才发现，天下雨了。但雨很细。

在细雨中，车子一边向前行，我们一边与小张随便聊着。他说我带女儿到原来“上山下乡”的地方去看看“很值得”，我问“怎么个值得呢”，他又说“说不好”了。倒是女儿在旁边笑插了一句：“一切都在不言中！”嗯？又是禅？

没想到如今去边疆的公路上也遭遇堵车了，而且不知什么原因，一堵就是半个多小时。这样也好，我不能不想到，此行前去，还没跟任何人联系过哪。要是先跟澜沧的保平和小荣联系上并告知今到澜沧该多好啊。但上次去看他们（屈指一算）已经是22年以前的事了，也不知他们现在都怎样了，还在不在……忽然想到，这次从北京出发前，当年的战友“老六”曾告诉我现在惠民一当地人的手机电话——这是唯一可能先与他们联系上的线索了，于是电之。从未谋过面的当地老乡张秀英（“老六”曾告我当年我们在时她还没出生哪）竟告我小荣是县政协办主任；而王保平早就不在了，是出车祸去世的。这真让我震惊！我所熟悉的那个教导员的儿子，当年我曾经常带他及其妹小荣往返于营部与澜沧县城之间去上学、回家的保平，那个22年前我回澜沧时已经当了县体委主任的王保平，竟然已经过世了，这真令人震惊！真是不可思议……大约是我这边的听筒只是“震惊”吧，张秀英那端又接着说：“喂，喂，我现在到街上去给你问一下王桂荣的电话，过一小时再打给你！”还没容我说声“谢谢”，电话一下子断了。想那热情的、可算是我们知青晚辈的张秀英，一定是急急忙忙去给我打听小荣的手机电话去了……

女儿说：“这人真不错。”与女儿年龄相仿的小张说：“边疆人都是这么热心的。”

后来是小荣先来电话的。她还告我，原营部的副教导员王福早已不在了，但他的老伴儿、当年的刀干事还在。她现和女儿一起住在思茅（现“普洱”）……于是我按小荣告诉我的一个电话立即与刀之子王金荣联系上了，并很快地如约在一进普洱市（原思茅）的检查站后就与她们见面了，就在路边。40余年过去，我与刀干事自是相见欢。我们双方的儿女们包括小张师傅，也尽皆俱开颜。这是怎样的一种“再见”啊！刀干事是个傣族，当年颀长的身材明显变短了，原来她今年已经83岁了！但她的精神仍然很好，似乎比以前更活泼了，连连用还带着傣味儿的汉语夸我比以前“更精神”了。至于我的女儿，刀干事则连连表示诧异：“在香港？”女儿则忙不迭地给变着花样儿相拥的我与刀干事变着角度地摄影留念。虽然只是匆匆一瞬，但这些照片将永远记载下我与刀干事之间绵延未绝的当年惠民情——或者也可以称之为“民族情”吧。后来，刀干事的女儿还告诉我，她与小荣是同学，当年我也曾带过她去澜沧，回营部。这当然是可能的，我当年因工作需要经常去澜沧，带她们来去只是顺道的事。只是我终究有些诧异了，当年我怎么做过那么多至今还没被人忘记的善事啊？

相聚是短暂的。当年离别，今又别离，相聚相别总关情。没有情真，哪有情久？没有情意绵绵，哪有一见如故？

车子继续向前行。车里的人谁也没说话，仿佛“一切尽在不言中”……

别梦依稀到澜沧

从思茅到澜沧的新路是173公里，我从未走过。但后来我早就知道有此路，比走景洪那边儿要近。今日车行其路，窗玻璃上的细碎雨珠儿都很晶莹。小张说，这里的空气环境等一定很干净。这一点，女儿也注意到了，她还记得我曾出版的一本写边疆的书中有一篇文章叫《空气有感》……

后来，小荣来电，说他老公开了家店，就在近澜3公里处，让去那里吃晚饭。及至，是个生意很好且有些规模的饭店，除饭店老板即她老公（傣族）外，小荣的弟弟顺平也在，他现在是县委党校的资深教员。一一相见后，我发现小荣的变化很大，当年梳着俩小辫儿，内向、腼腆的那个小姑娘俨然已经成了一个老板娘，很大方，很干练。她老公更是热情，能干，前后左右地张罗着。顺平则一副儒雅的样子，的确像个教师。小荣告诉我，她们有一个孩子已在北京航空航天大学毕业，娶了一个老家是承德的妻子，小夫妻俩不仅现都在北京工作，而且已经在北京买了房。询之房事，小荣与老公立刻电联北京问，于是我知其为管庄处某一名盘，前年买的，当时每平方米1.5万元，现涨至2万多了。我说，你们孩子这楼盘很好，买得也很运气。小荣和她老公都很高兴。于是我们开始吃饭。一桌丰盛的饭菜早已备好了，有砂锅鱼、干巴菌、绿菜花、卤米干等。边吃边聊，往事历历。原来小荣的母亲、我当时教导员的老伴儿，那个对我极好的傣族老妈妈也早已过世了。本来我还想着这次回来能再见到她呢——可实际上我一直也没好好想过，她如今要是还健在，那该有多大年岁了？

饭后，小荣和顺平的车在前，我们的车子紧随其后，我曾经很熟悉的那个县政府大院很快就到了。可惜，我所熟悉的那个县委招待所不仅荡然无存，取而代之的县属新宾馆也因为正有会议而全部“客满”。小荣和顺平只好带我们去入住不远处的“实宏酒店”，而这地方，当年好像是一片裸露的街角……

别梦依稀，我们很快又下楼来到了县政府前我所熟悉的那条街道。这是澜沧县城最主要的一条街道了，当年我青春的影子曾经在这里来来往往……离县政府最近的那家新华书店还在，但也唯有其“硕果仅存”了，余皆面目全非矣。如今连通这条主干道的四周全是热闹的市街，女儿说真没想到这个边陲小城恁般热闹，我更是如梦似幻，不知今夕是何年。在那个新华书店的对面，当年是一家门口卖冰棍儿的小旅馆，如今却是一间很大的超市了。其规模甚至可能大过我在北京居家附近两家著名超市的总和。其内光“苹果醋”的种类就有好几十种；女儿说那么多品种的龟苓膏，在香港都很少见。而就在离这家超市不远，甚至还有一家较大的超市，其门前散置的一些购物车中，竟有一种前置童车的品种，连我在北京的时候都没有见过。变了，全变了。在这边陲小城的街道上，不仅有出租车，甚至还有公共汽车，这完全是我们当年连做梦也没有想到过的。更有甚者，在人来人往的市街上，我与女儿还发现有一缅甸人和一“孟加拉”人在卖甜饼小食。这一切，都完全超出了我来之前的努力想象。我为此感到莫名的兴奋，又不禁感到一丝困惑，当年那个安静、质朴的小城哪里去了呢？难道商品大潮的冲击，连这么遥远的边陲小城都不能幸免？

女儿倒是在津津有味地捕捉镜头……

向“我的老友”倾诉衷肠

昨天较乏，一夜沉睡。醒来开窗，虽在三楼之高，实离柏油马路未远。已经喧闹起来的街道上绿化很好，凭窗下望，几乎全是青绿之叶，仅在间或的叶隙间，可见背竹筐的民族人士，或时髦的少女少妇——当然，这时髦的程度是与我多年前曾观感过的那些澜沧妇女相比。

而这一对比，已然过了22年（上次来时）甚或40余年（在离此52公里的惠民“上山下乡”）了。昨晚初返此地，仿佛来到了一个完全陌生的小城……

小荣和顺平准时来接了。于是我让小张师傅在房间休息，便和女儿乘他们的车继续去“陌生”……

但生活中的有些场景是永远也不会变的。应我要求，顺平又把车子开到了昨晚我们已经到过却已“打烊”的那家“硕果仅存”的新华书店。置身其中，我仿佛又闻到了当年的缕缕书香，又想起了“像牛进了菜园一般的”当年饥渴。这里的角角落落，都曾经是一个失读青年的精神宝藏啊……忽然，女儿捅了我胳膊一下——原来在这书店的最显眼处，竟然高耸着一册精装的《金瓶梅》！此情此景，自是大异当年之趣，好在女儿又径自去翻看别的书了，我也只好没什么可说的。但我还是想在这我曾经买过很多书的可爱书店里再买一本书留作纪念，于是便问店员有什么介绍当地情况的书，店员的回答竟是“没的，没的”。见我有些失望，细心又周到的小荣说她家里有，并立刻去取了。很快，小荣便抱着一本大16开的精装（澜沧）县志回来了——这正是我感兴趣并早就渴望拥有的，这可是我的“第二故乡”的百科全书啊——我不禁喜出望外：知我者，小荣也！

我们又乘车去寻李嘉得，去寻原基建队的老余。二人都找到了。嘉得已63岁，不知怎么脸上有了一处疤痕，他现与其子经营着一家小卖部。老余则从县建委主任的位子上退而不休，现还在一间办公室里正处理着工作，我一眼就看到他拉开尚未关上的抽屉里所有的物品一如既往地井井有条，于是我便不失时机地立刻让女儿上前参观、学习。当年，还是县基建队技术员的老余这类引人注目的小习惯，对于身为农场“全权代表”的我来说，不仅增添了我们合作成功的种种可能，而且启迪我当时种种年轻的品性更加成熟、科学。如今，尚可见老余办公桌侧面的墙上贴的那些图表，也还是一如既往的清洁又清晰，整齐又整洁。他就是这样一个对工作、对生活总是一丝不苟的人，可谓毕生如此了，真是令人佩服之至！

因为时间关系，不得不辞别老余和嘉得，顺平又载我们驶出县城，我们很快就来到了当年去“澜沧县洗澡堂”必经的那座石桥上。真没想到，当年总是静悄悄的这里，如今竟然很是喧闹了。除有各色人等在这里搞着一些小型商业活动外，最夺目的是石桥侧畔的一座楼体上，正有蒋雯丽的一个巨大广告辉耀一切。骤一觉之并视之，我深感蒋星已然侵占了我记忆中那座永远的梦之桥!

好在过桥不远处路边的那个涵洞，尚有一股温泉水依旧流着。一如往昔。我们下到路边那个洗澡堂看了看，也大体如昨。在这里，40余载的漫长岁月，竟如坡下的长流之水一般，寂静无声。我不由得又走到坡头那张熟悉的、如今已然老旧的长椅旁，不由得又习惯性地坐落其上…… “寂静，你好 / 我的老友 / 我又来和你倾诉衷肠……” 好莱坞电影《毕业生》中那首著名的插曲，就这样油然浮上耳际……

“故乡”就这样巨变

我真正的“第二故乡”，其实是在离澜沧县城尚有52公里的惠民山。那里已经属于西双版纳的边缘地带了。我们“上山下乡”刚从北京来到那里时，还属于“澜沧县惠民农场”性质。后来就改成生产建设兵团了，而我们的团部在勐遮，师部在景洪。整体来说，西双版纳就是我们的第二故乡。

今天，就要离别澜沧去勐遮了，小荣和顺平执意要送我们到惠民，我们当然也很愿意和他们再多相处一小段时间。这样的时间真是比金子还宝贵。

又在酒井路口逗留。我们先是开车进酒井去当年那个乡（现已改区）中心的“老财院”去察看，全无。一座新的区政府办公大楼高耸在坡上，旁边紧挨着一座中小学，也是一座很新、很漂亮的楼。在这座学校的外墙上，甚至张贴有某处一楼盘正在售卖的商业广告，真令人惊异。当年的乡公所和粮店等，早已杳如黄鹤，我看到早已是“柏油”而非土路的一侧，甚至“营业”着一间摩托车修理店……

我们又返转酒井路口吃已经备好的饭。这是一家管理很好的私营饭店，“卫生间”内还置着一桶清水，上面还备着一个水舀子；院内的水管处，还置备洗手液、洗衣粉等。这地方当年一无所有，全是青青茅草，如今触目清新，到处都是这些饱满的细节，你不能不感到，眼前这座饭店的存在，真好似是哪位神仙的突然呈现。只是慵懒其间的那几只当地土狗，我们似乎又“肯定”是见过面的。

饭毕，我们前行去寻当年的“78道班”而不可得。实际上，小荣和顺平都说，如今的云南边疆都早已是高等级公路了，哪还有什么道班。而72公里处的那座桥，我们曾从那里下河去推野芭蕉的那座桥，也早已因公路改线而荒废在尚可从路边一望的另一处了。此一望尚可见当年湍急之水大不如昨。近旱谷坪乡时，当年高踞坡上的那个寨子，竟然邻街了，并且实与惠民街口连成一片了。小荣说，如今这里正在打造成一个旅游小镇。可不是么，眼前这个我曾熟悉得不能再熟悉的青春之地，一切的一切都高耸新奇起来。几近建好的一座“五星级”大饭店就在路的一侧分明地出现，而那里，分明地就是我们原来营部的伙房！真是天上人间，不可思议至极。顺平说：“如今这里的万亩茶山和露天铁矿都是当年就有的，只是从来就没有被重视与很好地开发，现在可不同了，你看——”可不是么，顺着他的手势望去，马路对面，原来米干店一侧的许多新店面正在招商，彩旗飘扬，人声鼎沸。小荣又告我们，听说当年的六连富腊那儿，要建一个很有前景的“温泉之都”了。她建议不妨去看看。于是我们依其言而去。当年的坎坷小路，以及树全、健群他们盖起的一排排房屋，以及一切的一切，都已经渺然不见其踪。车行其上的，是一条刚建设好的高等级公路；路两旁，都是生机勃勃的茶叶地；时而有一辆漂亮的摩托车飞驰而过……

复归惠民街头后，只有路畔的那棵大榕树一如往昔。前后左右，我所亲眼看到的一切，都已经令人感到陌生。这种陌生感是出乎意料的，然而又仿佛在意料之中，毕竟40余载光阴，已经淘尽了人世间的太多陈旧。就在这里，就在这岁月之流依然没有消损之的大榕树下，就在这依然枝繁叶茂的当年大榕树下，我们与小荣和顺平互道珍重，终至惜别。

从惠民再下3公里半，就是勐满坝子了。当年山脚处的七连，似乎尚有一些房屋遗存。但那“遗存”的所有者，也早已不知是谁了。在行进中，我只能任一处处惊喜中的遗憾在记忆中遗存。而我的宝贝女儿，正真切地坐在我的身边。我知道她从来都和我一样，永远有一颗敏感的心。

勐满街头的那个小食馆不见了。我怀念那里的酸菜炒肉！

到勐遮了。当年的团部啊，我亲爱的团部，你怎么像我们的青春一样，“上穷碧落下黄泉，两处茫茫皆不见”了呢？

关于“根”的对话

昆明这里，四季不明。同一时刻，不同年龄或体质的人，很可能穿衣迥异。昨天与今天，虽已春深临夏，但可能是时有小雨吧，天气还是较凉。

女儿还在睡着。我思忖着，就要和她分别了，我应该“嘱咐”她一些文字。于是我到行李中去翻那本《人生四季之美》——那里面不是有一句“且让人生绽放花朵”的金玉良言吗……可我这一翻，竟然翻出了在紧张而丰富的旅途中一直被我忘却了的一本“参考书”。于是我的主意来了，翻开其书，挥笔而在扉页上写道：“你还没看过我当年写的、十七年前出版的这本书哪。‘跟着老爸去寻根’之后，爸爸提醒女儿于四月二十九日。二零一一年。”

这本书就是我那本《青春不是候鸟》。这时候，已经醒来并盯着我看的女儿说话了：“写什么哪，爸？你给念念。”

我认真念过，她笑了：“我不是跟你说过了吗，你那本书中还有一篇《空气有感》哪。我都记得清清楚楚！”

“那咱们说说这次‘寻根’的事……”我只能以进为退。

“你的经历就是你的根。我的经历就是我的根。这还不好‘寻’？”

没想到女儿的话如此言简意赅，一下子竟令我不知道说什么才好了。我只感到很好。非常好。

第七辑　浪淘沙

诗开始的地方

——对母校北京二十五中的忆与爱

想起母校，自然就会想起母亲。我曾在遥远的欧洲写过这样一首小诗：

当我穿行在异国的土地，
总看见故乡的炊烟袅袅升起。

炊烟中还有一只熊猫，
慵懒地卧在欧罗巴的花丛里。

“不能说你的花朵比我鲜艳，
同样不能说我的熊猫比你美丽。”

晚风中传来远方母亲的话语，
它使我沉思，更给我启迪。

是的，每一片土地都有自己的芳香，
唯有尊重，才是一切芳香的秘密。

这首《想起熊猫》的小诗连同其他5首小诗形成一组，总题名为《印象》，已刊发于《诗刊》2012年5月号上半月刊。引诗里所谓“远方母亲”，当然也包括我可爱的母校北京二十五中！

一个孩子对母亲的怀念是永远的。同样，一个毕业生对母校的忆与爱也是无尽无休的。1971年7月2日，即我离别母校去“上山下乡”还不到两年的时候，我曾在西双版纳写过一首《南疆伴旅》的诗，其开头部分是这样的：

远离故乡的人，
最容易想起慈母依依；

出门在外的人，
哪一个不希望找到忠诚的伴旅？

有的人喜欢音乐，
他身边总是挂着一支短笛；

有的人热衷于打球，
他总是寻找蔚蓝色的场地。

然而，边疆呵，我应该
到哪里去寻找我的短笛、我的场地？

这其中的“有的人”，当时在我的脑海里历历在目；而无论是“慈母”还是“场地”，更是对母校形象思维的必然产物。1984年夏天的一个北京之夜，母校里“有的人”中的一位又静悄悄地来到我的笔下：

风雨中有过多少坡?
雨坡上厄过多少车?

在一个倒退的暗夜,
你无声地写了一道生命的辙。

但你还在奋力向前推,
我怎能不为你泪水滂沱?

拖拉机倒退又前行,
你却永推在雨后的南国……

这首题名《悼》的小诗是纪念母校1966届高中毕业生王开平的。他跟我同级不同班，在西双版纳“上山下乡”时，他也并不跟我是同一个地方的，但他回北京“探亲”又返抵云南后在雨中泥路上的不幸遭遇，当时经他的战友、我的同班同学陈新增转告，一直沉在我的心里，以致在那个难忘的北京雨夜，这种深沉的情感终于“发酵”成了一首诗，一首母校教会我的、关于爱的小诗。

当然，自从离开母校以后，我所曾写过的诗并不总是以母校为题材或内容多少与母校有些关联的。1988年9月，由已故诗坛泰斗艾青题写书名、已故著名诗人纪鹏担任责任编辑的我的第一本诗集《送你一束红烛》经由昆仑出版社正式出版发行。书中之诗，除了上引《南疆伴旅》片段和《悼》以外，尚有1976年4月4日写于纪念碑下的《人民颂》、1979年冬天所写叙事诗《我的鸽子啊，你何时回来》、1980年春节写的散文诗《西双版纳，我的乳娘》、1983年初写的政治抒情诗《风筝三飘》以及1987年5月于“京石旅次”写的《车窗外，那动人的小雨》，等等。凭借此诗集和其他一些文学作品，并经两位著名作家介绍，1991年我便被正式批准为中国作家协会会员。但实际上，我的写作包括写诗，从来都不是我的工作必须，更不可能是我的谋生手段，但我竟然就这样坚持下来了，数十年如一日，我竟然就这样与诗相谐，乐此不疲。细想起来，这“竟然”简直就是一个奇迹！而这“奇迹”的源头，显然就在我可爱的母校——北京二十五中！

母校之树根深叶茂

我的母校北京二十五中坐落在市中心，她不但接近王府井，临近长安街，而且离举世闻名的天安门也不过数箭之遥。她不但地理位置极佳，而且历史非常悠久，是北京市很少有的几个最古老的中学之一。当美国南北战争（1861—1865）还没有结束的时候，几个在华的美国传教士柏亨利等，即以其“基督教公理会”名义于前清同治三年即西历1864年择灯市口大街创立了一家“男蒙馆”。“尔时风气未开，一般人士尚醉心于科举，而视学校为异端，故开办数年，生徒寥寥。”（据张佑臣回忆，下同）“由光绪初，至庚子，二十余年间，毕业者，成绩优美，渐为社会信任……当时学制未备，亦无高级初级之分，漫称之谓‘育英学校’而已。”

又据邵作德回忆，“育英学校命名的来源，殊可令人注意，当庚子变乱之后，郭纪云先生重办该校的时候……就想起改良他的学校意思来。于是他就设法去找个名词，能够表现他的教养儿童的主旨。他先想定名‘育才’学校，但当他听说南京已经有了一个学校叫‘育才’的，就想到孟子所说的一段话：‘得天下英才而教育之，三乐也。’他就由这一段话里挑选了这两个字——育英——他的学校就改名为‘育英学校’了。”

但我的母校北京二十五中当时由“灯市口男蒙馆”更名为“育英学

校”，虽已渐成规模，但在其至今已近150周年的悠久历史上，仍处于初创阶段。一直到1918年，由美国教会首次选派了一位国人担当育英学校的校长以后，这个学校才逐渐步入全面发展的现代阶段。

李如松（1886—1969），这个与明季万历朝“第一抗日名将”同名同姓的人，实在是我可爱母校悠久发展史上不能绕过的一座丰碑。首先从时间上说，从1918年到1948年，李如松执掌育英学校长达30年，几近至今校史之五分之一，实可谓“前无古人，后无来者”。其次，1918年尚属“民初”，而1948年已届“国初”了，其间又抗日，又内战的，而李如松能独撑“育英”于“乱世”，不仅其“教育内”功夫，而且其“教育外”功夫，实不可小觑，而应视其为近世无双之北京中等教育一巨子矣。又知其后去台湾，并在台北继续办学，仍以“育英”为校名……我们就不能不更加怀念这位“斯人已逝”的老校长了。第三，凡是成功的现代教育家，必在其教育对象甚或教育环境等方面，留下其鲜明的个性印痕。李如松校长即是如此。他1913年毕业于协和书院（燕京大学前身），在校时即喜好运动并已成为当时我国的著名运动员。在1915年于上海举行的第二届远东运动会上，他不仅勇夺440码冠军，而且荣获10项全能亚军。当了育英学校校长以后，他即把体育锻炼、体育比赛、体育活动等融汇在德育与智育之中，并逐渐形成了一种生动活泼、积极进取的优良校风。这种鲜明的校风绵延不绝，曾记得，我们北京二十五中的篮球队曾经打遍北京中学无敌手！我们有一个学弟叫张卫平的，不仅后来进了国家队且进而当了国家队教练，且，他现在还经常在央视作重要篮球比赛的嘉宾解说。除了张卫平以外，我骄傲，我的前后校友还有篮坛名宿、曾多年担任中国篮球协会主席的牟作云，还有足坛名宿、曾多年担任中国足球协会主席的年维泗，还有中国第一个“棋圣”聂卫平，等等。

俗话说，“文体不分家”。长期以来，北京二十五中的优良学风不仅体现在体育成就的种种方面，在文育方面，亦可谓桃李满天下。我骄傲，我的前后校友不仅有国家文物鉴定委员会副主任、鉴识大家史树青，著名的北京史专家金爱申，著名历史学家李学勤，著名雕塑家刘焕章，以及著名话剧表演艺术家刁光覃、林连昆、王铁成与著名相声表演艺术家姜昆、赵炎，还有著名话剧导演夏淳、著名男低音歌唱家温可铮，著名电视剧制片人张纪中，等等。我的母校还曾有一位教师叫阎述诗（1905—1963），他就是那位以《五月的鲜花》作曲名世的爱国音乐家。世人皆知他早年曾就读并于新中国成立后执教北京26中（原汇文中学），但鲜为人知的是，早在20世纪“三十年代中期至四十年代初期”，阎述诗曾在当时的育英学校担任教席。据育英史料，关于《五月的鲜花》，有一种说法是：“1935年，‘一二·九’学生运动爆发后不久，即12月16日，爱国学生们为反对伪政权在当天建立，又纷纷走上街头，发动了更大规模的示威游行。阎述诗当时曾在宣武门外的菜市口，亲眼目睹了学生们又被残酷镇压的种种情景。后来，当一位学生拿来一篇‘五月的鲜花’歌词请他谱曲的时候，尽管他不知道歌词作者（光未然）是谁，但那悲壮昂奋的歌词和他当时的感情产生了共鸣。这样，歌曲《五月的鲜花》就诞生了。”如果“百度”上关于“阎述诗”的这个词条成立，那么可以推断的是，当时既有“学生”拿给他那篇歌词，他当时很可能就是有“教席”在身的——但是不是就在当时的育英学校任教呢？不得而知。至于阎先生当时仅在育英学校任教于40年代初期，那也是值得探究的。源在据“育英史料”载，自1941年12月8日“太平洋战争”爆发后，可能是因为育英学校有美国（教会）的背景吧，当时的北平日伪政权便勒令其更名为“市立第八中学”，并先后派驻日高、竹内、助东、北村等教官，大肆在校内开展奴化教育……北京二十五中历史上的此“劫”，一直到1945年“光复日”之后的“双十节”才正式结束。就在那一天，“北平市立第八中学”又恢复了“育英学校”的原名。而阎述诗先生为什么在此“劫”之初即辞去了“育英”的教席——是巧合吗？还是抗议、避开、另就……亦即不得而知了。但我们深知的是，那位谱就了一支抗日名曲的可敬先生，至今还是我们北京二十五中千千万万校友的爱国先驱，光荣表率！

如果说，我的母校是一棵根深叶茂的参天大树的话，那么，她所曾结出的累累硕果，就绝不可能仅仅是文体一脉了。以政治言，早在辛亥革命时期，孙中山、黄兴等革命领导人便曾来到我校演讲。“九·一八”事变后，冯玉祥将军曾为“育英年刊”题词：国家兴亡匹夫有责 冠深事急山河裂破 育英同学救亡情迫 举办年刊如终军策。1940年初，经北平地下党城委书记周斌批准，育英学校建立了党支部，由张大中任党支部书记。张大中后曾任共青团北京市委第一书记；另有校友孙孚凌曾任全国政协副主席，韩叙曾任中国驻美特命全权大使，宋汝棼曾任全国人大法律委员会副主任，徐冠华曾任科技部部长，李锡铭曾任中共北京市委书记及全国人大常委会副委员长，等等。至于我的母校在理工科方面的杰出校友，那就更是灿若群星了，如著名地球物理学家付承义，我国飞行器制造专业的开创人梁炳文教授，开发大庆油田时的总工程师史文光，中国军事医学院院长吴德昌，等等。还有国内外著名的优秀企业家如联想集团有限公司董事局主席柳传志，北京控股有限公司董事局主席衣锡群，国深实业发展公司总经理郭琨，等等。这些优秀的人才，都是国之栋梁啊！育英，育英，我深为你曾哺育出这么多天下英才而骄傲，而自豪！

但就我个人而言，对母校群英中那些以诗歌名世的师兄师弟们，可能更感兴趣，也更愿意追随他们仙人般的脚步，去追逐那些“文学中的文学”。

而这其中，邵燕祥这个魅力独具的名字，要是我早知道他是我的校友，他是我的师兄，该有多么好啊！尽管我早就读过他的第一本诗集《歌唱北京城》，读过他的《在远方》，后来还曾前后脚与他在一个大单位工作过，甚至，我们还在一些共同参加的文学活动中——只是见过面……

校友如春天。千万不要像错过春天一样，错过自己向心仪的校友们请益、学习的最好季节啊。

作文之路通向“缪斯”

睁开回头的望眼，我的诗神缪斯呵，你是什么时候开始亲吻我那青涩笔尖的？

漫长，漫长，那是一条漫长的作文之路……

我在北京二十五中的第一个作文导师是当时教我们初一语文的杨美瑜先生。杨先生梳着齐耳短发，穿一件合体的女式军上衣，她似乎自我介绍说是刚从部队转业来校不久的，但给我更深印象的是，她接着对坐在下面各同学的名字基本上都能叫得出来。这颇令我惊讶，并对初次来给我们上课的杨先生很有好感。当时——1960年的时候，我们二十五中初一共有8个班，前4个班是实验班，即在本校连上5年即可考大学，等于学制缩短了一年。因此，我们上初一时的所有教材都是与后4个班不一样的，尤其是语文，特别厚，我记得比当时流行的那本长篇小说《林海雪原》都厚。也许正因为如此吧，当时的语文学习对我们这些刚从小学升到初中的孩子来说，确有一定的压力，但杨先生的课总是讲得很轻松，很生动活泼。记得“北京市实验十年制学校试用课本”《语文》第十一册（初中一年级用）中有一篇课文是《在华灯初上的天安门》，杨先生不仅用她特有的那种亲切口吻给我们边念边讲“像在桂冠上镶起一串串珍珠，崭新壮丽的天安门广场，竖起了一行行淡黄色或浅灰色的美丽灯柱。……”而且她还热情地主张：“我们就生活在天安门附近，同学们应该抽时间到那里去仔细看看，看看‘在华灯初上的天安门’，是不是就如作者写的那个样子。”杨先生这番话只是建议，并不是给大家留的作业，但效果却非常好。记得我就曾真的到天安门那里去看过，那里的“美丽灯柱”真的是既有“淡黄色的”又有“浅灰色的”……说来也真是凑巧，很多年以后，这篇文章的作者张沛同志恰恰又成了我的顶头上司。当我把当年学他这篇散文时的感受告诉他的时候，他非常客观又由衷地说："你当时遇到的是一位很会教书的好老师啊！"

杨先生不仅教语文循循善诱，她批改我们作文时，也是既严格，又循循善诱。例如，我上中学后写的第一篇作文是《记一个三好学生》，其中有一句是"一大片的黑云从天的西北角涌了过来"——杨先生在此用红笔批道："天那么大，会出角吗？"杨先生如此细致的"较真儿"，从此让我知道写句子时不能似是而非。在这篇作文的最后，杨先生的批语是这样的："这篇文章写得简短有力，语言、层次全很清楚。但可惜的是你写的是三好学生，从这篇文章中只能看出童道宁对集体交给自己的工作是认真负责的，如果再简单地把学习、身体写写就好了。"毫无疑问，杨先生当时的批语是绝对的正确，但很多年以后再看此"批"，我仍然对"但可惜的是……如果再……就……"恁般委婉的循循善诱感动不已。杨先生是我在北京二十五中有幸遇到的第一个作文导师，一个循循善诱的导师。

记得杨先生是初一初二共教了我们两个学年的语文课，而初三一个学年教我们的，却分别是肖英和方亮两位先生。她（他）们教我的语文虽短，却同样给我的作文留下了自己鲜明、深刻的印记。记得肖先生曾对我上初三后的第一篇作文赞赏有加："本文用第二人称的写法，表现出了人物的变化，感情很充沛，形象较鲜明，语言很流畅。"肖先生对这篇题为《你变了》作文中"第二人称写法"的肯定，当时曾使我明了写作可以变换角度，别开生面，并在很多年后注意到泰戈尔的很多散文诗都取此"第二人称写法"，美不胜收。当然，肖先生对我这篇作文的批语也并不是光有肯定而无批评的，在《你变了》最后，肖先生当时还有这样的提醒："如果在用第二人称的同时，也能直接引用些人物的语言，那就更好了。"显而易见的是，肖先生恁般委婉的"如果……也能……那就……"竟于上述杨先生的"批语"风格一脉相承，这绝不是巧合，而是我的母校北京二十五中曾经到处弥漫的那些美好“教范”之一。但如果说杨、肖二师均是女性，如此委婉细腻之“教范”不足为奇的话，那就请看方亮先生这位“热血男儿”——他的“批语”曾经像火一样点燃过我的写作之心——当年对我作文的种种“教范”吧：

“选材简扼、集中，干净利落；语言流畅生动，运用文言词恰当；层次安排恰当，中心突出，感情洋溢。”（对《我的母校》批语）

“先从大的方面刻画代表两种理想的代表人物，再依次推理，最后满腔热情地放歌，很能说服人，感动人！写得好！”（对《什么是青年人的理想》批语）

“景物写得细致、生动，引用古诗也较好，语言能多运用四个字的固定组词，使文章染上一点文言气味，显得更雅致。但这种句式以后要注意运用恰当，否则，会使生动活泼的语言干枯。你写景中也有情，但还不够。”（对《大觉寺和鹫峰》批语）

“中心明确，层次清楚，语言流利、生动。就你的文化程度来看，能写出这样的文章已很可喜。但这是你不够熟悉的人和生活，加上这个题材甚至可以写成长篇或中篇小说，你现在把它压缩在这一篇短文中，似乎过于简略了。人们可以给你提出很多问题：他们的家呢？他们去投奔游击队，不要家里人了吗？他们的觉悟有这样高吗？怎样提高觉悟的呢？为什么过去不去参加游击队呢？……努力学习吧！相信你将来一定可以写得很好。”（对《警察与小偷》的批语）

以上数“批”，后来都成了我文路上的宝贵“方言”。特别是“努力学习吧！相信你将来一定可以写得很好”这一句，当时曾经像火一样点燃过我的写作之心。岂止如此，还有：“这个句子写得好！”“简练而生动！”“这段用反语用得好！”“这个幻觉的描写非常好！”“这一段写得流畅，有气势！”“有的字好像与原作有出入，是吗？”……方亮先生个子不高，还戴着一副眼镜，但他如火一般的这些励志批语，后来总在我的记忆里铿锵作响。可尊可敬的方先生使一个习写作文的初中学生当时感知，他是被尊重的，他是被肯定的，他是有希望的，他是能更好的……为此，这个幸运的学生永远感激他的先生，并决心一定要实现他的期望而报答先生……

也许正是从这个时候开始，寻常的作文之路竟然悄悄地、不知不觉地通向了诗神缪斯。记得是在初三时的一堂物理课上，我的灵魂又出窍了。先是面对着笔记本扉页上我曾“素描”过的一幅“朱老忠”发呆。崔嵬饰演的这个电影《红旗谱》中的英雄人物是当时我们这个男校很多学生的偶像。实际上，拍这个电影时的有些场景就是到我们北京二十五中这个“老校”来“采”的，因此，我们都对《红旗谱》这个电影非常喜爱。就这样呆着，呆着，一首《“老忠”赞》竟然挥笔而就：“中华好儿朱老忠，‘红旗谱’上显威名。对敌斗争坚中尖，不愧人民烈士颂！”（此诗现不知“坚中尖”为何物）此诗吟罢，意犹未尽，又在“朱老忠”后页上我曾粘贴的一幅北海公园小画（当时我颇喜美图常搜剪而乱贴于本册之内）旁“赋”诗一首：“眼观画中景，陶然北海情。二一添作五，余味永不尽。”（现不知此中“二一添作五”应作何解。）就这样“挥”着，“赋”着，灵魂自由飘荡，忽然又来到一卷《水浒》中，卢俊义那首“反诗”怎么说来着？“芦花荡里一扁舟，俊杰哪能此地游？义士手提三尺剑，反叛先斩逆臣头！”这首“藏头诗”不就是“卢俊义反”吗？我应该也来首藏“李林栋作”的“藏头诗”——别看现在没“作”什么，将来肯定得“作”也一定能“作”，但怎么个作法呢？……有了：“李树林里树遮荫，林中定有乘凉人。洞穴树底绝妙处，作为此林荫中荫。”这首诗的藏头句为“李林洞作”，虽则此“洞”非我“栋”，但初学乍练的，也就将就了。只是不知道当时在上面讲物理的崔中一先生，是否发现了坐在教室最后一排有一位“灵魂出窍”的“非我族类”？真是“罪过”啊。

1963年，我们初中毕业时，不知什么原因，市教育局决定“砍掉”我校的实验班，但允许我校的4个原实验班学生，不必参加高中统考，仅凭学校毕业考试成绩，即可以报考当时还剩下唯一一所继续试验的男八中，再继续“试验”两年考大学；或者就报考本校普通高中，再上3年考大学。面对这样二者可择其一的前途，我们4个原实验班的同学大多以感情为重，基本上都报考了本校高中。这也就是说，我校后来高一的4个班，前两个班的同学都是初中3年的老同学。就这样，我们2班和1班两个班的同学，又一起上完高中并在二十五中“文革”两三年。大抵来说，在我的母校北京二十五中，曾经有两个班的同学一起学习、生活、“战斗”过八九近十年，这真是一种奇迹了，但又何尝不是人生路上一种最难得的机缘？

我们不仅是同学，更是兄弟。而那些自始至终与我们相知相携的诸位先生们，更如同我们的父母一般，感情深厚。

曾经教过我们高中3年语文的钟凤如先生便是这样一位可亲可敬的长者。2010年3月10日，我曾与1班的张禾、曹联荪、何克忠一起去右安门外开阳里去看望年已90高龄的钟先生。钟先生对我们自是都不陌生，我们这些“老学生”更是对她热爱有加。这么多年过去，看到她依然变化不大，依然是那样和蔼可亲，我们都很高兴。钟先生则是对我们几个人的“当年种种”记忆犹新，她还记得我的作文写得“很好”。当看到我带给她的诗集《送你一束红烛》时，她似乎并不感到意外，她说她早就相信我会写得很好的。接着，钟先生说她也有“礼物”送给我们，那就是她从北京奥运会倒计时100天时开始画的工笔牡丹。一共画了100幅，当时她已送人不少，让我们尽管在剩下的10余幅中挑选自己最喜爱的。我们则一下子都挑花了眼，因为那各不相同的每一朵牡丹花都是栩栩如生的，不仅透露着画者相当了得的艺术功底，更洋溢着一种沁人心脾的生之气息，实在难能可贵。临别时，可敬可爱的钟先生还各赠我们一帧6寸彩照。那是她与其95岁老伴儿的最新合影，喜气洋洋，生机勃勃，真是令我们惊叹连连，喜出望外。

那天回家后，情不自禁地，我又找出那些尘封已久的老作文本——

但我首先发现的，还是始自“1963.9”的一册“课外阅读”本。电光石火一般，我突然忆起，自从钟先生开始教我们高中语文以后，她十分注重我们的“课外阅读”，并严格要求我们每周一定要缴一次“课外阅读笔记”——那么，眼前此“记”，都透露着我当年哪些“阅读的秘密”呢?

啊，竟然丰富如斯：花的随笔（韩少华）、缘缘堂随笔（丰子恺）、画眉鸟（欧阳修）、当秋天到来的时候（中国少年报）、北京的秋天（北京日报）、雨前（何其芳）、黄昏（何其芳）、独语（何其芳）、梦后（何其芳）……

这“阅读的秘密”，今天并不使我感到难堪，相反，我感到非常庆幸，甚至有些得意：在那么早的时候，我的“课外阅读”就有了这么高的文学水准。当然，我深深知道，这完全有赖于钟先生当时对我们高水平的严格导引啊!

钟先生在作文教学方面也是很有独创性的，例如她曾让我们2班同学和1班同学互批作文。至今在我珍存的老作文本里，还有一篇《我的妹妹》的作文是当时苏北海所批改。其铅笔字清细恭正，批语亦十分客观、全面。今我读之，犹深感佩。而北海老兄，早已远去天国矣。

由是观之，钟先生的当年此举，不仅于习文技艺上，而且于人生况味上，亦实有意外之教矣。

钟先生于作文教学方面，犹有一法可谓之“注重张贴”。例如刚上高一时我的第一篇作文是《我走进了高中的大门》，钟先生的批语是：“题材新颖，内容充实，语言生动，结尾有力量，是一篇好文章。作业：认真抄写这篇文章来张贴。”接着，对我写的下一篇作文《北京》，钟先生又批语：“文章写得活泼、不平板，内容充实、具体。错别字基本消灭了。作业：抄写一篇来张贴。”

上高二以后，我曾写过一篇《天安门前》的作文，钟先生在其后的批语是这样的：“你读过《社稷坛抒情》和《七月献辞》吗？有的地方是创造性地运用了别人的材料，但有些地方就比较生硬。你这篇文章写作认真，虽然有些地方是模仿，但仍是一篇好文章。”是的，我认为钟先生当时说得很对。所谓模仿，其实只能说明我当时已经比较自觉地注重在自己的作文中加强文学性了，而这只不过仅仅是一个开始而已。我的作文之路正不可避免地通向“缪斯”——且看“文革”前夕我写的最后一篇作文《寒假的歌》，当时我已经在题名之后用括弧明确地注明为“散文诗”了。该组（散文诗）分为首都春早、在冰场上、照相、“希望”、开学了共5节，并分别在其下有解为纪实、速写、回忆、与友人谈辅导员工作、摘自日记。其中“首都春早”一节是这样的：

早晨，我在街头看到一个卖花的人。迎春、文竹、水仙……簇簇拥拥，真美！
人们微笑着从这里选了花，走了，走向生活的深处。
我想：春来了。她来自人们心上。虽然后天才是春节。

很不幸，正像我的作文之路正不可逆转地通向诗神缪斯一样，我的母校北京二十五中以及我们共和国当时一切的一切，也正以不可逆转之势向“人妖颠倒是非淆”的“文化大革命”滑去……

我们曾经这样写诗

据校刊记载，新中国成立以后的1952年9月，我的母校从“私立育英中学”正式改名为“北京市第二十五中学”。

这次改名，不同于日伪时期那次极有针对性的更名，是全市范围内大规模“破旧立新”的一个凡常举措。而我的母校二十五中，也果然有了一些更加引人注目的新气象，例如她的“国际化”——这不仅表现在经市教育局批准，她在校园内先后命名有“拉克西（时任匈牙利总理）班”、“皮克（时任民主德国总统）班”、“保尔（苏联英雄保尔·柯察金）班”以及金日成班、胡志明班，等等；尤其表现在经周恩来总理亲自指示并经彭真市长亲自安排，先后有日本著名友好人士西园寺公一的长子西园寺一晃、柬埔寨诺罗敦·西哈努克亲王的公子诺罗敦·纳拉迪波以及法国驻中国大使馆第一任临时代办的儿子佩耶等来校就读。同一时期，许多中央首长和各界知名人士的子弟也纷纷考入我校就读，例如董必武、叶剑英、罗瑞卿、张鼎丞、滕代远、肖劲光、赖传珠、耿飚、王炳南、陈漫远、罗工柳、徐以新、池必卿、肖三、黄敬和范瑾、刘西尧、马可等人之子都是今天北京二十五中的校友。

但是，尽管“人事有代谢”，我的母校这棵根深叶茂的大树，却依然是神采奕奕，生机勃勃。例如她从老育英就形成的鲜明校风之一，即校内社团众多，学生个性发展能够得到极大的可能，彼时如此，那时亦然。在这方面，给我最深刻印象的，就是学生办电台、办刊物二事。因为这二事几乎伴随我在母校漫长经历的始终，而且除了“作文之路通向‘缪斯’”以外，那“二事”也曾经是“我们都这样写过诗”的最佳容器——最难以忘怀的集体容器。

据校刊记载，仅1933年，我校即有学生社团20余个，如中国歌剧研究会、图画研究会、国际研究会、造纸研究社、笑林社、英语研究会、平市考察团、文学研究会、工业化学研究社、英语会话研究会、汉英翻译会、算学研究会、职业指导团、电子团、中字研究会、英文文学研究会、机械研究会、书法研究会、邮票搜集社、摄影研究会等。值得注意的是，这其中涉及英语“学习”的即有4个之多，分属综合、会话、翻译和文学4类，可见当时学生社团的设立与存在是多么细致入微，真可谓最大限度地给学生们的个性化发展提供了最好的条件与舞台。而且上述的每一个学生社团，都同时配有一名“导师”，这不仅又为很多先生的业务发展与成就提供了更自主广阔的平台，而且为“师生之谊”又增多了一条沟通与缔造的管道。当时，学校还设有“育英广播电台”——大约30年以后，我在母校北京二十五中参与的那个“集体荣誉之声广播电台”真是其来有自。记得是上高一的时候，我在学生会负责宣传工作，主要任务就是操办那个“电台”和一个同名的“集体荣誉之声报”。那个“电台”不像“老育英电台”那样真向天津乃至华北广播，而是仅限在学校范围内定时或不定时地向各班广播，其内容无外乎是好人好事、学校通知等。记得我曾认真地给各班的“记者”设计过“记者证”，但因我们学校没有打字机，最后还是由学生会开了介绍信，我通过自己的哥哥到他们学校寻求帮忙，才终于“制造”成功很像样的一种记者证。很多年以后，当我从事新闻工作并拥有国家新闻出版署正式“制造”的记者证的时候，冥冥之中，我感到上帝是独具两只慧眼的。

至于“集体荣誉之声报”，那更是我后来数十年职业生涯最开始的地方……

在我的记忆中，“集体荣誉之声报”的日常形态，其实就是排列于一进校门处的那几块大黑板报。那方方的大黑板约有五六块，一长溜平排开还是很有阵势的。我当时主要是负责内容，而高我一年级的孙宏华同学则负责全部内容的写与画。宏华是很有才华的，他后来考上中央戏剧学院并曾留校任教，再后来于国内外的一些影视评论中，经常可以发现他的署名。我们也曾“幸会”过几次，每一聊起当年的“集体荣誉之声报”，我们共同的感想就是：我们没有辜负那个“报”的神圣名字。

至于“集体荣誉之声报”的“非正常形态”，那其实是更加厚重的，给我的印象更加深刻的，甚至是不可磨灭的。我认为在我们的中学时代，每学年甚至每学期，全体师生都要下乡劳动一次，是一个非常好的传统。而每次下乡劳动，每个学校都要出版油印小报，那就更是北京市中学曾经有过的一个优良传统了。我们二十五中，当时即是如此。

1964年10月5—14日，即我刚上高二的时候，我们二十五中全体师生共1200多人，曾到北京郊区常营下乡劳动10天。其间，作为“记者总负责同志”，我自始至终参与编辑出版了“集体荣誉之声报”（劳动专刊）共10期，皆为油印小报，每期多为2“试卷纸”；而次页多有“副刊”，总有诗歌刊登。实际上，在该“专刊”的“发刊词”上，即有公告：“本刊开辟如下专栏：思想通讯、新闻、战地巡礼、诗歌创作、好人好事，同时刊登营部的各种指示、命令、要求等。”这其中的“诗歌创作”，无疑是在当时“沉重”的“思想革命化”气氛中（据该刊载，当时小小的常营村子就有300多位搞“四清”的干部；而我们到那里第三天的“晚间政治教育活动安排”即是“初中一、二年级听牛队马队长讲村史”……）亮给我们的一道“如常”小缝。

但真是“如常”吗？请看：

小扁担，三尺三，
六一健儿干得欢。
筐筐粪肥送田间，
争取农业大丰产。

（六连一排马大龙·担粪）

五尺大铲手中抡，
土花飞溅地翻身。
我们多流几滴汗，
粮食多产几十斤。

（五连二排陈新增·翻地）

月儿明，星跳跃，
磨刀石上银镰跑。
为生产，修工具，
战士秀伟多操劳。

（本报记者王元武·赞秀伟）

细雨落幽燕，
金浪滔天。
常营村外高粱田，
一片汪洋都不见。
几时割完？

同学劲冲天，
舞臂挥镰，
冷雨凉风浴热汗。
大片高粱都割净，
才用一天！

（五连一排肖平·浪淘沙《收高粱》）

伙食委员真辛苦，
给咱送来热白薯。
跑在前面吃在后，
干劲十足不落伍。

（五连一排曹联荪·赞伙委）

在“我们曾经这样写诗”中，“如常”的是身在劳动中，我们对劳动及其成果自然而然地由衷歌赞；不“如常”的是，在我们创作的这些尚很稚嫩、单调的小诗中，尚无那些“沉重”的“思想革命化”来袭——或者说，我们这些对“劳动”的由衷歌赞即是当时“思想革命化”运动的必然结果之初呈，也未可知。总而言之，“我们曾经这样写诗”鲜明地刻有我们身处过的那个时代环境的深深烙印。尽管如此，我们仍然为“那些年，我们曾经写过那些诗”而倍感欣慰与自豪。它不仅是我们“恰同学少年”时的热血记录，更是缪斯女神曾经亲吻过我们稚拙笔尖的真切证明——它将是我们永恒记忆中最宝贵的珍藏。

当然，仅就这10期于常营出版发行的“集体荣誉之声报”（劳动专刊）而言，值得我们永远珍藏的内容还有很多很多。例如，1964年10月7日，五连三排边疆同学曾“供稿”一则好人好事：“叶联成同学是我班副班长，他对自己的工作认真负责。起床后，他总是打扫内务，挂毛巾，扫地。同学弄乱了之后，他又不言不语地重新整理好。他这种热心为同学服务的精神是我们学习的好榜样。”——这是多么平凡又不平凡的美好记录！它不是诗，胜于诗！

在我关于母校北京二十五中的很多精神或物质的珍藏中，除了上述一套“小报”外，还有另一套更加丰富的、更有价值的、更接近“文革”却又毫无“文革”乱象的《奔流》小报。

在母校将近150年的悠久历史上，曾经由学生们办过很多自己的刊物，例如1936年办过《信号》，1940年办的《细流》——这《细流》与我们曾办的《奔流》刊名是多么相像啊！是一字之别，还是一脉相承？

且说《细流》。该刊是当时育英学校的进步学生组织“细流社”主办，主要成员有张大中、宋汝棼等。在该刊的“发刊词”中曾对“细流”有如下阐释：“在育英这园地里，虽说是万紫千红，极其灿烂绮丽了，但是，同学们！假如再有一条潺潺的细流经过这里，也许会觉得更清爽一点吧！……至于这是一条清澈的细流，或是一支污浊的泉水，那有待于诸位同学的指教与爱护了。……这是新生的幼芽，方始的细流，固然未来的失败成功要凭借着它本身的力量，但同学们的鼓励，也是更需要的，我们这里赤诚地期待着。”

“听话听音”——我们从这《细流》的娓娓阐释中能够“听”到什么？

今我自问，自然是听到了25年之后，我们二十五中师生在修建“京密引水渠”时所办的那个《奔流》了。“细流”可以潺潺，而“奔流”自是声势浩大了。

所谓京密引水渠，是把密云水库拦蓄的潮白河水引入北京市内的一条水道——当时有谓“北京市民日常饮用的三杯水中，就有两杯是通过京密引水渠输送的”。该饮水工程始自1960年，全部完工于1966年。我们学校的高中师生是1965年10月27日—11月16日在怀柔的桥梓村参加修建该渠的，其间共编辑出版发行《奔流》小报18期。该报实为北京二十五中《工会生活》与《集体荣誉之声报》“下乡劳动（联合）专刊”。记得当时主要是我跟着校工会主席文国华先生日常操持，每天都很忙。

文先生身形微胖，个子不很高，一张敦厚的脸上，总是微微笑着，很文雅，也很持重。他早在“老育英”时即是“国文教员”，曾有一位“缘影”校友在1948年的“年刊”中这样描述过他：“……穿着古铜色长袍……他对文字学也很有研究……有时还选些课外的诗词，给我们补充……他对国家的政治及时局情形也很关心，时常在报纸上发表些文章，来讽刺社会及一些不满民意的地方。”

就是这样一位德高望重的先生，现在想来，当我还是一位刚上高三的学生时，就能在他身边参与办了18期《奔流》小报，真是幸运之至。他应该是知道《细流》的，《奔流》当时也应该是他起的名。《奔流》不仅是《细流》的发扬光大，同时也是对“京密引水渠”最丰富又形象的种种暗喻啊！

所谓身教胜于言教，这就是我后来总结的最大收获了。记得我当时除了组稿、编辑外，每天也会刻蜡版——即是把稿子用带钢尖儿的笔刻写在蜡纸上——然后上机器油印成报纸。在我刻蜡版时，常会遇到文量不足或版式不妥的地方，而时间又不允许耽搁，于是便只好顺笔在那些空白处“填补”些小诗——这其中，有的是早有腹稿，有的则完全是“即兴创作”。后来统计，在那18期《奔流》中，我曾先后“发表”过星的联想、烧灶、工地豪情、一天的歌（外一首）、井边思想、初到工地、远望天安门、田野落霞等小诗十余首。其中有一首《野望》是这样的：

我站立在天地之间，
东西南北
都是静静的群山。

细雨蒙蒙落下，
我觉察
无情的宇宙，
随着人民的不断革命
永远变幻……

有一次编余闲谈，当我就这首《野望》具体征询文先生的意见时，他说：“不坏。思想比较深刻，就是知识分子的味儿太浓。”这个“评价”当时给我的印象是不高也不低，但问题却是客观存在的。特别是后来我更具体入微地感受到，文先生对我的身教，实在胜于他的言教啊！

文先生其实是个严肃的人，笑也只是微微的笑。但有一天刻蜡版时，我却听他情不自禁地笑出了声，而且竟然哼唱起来。我一注意，原来他是随着房东屋里的“电匣子”在笑、在唱。而那“电匣子”传过来的“广播”，却原来是一出湖南小花鼓戏。文先生看我有所注意，又转向我说：“你听，他们那地方对‘去’字的发音是怎么说？”当时我的心突然一热，强烈感觉到，文先生这个曾到华沙的“波兰大学”教过书的大知识分子，怎么对民间的这个小地方戏，如此热衷与认真呀？过后我才想明白，文先生此问之于我，绝不是没有针对性的，而这是多么巧妙又深邃的“意在言外”啊。

往事如风。一切均在记忆中。如今又翻看那18期《奔流》小报，一股“恰同学少年”的热流又激遍我的全身……

我又看到了那些记忆犹新的“诗人”姓名：顾承岳、杨忠民、张伟侠、叶联成、宋绅书、邹海岗、曲柄施、胡志坚、贾志祥、赵威、李志彧、白克刚、纪瑞、孟际平、赵文友、陈新增、肖平、苏北海、阎毅、刘长凌、鞠德利、金家强……可以毫不夸张地说，在我的母校北京二十五中，就在“大革文化命”狂飙突起半年前，曾经有一大片热忱的诗星，星星点点于怀柔桥梓村头，闪闪烁烁于“阵痛”中的京密引水渠畔……

这其中，最是有一位先生和一位同学永远不能令我们忘怀。因为，曾经发表在《奔流》小报上的她（他）们的诗作，早已成为她（他）们的遗作——即使不是她（他）们唯一的，恐怕也是她（他）们最鲜为人知的遗作了。

这位先生即是陈沅芷，著名老作家舒芜的夫人，1966年9月8日因“反革命日记罪”于母校“教育室”被迫害致死。仅在其不幸惨死大约10个月以前，她在《奔流》小报上发表过一首《劳动颂歌》。全诗如下：

桥梓村，树叶黄，
处处歌声扬。
小伙子，大姑娘，
来自四面八方，
个个喜洋洋。

党领导，修渠道，
一筐筐，一担担，
筐筐担担上云间。
移山填海有何难？
八百万人的工程指日完！
筐儿圆，扁担两头悬，
你来我往如闪电，
恰似那万颗流星转。
兄弟姐妹身手健，
李逵木兰今又现。

渠深十数米，
渠面百尺阔，
红旗招展三千里，
人海翻腾万顷波。
土坚似铁奈我何？
工休间，翘首四望人如织。
文艺表演队队有，
读报又唱歌，
丝竹之音助兴多。
三军听后笑呵呵。

党的声音播高空，
播了好人好事播新闻。
你挑水来我送茶，
分校不分家。
雷锋精神被人夸。

请看水到渠成日，
烟波浩渺通京密。
百万良田齐灌溉，
丰产翻几番，
京密人民尽开颜。

共产党啊毛主席，
说海深啊，您的恩情
何止那东海深？
说天高啊，您的功德何止那北斗高？
天纵高啊，海纵深，
哪能比党对咱穷人的恩情深？

夫复何言？我们今天只能以这首《劳动颂歌》的重新发表，衷心祈愿陈沉芷先生的在天之灵安息吧！谨望您的在天之灵永远地安息！

另一首《助人为乐的尚虎》长达70行，其作者凌瑜是我的同班同学。早在1969年到云南“上山下乡”不久，他便“病因不明”地早逝于允景洪的大勐珑农场了。斗转星移，物是人非，40余年过去，如今他还孤单地留在那片陌生的土地上，没有回家。今天，就让我们在他难以磨灭的诗歌中，寻找他当年的青春模样吧——

……
入冬以后天气寒，
唯恐同学睡不暖，
棉被棉褥带两床，
还带了缝的补的针和线！

为了大家不生病，

特买了一瓣紫皮蒜。

……

我相信，凌瑜当时夸的是尚虎，但同样是我同班同学的尚虎当时一定知道，其实凌瑜才是大家心目中总是“助人为乐的”。尚虎，你说我说得对吗？你也一定没有忘记，凌瑜曾写过这样一首长诗吧？天涯海角，今天谨让我们再一次地诵读此诗，以纪念我们共同的好同学凌瑜兄弟，愿他永远在那遥远的天国，青春飞扬！

曾记得，那次修建京密引水渠，实际上是东城区所有中学都参加了的一个“大会战”——或者从整个“京引工程”来说，应该是最后一次攻坚战的“中学生战役”吧。因此，东城区教育局对此次“下乡劳动”非常重视，后来还对各校所出的小报进行了认真的评比。结果——据学校党支部书记韩越先生即时传达，全区共有7个学校办的小报受到了隆重的表扬，其中又以我校的《奔流》办得最好，并受到了特别的嘉奖。而我自己，现在还珍藏着一纸早已泛黄的当年“奖状”，是“1965.11.23”落款“北京二十五中”并有其大红印章的正式嘉奖，上书一行小字是“奖给京密引水工程劳动宣传骨干分子李林栋同学”，其下通体横栏的7个大字为：热心为集体服务。

集体荣誉之声报，还有集体荣誉之声广播电台，究竟是我服务了你们，还是你们“服务”了我呢？我曾问过自己这个问题，却始终没有一个简单的答案。我只知道，我的母校北京二十五中，是一个“诗开始的地方”，每当我忆起她，心中便泛起一种暖暖的热爱……

除了办报刊，办电台以外，我当时对学校的各种宣传工作都十分热爱。记得上高中以后，我们每年“五一”或“十一”之前都要“练队”。如果是作为普通游行队伍的一员，那就很好练，编编队，熟悉熟悉路线就行了；如果要作为“仪仗队员”去参加节日的游行，那事前一定要严格、反复地练很多天基本动作，如抬腿、转身、正步走等等。而每当有后一种任务的时候，因为我当时在班里个子最高，自上高一起就是1.80米，所以总是被“刷”下来。但我从来也没有因此去悠哉游哉，而总是把这样的“遗憾”当作自己“热心为集体服务”的好机会。这是真的。记得上高三以后，应该是1965年的暑假到国庆节之前这段时间，同学们都在故宫的午门前挥汗如雨地练，我和其他几个同学自觉承担了从学校给他们送水的工作，同时，我还作为“搞宣传的”不断介入他们之中，或表扬好人好事，或编几句“诗”鼓动鼓动，或干脆就念“语录”，等等。当时的宣传手法真是不一而足，十分灵活自由。有一次，高二1班的著名才子依锡群塞给我一个纸条儿，上面是他写的一首小诗——这属于“积极投稿”，当时在同学中是很普遍的。后来我把锡群的诗给全体仪仗队员念了，反响很好。记得依诗的题目是《这算得了什么》，其开头几句是这样的：

烈日当空，算得了什么？
尘烟滚滚，算得了什么？

腰酸腿痛，这又算得了什么？
让我们想想，
那渣滓洞的苦难，
那雪山路的严寒，
……

还有一次，我刚给大家念完一段“语录”，队里忽然跑出一个同学来，他匆匆忙忙地对我说：“我这儿想起一句话来：为革命，练硬功，越苦越累越光荣！你们再给编编！”——这还用再“编编”吗？我们当即就把这句“诗”推广开了，很快就成了那些天大家“共享”的豪言壮语。

往事如风。美好总在记忆中。有道是：

豪言壮语有时尽，

真情诗意夜夜心……

“游吟”在“大串联”时代

“文革”狂飙突起于1966年中。作为当年度的北京高中毕业生，我们已经完成了“毕业考试”，就等着参加7月1日的“全国统考”了。记得我当时已拟就了自己（文科）的报考志愿：一、人大新闻系；二、北大中文系；三、北京广播学院。当时我很自信，想自己最差也能考上“广院”，于是在“狂飙”突起前的一个晴朗下午，我一个人骑车到时在复兴门广电部附近的该院转了一圈儿——是骑着自行车围着那个学校转了一圈儿。当时都想了些什么，我现在都记不太清了。现在只能想清的是，当时我是多么年轻呵，竟然能够白日做梦！

“狂飙”席卷了我们每一个人。男女老少，概莫能外。我们轻信过，我们狂热过，我们混乱过，我们彷徨过，我们……但我们确实还是有差异的——有很多差异，比如年龄的差异。就当时的中学生来说，我们66届“老高三”的已经有了“选举权”，应该说已经“长大成人”了，而那些“老初一”、“老初二”的呢，基本上还都是些孩子。我们这个年龄的人，当时很可能就跟他们想得有点儿不一样。

在我的记忆中，那个“狂飙”中的有一段，是我最自觉参与并有清楚收获以致难以忘怀的，那就是所谓的“大串联”时期。

“文革”中的“大串联”正式开始于1966年9月5日的“中央文革”《通知》，实际是发生于该年“8·18”毛主席第一次于天安门接见红卫兵之前，京城内外，当时早已是遍地“煽风点火”的“革命小将”了。《通知》

一下，全国各地的红卫兵们立刻就掀起了“革命大串联”的热潮。

这于我来说，当然是一个“游吟”的好机会。但这“游吟”一词，并不是我当时的自觉，而是很多年之后我偶一听到威尔第的歌剧《游吟诗人》时的即刻联想：那些“好机会”的日日夜夜，怀里揣着一个小本子，想去哪儿就去哪儿，想写什么就在自己的小本子上写什么，不是“游吟”是什么？

1993年7月广西民族出版社出版的《中国散文诗大系》（北京卷）曾收有我的一组散文诗《21颗泪珠的游记》。全文如下：

序

与其在母亲的胸脯上“折腾”，不如到祖国的大地上“串游”。物是人非笔不休，未写泪先流……

郑州

满街的红色，是你对我的慕名而来感到难为情吧？我当时却以为那是“二七”烈士的鲜血奔涌在你青春的面颊……

西安

我曾在热情的莲湖公园外面徘徊，仿佛走进一位美丽少女，当时会一下子使我变得丑陋不堪……

宝鸡

注视着你的名字，我的耳畔隐隐传来一声柔弱的叫卖：鸡蛋，两角钱一个……

兰州

陇西盆地怀抱着黄河上最早架设的中山桥，我却在那里看到了浑浊的浪花……

西宁

只有一路公共汽车，我坐在上面时，真想让他冲出狭小的市区……

成都

在你幽深的一角，杜甫老人曾向我悄然而吟：飘飘风尘际，何地置老夫！

重庆

灰蒙蒙的雾笼罩着你的山和水，连渣滓洞和白公馆里的革命先烈，也面目不清了……

万县

船靠码头，蜂拥而来的卖橘者张皇地捧上一颗又一颗“县法”所不容的心……

武汉

东湖如海，却没有一只自由飞掠的海鸥……

南京

冒雨游雨花台，只见雨而不见花……

上海

被封的“大世界”是一只失明的眼睛。而那明亮的一只，不断地在黄浦江上闪烁……

杭州

秦桧和他的影子被冷落在西湖边的一个墙角，尽管如此，我还是为岳飞的失踪而潸然泪下……

贵阳

绵绵细雨中，抢购的队伍如一条又一条争吵的龙……

昆明

浅绿的市街上蠕动着游斗的人群，像春天的树林里聚拢着一块浓重的云……

景洪

澜沧江是一架沉默的琴，岸边的密林里却传来震耳欲聋的声音……

衡阳

我曾在你清冷的夜街上逗留，你却永远驻足在我自由的心房……

桂林

芦笛岩是一个牧歌式的名字，它给我演奏的，却是一种政治的交响……

株洲

你是祖国南方的一个交通警察，时代的列车却违反了你愿意执行的交通规则……

长沙

不是湘江边的张张标语，而是湘江里的点点风帆，曾使我流连忘返……

天津

包容了一颗绝望之心的海河，向围观的人们辐射着生命的电波……

大连

晚风习习中，看赤足的人们点灯捕鱼，忽然感到一种旁观者的孤寂……

跋

十年一觉逐流云，莫作泪中人。与其在历史的不幸中驻足，不如到今日祖国各个美丽的地方去旅游。

此散文诗最早收录于我1988年出版的诗集《送你一束红烛》中，当代著名诗评家吴思敬先生曾于1989年6月3日的《新闻出版报》上有评：“十年浩劫已过去了十余载，但它的阴影在林栋心中并未消失。他仍然在默默地咀嚼着十年浩劫的痛苦，不时地拭去心灵的伤口渗出的泪水，并把它们发而为诗，这既是对自己青春的祭奠，又是从一个侧面对历史的反思。……这些凝结着血与泪的原始材料，经过长期沉淀和酝酿，终于滴落成一段暗红色的红烛，在乱花迷人、纷繁无序的今日诗坛中，放射着独特的光芒。……他那组《21颗泪珠的游记》，正像标题所示，颗颗是泪水凝成。……在那跳动的特写镜头的快速组接中，既反映了那个时代的喧嚣、动乱，又可感受到诗人心潮的剧烈起伏。……”（《红烛：在血泪与沉思中凝成》）著名老诗人柯蓝先生也曾在其为《中国当代大学生散文诗选》（1991年，南海出版公司）写的序言中有评：“……其次是李林栋，……《散文诗报》第二十四期发表了他的散文诗选，……他采用了短节的形式，……充满了诗情哲理，……”前辈们的如此褒扬，自是对我当时及其后的诗歌创作产生了非常积极的影响，至今我还对他们抱有深深的感激之情。

实际上，我在“大串联”时代的“游吟”活动，除了写诗以外，还包括读诗、抄诗、印诗等等。当然，也还包括与诗歌有关的一切文字历练与文学追求。例如：1966年10月9日，即我第一次“串联”（10月8日—10月20日）时，在快到西安的火车上，“下雨了。飘飘，湿湿，腻腻。”这文字不是诗，却显然已有了诗的气息——无论是感觉还是语言。

1966年11月11日，即我第二次“串联”（10月23日—12月16日）时，在重庆杨家坪的“钢铁工业学校”，因“雨水多、雾大，无意外出”，于是便在该校阅览室“读《鲁迅选集》第二卷”，但读着，读着，我的思绪就飘向了我们北京二十五中那丰沛、厚重的“图书馆”来——

这三个字是胡适先生1936年所题，但在前不久的“破四旧”中，竟被毁于一旦，实在可惜！更可惜的是那其中的数万卷藏书及数百种报刊，我们曾多年陶冶其中，无意中她却尘封已久了。——

“这不是一件事的结束，是一件事的开头。”想到这里，我正读到《无花的蔷薇之二》，鲁迅先生的此言，就这样落在了我的心里。

1966年11月19日，“一个很好的发现：梁上泉、陆启就是重庆歌舞团的。我曾看过梁的诗集《寄在巴山蜀水间》、陆的诗集《重返杨柳村》。估计他们在这儿，发现他们果然在这儿（打扫卫生），真惊喜！”

1966年11月23日，“早上在阅览室翻报纸，发现20日人民日报载李瑛诗《英雄欧阳海——蔡永祥颂歌》如下：（抄件略）。”

1966年11月27日，“今天是渣滓洞和白公馆革命烈士牺牲17周年纪念日，我参观了‘美蒋罪行展览馆’。感想是很多的，打算写一首较长的诗；在成都参观‘大邑地主庄园’时，也是这样想，但总是没时间。今天只是在参观过程中抄录了何敬平《把牢底坐穿》、蔡梦慰《黑牢诗篇》、何雪松《红江竹[illegible]》、古承铄《无题》以及车耀先烈士《自誓诗》等。又想：欠账总是要还的。”

1966年12月5日，午后在武昌工人文化宫看了场电影《苦菜花》，票是接待站发给外地学生的。去的路上和在“武宫”的青青草坪上，想起船过三峡时的种种情景，成诗一首：《闪光的浮标》，如下：

涛声拍打着倦意，
夜风吹散了笑语。

看远处浮标灯闪，
心里涌起一个儿时的谜：

（余略）

1966年12月4日，“我和（武汉水力工程学院）张水明打算把陈毅讲解主席诗词的那份材料翻印了，还有未曾公开发表过的19首，也打算翻印在一起。后听说院部61级某系某班也在翻印这份材料，晚上我们就去找他们，打算把材料内容对一对。他们那儿10张蜡纸已经刻好了7张，但尚无纸印，让我们拿纸来一起印。我们暂时答应了。”12月5日，“投入了印刷‘主席诗词’的紧张战斗。弄到黄次纸1500张，绿彩纸30大张。晚上工作到1点。”12月7日，“翻印毛主席诗词中。这次大串联，分别在重庆，在‘东风4号’的三峡船上，在武汉水明这里，总共得到主席未公开发表过的诗词24首，真是高兴！我和水明决定要把这些诗词翻印成册，广为宣传。目前工作已成大半。”12月11日，“《毛主席诗词》翻印、装订完毕。大功告成！”

1966年12月16日，“就要回到北京了。外地千番好，故乡一情深。走尽天涯路，更爱北京人！这种情感是如此强烈。实际上，前几天在武汉长江大桥流连时，即曾口占一绝：泉涌波光闪，宇净天色蓝。大桥望北京，故乡红艳艳！”

1967年2月4日，即我第三次“串联”（1月27日—3月5日）离杭州又向贵阳进发时，在火车上，有感于“一路旷野无际，细雨绵绵，幽峦叠嶂，好一派江南风光！”成“打油诗”一首：久在北京楼不高，初走沪杭吓一跳！心随车往画图现，南方真比北方好！

1967年2月22日，从西双版纳的橄榄坝“长征”一天走至允景洪的第二天，休息。但时间宽裕并无佳作，还是“打油诗”：串联走向自然中，乌烟瘴气一扫空。世上有笔“金不换”，歌罢云南唱西东！

可惜的是，此后我的第四次“串联”（1968年7月2日—1968年8月2日）仅是于临“上山下乡”复去云南西双版纳之前，与高三1班好友邓化雨同去大连纯旅游一番，而再没有机会“唱西东”了。倒是在那“山下乡上”之初，我曾收到同班好友李冬民的一封长达十几页的河北来信。他在信中的很多“知我”衷言，至今尚可谓是我人生路上仅听闻过的空谷足音：

“你不要怀疑自己的文学才能。你不要把那些作家水平看得太高了（因为你把作家看得太神圣了），其实你现在的运用语言的水平早已超过了一些作家。从你寄来那组《渤海日记》时我就想：如果把这组日记印成小册子出售，肯定能比某些大作家的书卖得更好。这是我的真实想法。……我看了《渤海日记》后就想，我的写作能力实在不如李林栋，《渤海日记》就是明证。但……全国他也去过不少地方了，他究竟写了多少东西呢？……你看他只想写景，介绍风光，而且介绍的多是和平的风光，海面也无风浪。……是不是他和陶渊明一样，看惯了乱而不愿意乱，追求平静而不喜欢乱呢？”

“我希望你在实际生活中立刻就用你的笔杆子。……希望你能在文学上有成绩，不要让文学牵着你的鼻子走，而应该是你牵着文学的鼻子走。……江南如画，我现在想念你们……”

冬民此信写于1968年12月9日，是他在蔚县西合营当兵时写的。在此之前，也就是“狂飙”突起之前，因深知我热爱文学，他曾主动把其初中时的同班同学、后从我们二十五中考上男八中继续“实验”的张伯华介绍给我。而张也自是他深知的一位文学青年。很多年以后，伯华和我又成了首都师范大学的先后校友，他还曾担任过该校发行量巨大的《学作文报》主编。当我们终于又一次“喜相逢”时，自然都难以忘怀冬民兄弟当年的热情“搭桥”。冬民就是这样一位非常大气的“知音”兼“红娘”。实际上，他也是我们北京二十五中的一位出色的诗友，你看，我这里还珍藏着一首他离开学校以后曾经写过的诗，题目是《保尔，我们心中的星》：

强劲的疾风，
明亮的彗星！

看呵，
你扫荡黑暗的军刀，
正横过万里长空；
你战士的形象，
灿烂神奇有如玫瑰迎风；
你不朽的生命，
燃起不熄的熊熊火焰；
你青春的热血，
永远在我们心中奔腾。……

“人最宝贵的是生命。……
为人类的解放而斗争。”

听呵，
保尔在呼喊——
啊，他还在我们战士的行列中！
……

至于同为冬民“知音”的张伯华兄于1965年4月20日晚写给我的“文学手信”，更是一份难得的、有关“诗开始的地方”的历史见证：

“……你我都有志于文学，那么，我们正可以携手向共同的目标奋进了。……文学是人类艺术宝库中最绚丽的花朵，它有迄今五千年的悠久历史。……要继承这一笔浩瀚的文学遗产，需要我们做出多少难以想象的努力。……然而，我们做得怎样呢？冬天的时候，教室冷一些，我们常常冻得听不进讲，看不下书；夏天的时候，天气酷热，我们常常若寐若醒，度过一个又一个的中午；早晨的时间，我们常常聊天而过；晚上的时间，头昏脑涨，看不下去；提起笔来，味同嚼蜡，如坐针毡……唉，这样怎么行？哪一天才能练出本领？……”

余音绕梁，将近50年而未绝。如果说，冬民兄曾赠我一曲“空谷足音”的话，那么，伯华兄当年的这封“八中来信”，过去是、将来也仍然是我人生路上的“鸡毛信”——她将永远激励我在“诗开始的地方”快跑，长跑……

“游吟”在“大串联”时代，不过是这一人生“长跑”中的非常路径。它对于我来说，可遇而不可求，真是“史无前例”啊。

永远的开始

可爱的母校北京二十五中，这个诗开始的地方，其实对于我来说，最主要的不是诗，而是开始。

我们终将年华老去，诗歌可能比我们活得更长久，但比诗歌活得更长久的肯定是时间。

而时间，没有结束，只有开始。

我愿做一个永远开始的人。自今年5月上半月号的《诗刊》发我一组《印象》后，我没有停顿，7月6日光明日报的作品版又发我近作一首《没有围栏的花》，全诗如下：

我总在梦中寻找，
有时候，也会在睡梦中
哭泣。醒来时，
却又丝毫没有记忆。

我总在闲时忧郁，
没有人来看我，
兀自在微风中飘逸——
谁又能知道我的美丽？

我总在静时思虑，
即使有人来看我，
也只能隔着一小段距离，
为什么我不能和他更亲密？

很久了，我问天空，
天空沉默不语；我问大地，
大地悄静无声，
仿佛它对我并不在意。

很久了，我忧郁，
我思虑，我只能在睡梦中
寻找，但韶华易逝，
我已经有些等不及。

我只能躲避，
我只能逃离，
我只能辗转腾挪，
我只能寻寻觅觅……

终于，天地间尚有神来一笔，
终于，风雨中尚有真情实意；
终于，我尚未枯萎的生命，
又重新焕发了绿色的生机。

缤纷的蝴蝶是我新的衣裳，
鸣叫的青蛙是我新的伴侣。
每一个星光熠熠的夜晚，
都会有不知名的虫儿在我身畔低语。

更有那阳光下的人们
自由惬意地亲近我。
他们忙不迭地把我的芳香摄入镜头，
还总会赞我一句：

多好呵，没有围栏的花！

我愿把这首小小的自由之花，奉献给我的母校，奉献给我的校友，奉献给永恒的时间大帝——

在您的怀抱里，没有比“自由”的启迪更像是一首真正的诗了。